JN000857

死物語 上

シノモノガタリ

西尾維新

NISIOISIN

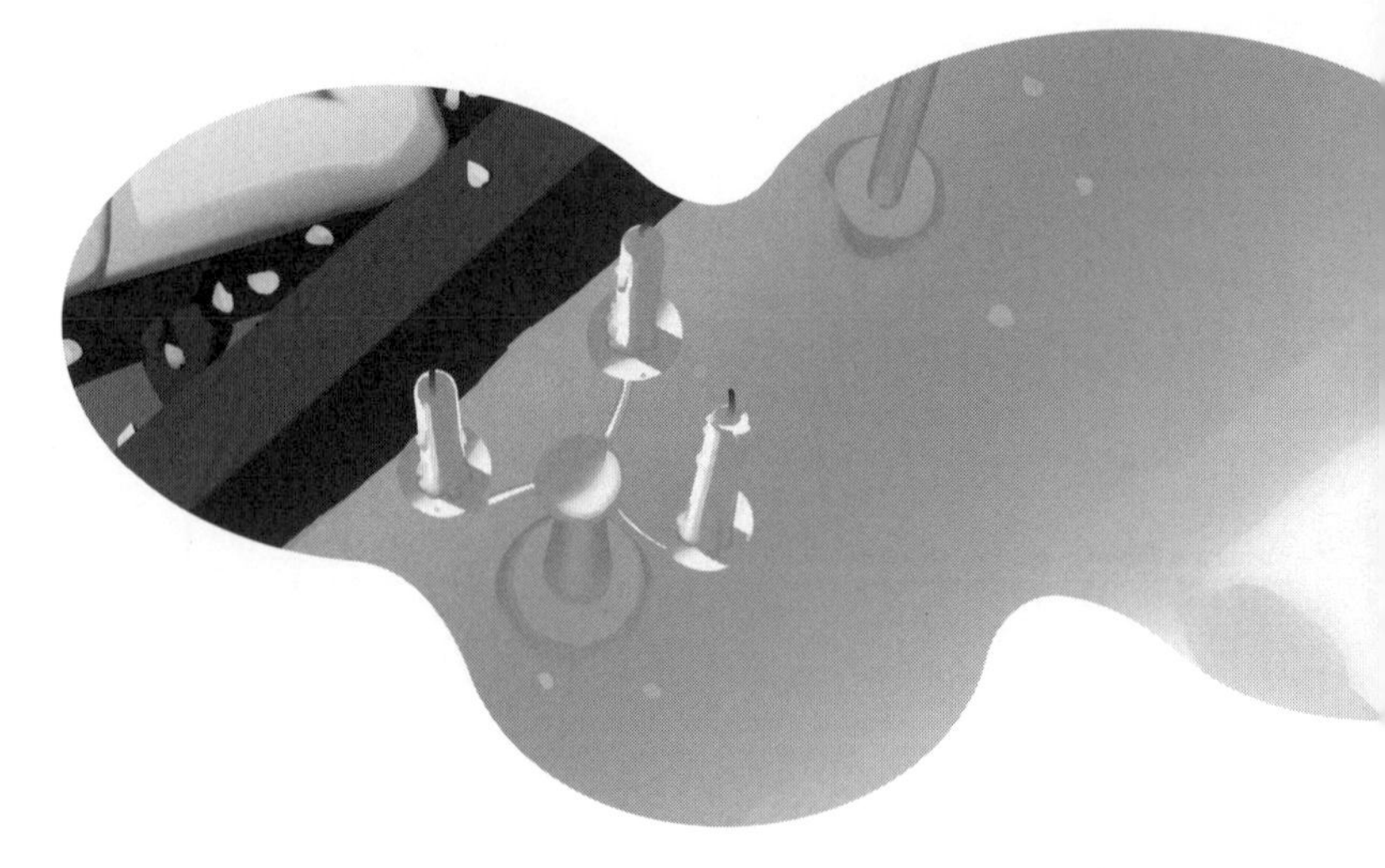

BOOK&BOX DESIGN VEIA

FONT DIRECTION SHINICHI KONNO
(TOPPAN PRINTING CO., LTD)

ILLUSTRATION ©VOFAN

本文使用書体：FOT- 筑紫明朝 Pro L

第八話　しのぶスーサイド

第八話 しのぶスーサイド

DEATHTOPIA VIRTUOSO SUICIDE MASTER

001

　阿良々木暦が今いったいどのように暮らしているのか気になって気になって仕方がないという奇特なかたも、あるいは少しはおられるかもしれない。しかし今を語るためには、一年前の春を、そして二年前の春を、そして遥か昔の六百年前の『我が世の春』を振り返らねばならない。ともすれば千年前の小春日和をも——小春日和が春でないことは存じ上げた上で。いきなりそこまで振り返って、首がねじ切れてしまっては大ごとである、いくら僕が中途半端な吸血鬼体質だと言ってもだ。

　なので、間を取って、まずは五年前の春の話をしよう。

　取ったのは間なのか、闇なのか。

　かつて僕が中学三年生だった頃、分不相応にも私立の進学校である直江津高校を、およそ図に乗ったとしか言いようのないテンションで受験し、しっかりその報いを受けることになった——地元のエリート陣が惜しみなく集まるその高等学校で、僕は目も当てられないくらいぼろぼろに、崩れ落ちるように落ちこぼれ、心身ともに調子を崩し、体感的には瀕死の重傷を負った。

　とっぷりと死に浸った、まるで自己愛に浸るように。

　直江津高校始まって以来の不良生徒という過ぎた栄誉を賜ったほどだ——その実態は、遅刻や早退を繰り返す、ただの不真面目な学校嫌いというくらいの怠け者であって、そんな大したアウトローではなかったのだけれど、いやはや、相対評価とは辛いものである。周りがみんな優等生だと、僕程度でも伝説の劣等生になれる。

　審判によっては外角低目のストライクだったはず

だ。

枠に収まる若者である。

そんな僕の人生に大いなる転機が訪れたのは高校二年生と三年生との狭間の春休み、通称『地獄のような春休み』のことだった——僕は吸血鬼に襲われた。

人生の転機と言うか、人生の転落だった。堕落でもあった。

とにかく何らかの落だった。

人生のオチだ。

まだ落ちる先があったのかと驚いた——そんな春休みから更にいろいろあって、いろいろなくして、最終的には比喩ではない本当の地獄にまで落ちたのだから、そう簡単に不幸が底を打ったなんて思ってはならないわけだ。

常に未来は裏をかいてくる。

意表と心臓を突いてくる。

相対評価と言うなら、そんな地獄を知ったからこそ、僕なんてぜんぜん落ちぶれてはいなかったのだと、思い上がっていた、否、思い下がっていた体勢を立て直し、進学どころか卒業さえ危ぶまれていた僕は、受験生へとクラスチェンジした——はたから見れば、ゴールデンウィーク明けに恋人ができたから急にやる気を出して、ネガポジ反転して彼女と同じ大学に進むために躍起になっただけの、主体性のない奴かもしれないけれど、そんな意地悪な見方をしないでいただきたい。

いろいろ複雑だったのだ。

さすがに今となっては既刊を全部読んでほしいとは言えないが、最近はどうやら、オーディオブックという文化も普及したらしいので、詳細はそちらでリファレンスしていただけたらと言ったところで、高校三年生の僕は懲りもせずに、分不相応な国立大学、地元のエリートが集まる曲直瀬大学へと進路を取ったのだった。

大時化の海に乗り出したようなものである。

どれだけエリートに混じるのが好きなのだ、どんなコンプレックスを抱えているのだ。心の闇が深過ぎる。

とは言え、卒業してみると、あのエリート進学高校も、僕が思い込んでいたほど純朴なエリートや純白な優等生の集合体ではなかったと知ることになった——外に出てみないとわからないものだ。奇をてらわずにありきたりな表現で言うと、エリートや優等生にも僕にはないような悩みがあって、僕ではありえないような人間関係の軋轢も抱えていた。『不良生徒』として、僕が怠惰にサボっていたのは、決して授業だけではなかったという悔いは、このあと、ずっと抱えていくことになるのだろう——流れで『懲りもせずに』とは言ったものの、そんな高校時代の失敗を、大学生活でも繰り返すようなことがあっては決してならない。

懲りろ。

懲らしめろ。

繰り返すんじゃない。続けるのでもない。

やり直すのだ。

僕を更生させてくれた委員長の中の委員長はもういないが、しかし、だからこそ僕は、真っ当で王道なキャンパスライフを謳歌せねばならない——そう思っていて、そう心に決めていて、実際、大学に入学してからの一年間、忌まわしきハイスクールライフとそう変わらないくらいには様々な事件が起きはしたものの、経験者の手腕、手練手管でそれなりに凌いできたつもりだったのだが、さて、前置きはここまでである。

枕はここまで。

ここからは布団で、しかし、羽毛布団ではない。

阿良々木暦が二十歳の誕生日を迎える、翌年の四月、中退することも留年することもなく、晴れがましくも大学二年生になった僕は、しかしながら、なぜかひとり暮らしの下宿を離れ、愛しの実家に帰ってきていた。

ただいま、帰りましたっ！

のみならず、僕はもう随分長く、大学に通っていない——忌まわしいサボタージュ癖が蘇ったわけでは、断じてない。

引きこもりと言えば引きこもり。

ご存知、リモート授業という奴だ。

細々と人知れず送ってきた僕の人生なんかと違って、そちらの事情に関してはあえてこれ見よがしに振り返るまでもないだろう、無人島で遭難でもしていない限り大袈裟でなく、世界中の全員が巻き込まれている——新型コロナウイルスによるパンデミックである。

大学の対面授業はすべて中止となり、まだ再開の見込みもない——血反吐を吐きながら机にかじりつき、寝る間も惜しんで、将来使いようもないような暗記事項を脳内に詰め込んだ末に獲得した『Ｇｏ Ｔｏ　大学』のチケットは、ほぼ完璧に無効化されてしまったのだ。

株で失敗した人みたいだ。

すべてをつぎ込んだあの投資はなんだったのか。

恋人や委員長まで巻き込んで、何のためにあれだけ勉強したのだと、これを嘆かずにはいられない——もちろん僕など、それでも相当恵まれた立場にいることは間違いなく、おおっぴらには言いにくいのだけれど、僕の見識の甘さから不当に軽蔑していたエリートからかけられた呪いか何かとさえ思ったくらいだ。

呪われし僕だ。

いや、実際恵まれているのだ。

呪いゆえに、と言うべきかもしれないが——先述の『地獄の春休み』を経て、僕の体質は、半分吸血鬼みたいなものであり、そういった意味では、普通の風邪を引くこともない。

健康体は常に維持される。

強制的に。

脳が吹っ飛んでも心臓が抉られても死ぬことがな

い不死身の化物が、新型だろうと旧型だろうと、コロナウイルスで命を落とすということは、まずない——仮に何かあったとしても、忍に血を吸い直してもらえれば、復活は可能である。

ただ、こんな超常的な安全弁は、なんだかズルをしているような罪悪感からは逃れられないな……、この感染症は、若者のリスクが低いなんて言われると、若いというだけで一種のサバイバーズ・ギルトを抱いてしまうと、命日子の奴も言っていた。若者という言葉が悪口になってしまったと。

食飼命日子。

あいつとも随分会っていない。大学でできた数少ない友人なのに。

命日子は下宿先でステイホーム中だ——本当は僕の誕生日を祝うサプライズパーティを開いてくれる予定だったそうだが、当然それは叶わず、先日、プレゼントだけが郵送されてきた。

変な辞書だった。

対面でもらっていれば、最高のリアクションを取ったのに。

サプライズまで台無しにしてくれるとは、感染症、恐るべし——感染症を広めないためという意味では、僕も下宿にこもって移動を控えて、実家に帰ってくるべきでは、本来はないのだが、これはどこの家庭にもある『家庭の事情』である。

情事ではない。事情だ。

聞いてもらえるとありがたい。

もう隠す意味もなくなってきたし、さほど隠したくもなくなってきたので今回は冒頭で言うが、僕の両親はふたりとも警察官であり、こんなときだからこそ治安を守るために出勤しなければならない、エッセンシャルワーカーである——オンライン警察とはいかない。

サイバーポリスとは部署が違う。

ただ、警察署というのも、いつクラスターが発生するかわからない必然的に密集した場所なので、簡単な決断ではなかっただろうが、彼らは勤め先に泊まり込むという、半ば自主隔離のような生活を率先して送ることになった――息子としてはいったい彼らはどこまで仕事人間なのだと呆れるが、しかし僕も二十歳を迎え、そんな反抗期も、高校と共に卒業している。

親の繁忙期にはもう慣れた。

尊敬すべきだとも思っている。

どころか、『実家に帰ってきて、妹達の面倒を見て欲しい』という両親からのたっての頼みを、断ることができなかった――僕自身も心配だったというのはある、高校二年生の妹・阿良々木火憐と、高校一年生の妹・阿良々木月火を、家の中でふたりきりにするというのは。

何か怖い。

抽象的に何か怖い。

昨年、火憐が高校に進学するのを機会にもう解散したとは言え、栂の木二中のファイヤーシスターズを、長期間、親の監視の目のない状態にし続けるというのは、兄として率先して愚かさを極めて生きてきた僕に言わせても、賢明ではない――ましてこのストレスフルな世相において、である。

だから保護者を代行しよう。

僕もそれくらいはできないとな。エッセンシャルブラザーであろう。

元々の設定では大学二年の春から下宿生活に入るはずだった僕が、先行して一年生のうちから家を出たというのに、まさにその二年冒頭から実家に帰るというのは都落ち感が半端じゃないが、妹達のベビーシッター程度、勤められなくてどうする。

幸い、小中高校は、大学よりも早く再開されることになったし、また僕よりも更に世代の若い妹達は、このコロナ禍を機に親から買い与えられたスマートフォンを行使し、それなりにうまく適応しているようだ。

それなりどころか、巧みに。

匠（たくみ）に、と言ってもいい。

授業は再開されたとは言っても、合唱コンクールも文化祭も体育祭も修学旅行も、中止、または延期、規模の縮小を余儀なくなされる中、大したものである——特に月火のほう。

「飲食店の店員さんじゃなくっても、マスクの下は笑顔だよね！」

と、元気いっぱいだった。

目元だけで笑顔だとわかる。

つきひクオッカだ。

元々、窮地に追い込まれるほど生き生きするタイプの妹達だとは思っていたので、意外や意外、と言うほど意外でもないし、むしろ意中でさえあるのだが、やはりこういった災禍の中でこそ存在感を増し、リーダーシップを取れる人間というのが一定数いて、元ファイヤーシスターズのふたりは、中学校時代の同期にSNSで声をかけ、オンラインイベントを開催するという潑剌（はつらつ）ぶりだった。

さぞかし消沈する高校生活の幕開けかと思われたが、この分だと、火憐と月火が私立栂の木高校でファイヤーシスターズを再結成する日も遠くないのかもしれない。

エネルギッシュだ。

本当に僕の妹なのか疑わしいくらいである。

その場合、竹の中から拾われてきたのは僕だろうな。

若さが責められるような、アンファン・テリブルよりも恐るべき社会情勢において、より若い人間を羨（うらや）むようなことを言っても仕方がないし、まあ、こんな機会でもなければ、妹達のためにキッチンに立つという経験もできなかったと、ここは前向きに捉（とら）えておくことにしよう。顔を合わせれば殴り合いになっていたような、不仲だった頃の埋め合わせでもないが、実際、得がたい経験値を稼がせてもらっている。僕自身、下宿先のアパートで過ごすよりは、塞（ふさ）ぎこまずに済んでいると言える。

下宿先と言えば……、老倉育だ。

我らがオイラーだ。

そもそも僕は、あの幼馴染を心配して、あいつの隣人になるために予定を早めて実家を出たのだが（今だから言うが、僕がひとり暮らしを始めた理由はそれだけだ。そうでなければ一生実家暮らしだったかもしれない）、それこそスマートフォンに友人・恋人からの通知がひっきりなしであろう常時オンラインでテレホーダイな命日子と違い、また、ステイホームとは言っても、寮生活であり、否応なく共同生活を送っている戦場ヶ原ひたぎとも違い、掛け値なく『ひとり暮らし』で、帰る実家もない老倉は、この状況下でまともな精神状態を保てているのだろうか？

心配だ。

僕の心を配りたい。

元々、あいつの精神状態はまともではないという事情もあるが……、老倉ひとりを残してこうして実家に帰ってきてしまったことについては負い目があった。

しかもあいつはリモート授業が苦手だ。

と言うより、パソコンやスマホのインカメラが苦手なのだ……、写真撮影を病的に嫌う傾向は、ただでさえこの監視社会ではさぞかし生きづらかろうと思っていたが、それどころではない世の中になってしまった。

どれだけ祝福されてないんだ、あいつは。

リモート会議に対応できない人間は時代の遺物みたいに、ここぞとばかりに責められる傾向があるが、違う、ここぞどころか人生の大半で迫害され続けてきた老倉は、『カメラレンズ』という間接的な視線にも耐えられないだけなのだ……、何もパンデミックに限った話じゃないのだろうが、弱者はこういうときに本当に弱い。

ずっとマスクをつけていると呼吸が妨げられて辛いという人もいれば、マスクによって人目を避けられ、匿名性が上昇するので、息がしやすくなるという人もいるのだから、まことに多様性である。

一様な被害でこそ、多様性が露骨に浮き彫りになるというのも皮肉だ——浮き彫りなのか、浮き沈みなのか。

そうでなくとも老倉はどんどん思い詰めちゃうところがあるし、ある日、忠実なる幼馴染として、僕は勇気を出して我が家に誘ってみたのだが、にべもなく断られた。

「なんでだよ。僕達は家族みたいなものなんだから、対面授業が再開されるまでは、昔みたいに阿良々木家で過ごせばいいじゃないか。ひたぎにはうまく言い訳しておくよ」

「死ね」

ガチャ切りされた。

携帯電話でどうやってガチャ切りしたんだ？

お前、今回の台詞、それだけになっちゃうけどいいの？　とりあえず元気そうではあった……、何よりだ。

後日、ひたぎのほうに確認してみると、なんでも老倉は、ストーカー気質の隣人がいなくなったため、むしろこのコロナ禍で心身の健康を取り戻しているとのことだった。

何と、ストーカー気質の隣人がいたのか。

反対側の隣人かな？　でも、老倉の部屋は角部屋だったと思うけど……、まあいい。少しでも老倉が幸せなら、それだけで僕は最高に幸せだぜ。

僕を幸せにしてくれてありがとう。

そうそう、ストーカー気質と言えば——神原駿河である。

押さえておきたいところでしょう。

僕は曲がりなりにも一年のキャンパスライフを謳歌してから迎えたコロナ禍なわけだけれど、ひとつ年下の神原駿河の世代に関して言えば、あいつはまだ一年どころかたったの一日も、大学に通えていない……、神原や日傘ちゃんを前に、僕の嘆きなどあってないようなものだ。

受験の苦しみを知っているだけに、その心中を知る術はない。

こういう苦境を比べっこするようなこと自体が無意味だし、うがった見方をすれば、自分よりも苦境にある人間を見て、『自分はまだマシ』と思い込もうとしているだけのようでもあって、それこそ心苦しくもあるのだが……、神原や日傘ちゃん、あるいは高校を卒業してから縁の生じた女子バスケットボール部員の面々が、どれだけの受験勉強を経てそれぞれの志望校への切符を勝ち取ったのかをまざまざと真近で見て来たからこそ、あの子達の現況は可哀想(かわいそう)でならない。

進学校の優等生も、こうなると形無しだ。

理不尽である。

さりとて励(はげ)ましに行ってあげることもできないし、会食に誘ってあげることもできない。インターハイも、今後どうなっていくことやら……、運動部に所属したことのない僕はアスリートの気持ちがわかるわけじゃないが、高校スポーツのありかたも、部活動のありかたも、まるで変わっていくことになるのだろう。

期待されるワクチンも、未成年はまだ打てないって話もあるし——ああ、いや、励ましに行ったわけではないが、実家に帰ってきてから一度だけ、神原とは会っている。

むろん、ソーシャルディスタンスを保ちながらではあったけれど……、あいつの家を訪問したのだ、片付けのために。

ただでさえあの『片付けられないスーパースター』が、四六時中のステイホームをするのである、部屋が散らかるなんてものじゃない。ウイルスの汚染以前に、自宅の汚染のほうが深刻だった。ひとりで地球を温暖化させるつもりか。真面目な話……、別の病気になりかねない。

とは言え彼女は、祖父母との三人暮らしというハイリスクな状況にあることも事実であり、なるべくなら自室を居心地のいい環境に整えねばならなかった――散らかった自室もそれなりに居心地がよかっただろうが、高校も卒業し、名ばかりとは言え大学生になったのだから、いつまでも汚部屋の住人でもないだろうと心機一転し、整理整頓に取りかかろうとしたらしいが、一時間で挫け、僕への泣きが入った。

スポ根の根性はどうした。

まったく、高校三年生のときに見かねて始めた神原部屋の掃除が、まるで救命行為のような形で今も尾を引くなんてまさか思いもしなかったが、ここで『いや、こんなご時世だから、部屋は自分で片付けてください』というのは、後輩に対してさすがに距離を取り過ぎだ――片付けを終えての握手もハグもハイファイブもなかったが、口実をもってオフラインで神原の様子が見られただけでも、お片付けの十分な報酬だった。

毎朝毎夕十キロ走っていたほどアクティブな彼女だから、動こうにも動けない巣籠りはさぞかし辛かろうに、少なくとも僕の前では、気丈に振る舞ってくれていた――自室の掃除はまだできなくても、やはり、いつまでも高校生ではないということかもしれない。

たとえ大学に一日も通えていなくとも。

ただ、僕なんかは高校時代から慣れたものだけれど、神原や日傘ちゃんみたいな友達の多いタイプにとって、『新しい友達ができない』という今のような環境は、響くものなんだろうな……、そんな痛みは想像することしかできないが。

この状況で『相変わらず』だというのは、やっぱり『無理をしている』っていうのとイコールなんだよなあ。

この流れで思い出しておくと、友達と言えば、僕の友達、八九寺真宵である――本来、友達と呼ぶのも恐れ多い、いまやこの町の神様である彼女が今どうしているのかを紹介すると、うどんを持ってアマビエさまにお願いしに行っている。

琴電のことちゃんだ。

まあ、神様とは言え、八九寺はお散歩の神様であり、迷子の神様なので、ステイホームには弱いのだ……、性格的にも神原に負けず劣らずアクティブで、引きこもりの真逆なのだ。それでも僕の地元であるこの町で感染症の影響がさほど広がっていないのは、彼女の御利益と言っていいのかもしれない。健康のための散歩が守護されている。

あいつも大変なときに神様になったものだ。

責任を感じざるを得ない。

大学生になってからは、やんちゃだった頃のように、あの小学五年生の幽霊に後ろから抱きついたり頬ずりをしたりキスをしたり服を剝いだりすることはなるべく控えていたけれど、今はそんなとってつけたような倫理観を発揮する必要さえなくなってしまった。なんて世の中だ。

そんな濃厚接触は家族にしか許されなくなった。

やれやれ、いったい、なんのために生きているんだろうな、僕は？　一生妹達とじゃれていろと言うのか？

ステイホームで家族間トラブルが生じる危険もあるわけで、妹達、あるいは両親と深刻に仲が悪かった頃ではなくてよかったとは言える。児童虐待の専門家としては、本当にそう思う。

まあ、地元が穏やかなのはいいことだ。

我らが自治体が提唱する『いただきマスク』という黙食の風習も、すっかり定着したきらいがある。数々の問題児達とランチミーティングを繰り返した日々も今や昔だ。

穏やかであるがゆえに、心理的にロックダウンがかかっていると言えなくもないが……、町を出づらくなってしまっていて、仮に大学で対面授業が開始されても、そのときにもう一度、実家を出る気持ちになれるかどうかは微妙である。

マジで一生実家暮らしか。

妹達の面倒を見て一生を終えるのか。

そういう意味では、心配なのはこの守られた地元を離れたふたりのことだ……、言うまでもなく、千石撫子と羽川翼である。

今、どうしているんだ、あいつらは。

本当にどうしているんだ。

千石と音信不通になっているのは、完全に僕の自業自得なのだし、僕があの昔馴染の少女を心配すること自体が傲慢であり、不遜であるとさえ言えるのだが、それでも、中学校を卒業し、高校に進学せずに上京したという破天荒な噂を聞かされて、不安にならずにいられるものか。

いったい何があった……。

月火に訊いてもとぼけやがるし……。

そして羽川翼である。

僕の羽川翼である。

羽川……、あいつは元々、マジでどこで何をしているのかわからない、それを知る者が本気で誰もいないくらいに、ただでさえ音信不通だったというのに、その位置情報を突き止める前に、世界がこんな風になってしまった——アフリカ大陸で医療関係の奉仕活動に従事しているところまでは突き止めたのだが、そこでぷっつりと糸が切れたかと思うと、のっぴきならないこの状況である。

この感染状況である。

なんだかんだ、しくじりや見込み違いはありつつも、日本はぎりぎり健闘しているほうだとは思うのだが、これが海外となると、同じパンデミックでもシチュエーションはまたぜんぜん違ってくる——医療体制、政治体制、文化風俗、社会情勢、気候、格差、人口密度……、分断。羽川が今、どんな国のどんな場所にいるかで、心配しなければならない度合いが乱高下するけれど、あいつのことだ、安全圏にいることはまず考えられない。

むしろコロナ禍で、より苦境にある地域にこそ、積極的に移動していそうだ——僕のみならず、ひたぎや老倉とも連絡を絶っているのは、言っても平和な国で暮らす僕達に余計な（あるいは真っ当な）心配をかけないためであり、またトラブルに巻き込まないためでもあるのだろうが、さすがのあいつも、ここまでのパンデミックは予想していなかったはずだ。

何でもは知らないのだから。

それとも、医療関係のボランティアに従事していたのなら、そんな意外性はなく、起こるべくして起きたという認識なのだろうか——『知ってることだけ』の内だっただろうか。確かに知識層の間じゃ、このグローバル社会では、感染爆発は確率的な必然であるとも言われていたとか、いないとか。

ならばどうしようもない。無事を祈るしかない。

やきもきしながら。

まったく、恨むぜ、忍野——

本来ならば今頃、たとえ海外にいるにしても、MITとかケンブリッジとか、そういう進学としての留学だったはずの委員長の中の委員長、優等生の中の優等生が、直江津高校卒業後、放浪のバックパッカーとなったのは、あのアロハの影響が限りなく大きい。

放浪のおっさんが放浪の少女を生んだ。

もっとも、忍野メメの場合は、その放浪範囲は基本的には国内に限られていたので、羽川は現時点で既に師匠を越えているとも言えるのだが……、まあ、あのおっさんに関して言えば、僕が心配する筋合いではない。

筋もなければ義理もない——あるとすれば恩だけだ。

ステイホームも何も、ホームを持たない忍野がどのように日々を暮らしているのかを思うと、そりゃあ心穏やかではいられないけれど、あいつなら何とかしているだろうという根拠のない確信もある——

もしもあの学習塾跡の廃墟がまだ存在していて、あの専門家がまだそこをねぐらにしていたなら、それこそアマビエさまとの交渉を依頼していたかもしれないが、たらればを言っても仕方あるまい。

だけど、こんなときだから聞きたいね。

「元気いいなあ、阿良々木くん。何かいいことでもあったのかい？」

なんて、気取った台詞を。

ちょっとは元気になれそうだ。

羽川の行方も忍野の所在も、もしかしたら、『なんでも知ってるおねーさん』こと臥煙伊豆湖さんに訊いたら教えてくれるかもしれないけれど、あのおねーさんとは現在、絶賛絶縁中だった……、ソーシャルディスタンスどころではない。

対義語のパーソナルディスタンスだ。

教えてもらえるものなら、斧乃木ちゃんや扇ちゃんの現在も、教えてもらいたいものだけれど——縁を大切にしない人間は、こういうときにはあっさり孤立しちまうぜ。

吸血鬼もどきの孤独死とか。

ありそうで笑える。

まあ、あのふたりに関して言えば、死体人形と『くらやみ』を、どう心配すれば心配したことになるのかがわかりにくいというのはある——むしろこういった混沌の中では、頼れる二名なのだ。

輝く死体に輝く闇だ。

月火とは別のルートから確認したところでは、千石には斧乃木ちゃんがついているから何が起きても大丈夫だとか、そんな心安らぐ話もあったし、直江津高校に居続けることを決めた扇ちゃんは、きっと女子バスケットボール部の後輩陣に限らず、あの高校を守護し続けてくれるだろう……、彼女なりの守護ではあるにしても。

まあ、そんなこんなで、みんなそれなりに、このコロナ禍に対応しているわけだ——トイレットペーパーが売り切れるとかマスクが入手できないとか、そういうパニックの段階は、ひとまず終わったのだろう。

リモートでなんとかなってしまうがゆえに、いつまでも始まらない対面授業のように、なまじ対応できてしまうがために対応が遅れてしまっている側面はあるにしても、僕自身、このステイホーム生活に慣れた感じもある。

慣れていいのか、悪いのかはまだわからない。

パニックが終わっても、パンデミックは続く。

もしもこの状況が改善しないようであれば、逆にオンライン授業にもっとしっかり適応したほうがいいのだが、あまりリモートに慣れてしまうと、いざ対面授業が始まったとき、そのほうがしんどいと思ってしまいかねない――今更大学に通うのが面倒臭いとか、一人暮らしはもういいやとか、大学なんかこんな感じだったら意味ないしやめようとか、そんな風に感じてしまったらどうしよう？

さすがの児童虐待の専門家も、家でおとなしくしているだけでは、トラブルに首を突っ込むこともないから、コロナ禍以外の事柄に関して言えば、平和そのものの自粛期間である――階段から女の子が落下してくることもないし、迷子の少女と出会うこともないし、スーパースターにストーキングされることもないし、蛇の呪いに縛られることもないし、野良猫に引っかかれることもないし――ゾンビに妹を殺されることも、暗闇（くらやみ）に吞（の）まれることも、幼馴染に殺されることもない。

時間移動とか地獄に落ちるとかも。

終わっても終わっても終わり続けてきた物語が、すっかり失われてしまった。終わっても終わっても終わっても終わっても終わっても終わっても終わっても終わり続けてきた物語なのに。

おかしな話だ。

もしもこの感染爆発が起きたのが二年前だったら、僕はあの春休みに、羽川と出会うことも吸血鬼に出会うこともなかったのだから——それともリモートで遭遇していたのかな？

スカートのめくれた女子高生や四肢を切断された吸血鬼の生配信など、速攻でＢＡＮされるに決まっているが——と。

時差登校で通学するできた妹達を見送ったのち、暇にあかしてつらつらとそんな『これまでのあらすじ』を振り返っていた僕だったが、そこで、

「お前様」

なんて声が、僕の影から響いた——おやおや。

それこそ自粛期間が始まるずっと前である二年前の春休みから、まずは学習塾跡の廃墟で、その後は僕の影に潜伏し、ステイホームしていた金髪の幼女が、こんな午前中から、のそのそ這い出してきたではないか。

忍野忍。

金髪金眼、見た目は八歳の幼女。

さりとてその正体は、鉄血にして熱血にして冷血の吸血鬼のなれの果て——六百年生きた怪異の王の絞りかす。

ちなみに出会った頃は『五百歳』とサバを読んでいたけれど、あれから二年を経て、ついにどう切り捨てても言い訳のきかない六百歳へと甲羅を重ねた幼女である。

六百歳の幼女と二十歳の僕。

いかすね。

僕のような男はいったいどんな風に二十歳を迎えるのかと、わくわくしていたつもりもない——命日子主催のサプライズパーティが中止になったのは残念極まるが、それどころではない驚きが世界を包んだのも間違いない。

二十歳になった途端、飲酒や喫煙に興じるつもりはなかったとは言え、選挙すらもリスクに数えられる世の中で、僕の誕生日に生まれるものなどないのだ。

「ちいと提案があるのじゃが、今、よいかの、我が

あるじ様」

「構わないぜ。見ての通り退屈しているし、提案に飢えているんだ、今の僕は。空白のスケジュール帳に、少しは予定を書き込みたい」

ステイホームにもう慣れたみたいなことを言ったけれど、それでも、なかなかお前みたいに引きこもれるものじゃない……、この幼女を僕の影に始終縛っている残酷さを、今更ながら痛感させられて、どんなお願いでも聞いてあげたいという気分にさせられる。

なんだろう、ドーナツかな？

昨今はミスタードーナツも路線を変えてきて、高級志向のドーナツも増えている。貴族の出である忍の好みには合いそうだ。

本来夜行性である忍が、こうして午前中から起きてきたことを思うと、彼女の生活習慣もこの鬱屈（うっくつ）した世相の中、気付きにくい程度には乱れているのかもしれないし、気晴らしに付き合うくらいはなんでもない。

もう従僕ではないが、幼女に従うのは僕の喜びだ。

そう安請け合いした僕だったが、しかしながら、ステイホームの達人である六百歳の幼女は、僕のような初心者の予想を超えてくる。

「これからヨーロッパへ旅行してこようと思うんじゃが、一緒にどうじゃ？」

002

「忍。悪いけど、もう一回言ってもらえるか？　ディレイがあってよく聞こえなかったんだ」

「顔を数センチの距離で突き合わせて話しておるのに、ディレイなんぞあるわけがなかろう。まったく、儂（わし）と少しでも長く話をしたいからと言って、そんな白々（しらじら）しいことを言いおって」

確かにここのところ会話に飢えちゃあいるが、聞き返したのはそんな理由じゃあない。ディレイは生じていなかったが、聞き間違いであってほしかったからだ。

ちなみに、忍は僕の影に縛られているので、夕暮れ時でもない限り、ソーシャルディスタンスの取りようがない。

ゼロ距離が僕らのディスタンスだ。

デカダンスな距離間である。

数センチやゼロ距離は大袈裟でも、常に密接に会話せざるを得ない……、あの見透かしたようなアロハの専門家も、さすがにこんな事態を想定して、忍を僕の影に封印してはいないのだ。

本来、幼女との密接は、いい意味だったはずなのに。

「幼女との密接にいい意味なんぞあるかい。まあよかろう、よく聞けよ。二度目はあっても三度目はないぞ、我があるじ様。『これからヨーロッパへ旅行してこようと思うんじゃが、一緒にどうじゃ？』じゃ」

「聞き間違いではなかったか……」

がっくり肩を落とす。

三度目どころか死に目にあった気分だ。

残念だ……、僕はこうも縛られた自粛生活の先輩として、忍を誉め称えようと思っていたところだったのに、その張本人が、こうも意識の低いことを言い出すなんて。

こんな悲しいことはない。

外出どころか、海外旅行だと？

何がどうしてそうなった。

いや、気落ちするな。

こんなすり合わせは、今、日本中のあちこちでおこなわれていることに過ぎない。僕だけ例外というわけにはいかないのだ。

どんな人間にだってミスはある、たとえ人間でなくてもだ。

ミスは正せば、ミスじゃない。

「忍、よく聞け。確かに僕やお前は、こういったパンデミックにおいてリスクは低いかもしれないけれど、しかしそれは発症や重症化リスクが低いというだけであって、周囲に感染させるリスクが低いということではないんだぞ?」

ファクターXだったりで日本人は重症化しにくいと楽観的に構えていると国際社会において孤立を招くみたいな論である。

自分達だけ大丈夫でも大丈夫じゃないわけだ。

忍は見た目幼女なので、そちらのリスクも、比較的低いのかもしれないけれど、これについてはどこの政府の感染症研究所も、サンプルが少な過ぎて判断の難しいところだろう。元吸血鬼の幼女が、感染症を広げるリスクというのは……。

下手に検体に加えると全体を歪めそうだ。

「ふん。愚問よ。あのアロハ小僧が妖怪変化のオーソリティであるならば、吸血鬼の王であるこの儂は、パンデミックの専門家のようなものじゃ。頭が高いわ」

「そうなの?」

何かのメンバーに呼ばれてたっけ? 情報番組でアクリル板越しにコメントしてたかな?

いや、でも確かに、そもそも怪異としての吸血鬼の起源は、感染症の蔓延と無縁ではないのだったな……、吸血鬼が感染症を媒介する蝙蝠を眷属としていたり、蝙蝠に変身したりするのは、つまりそういう名残だ。

そうだよ、そうでなくとも忍は六百歳なのだ。

体験談として、スペイン風邪やペストを知っているはずなのだ——新型コロナウイルスに関して、メディアで見た程度の知識しか持たない僕なんかより、よっぽどオーソリティである。

感染こそしていなくとも、数々のパンデミックを見聞きしているはずだ。

「だったらなんで、よりそんなことを言い出すんだよ。ここのところ比較的大人しくしていると思ったら、急にぶっ飛んだことをぶっ込んできやがって――ヨーロッパって。この状況下でヨーロッパに旅立てるのは哀川潤だけだよ」

なにせあの赤い人は、緊急事態宣言が発出されている真っ最中にヴェネチアを旅していたのだ……、世界観が違うとは言え、とんでもない人間がいたものである。

さすが人類最強の請負人だ。

僕が吸血鬼のときでも勝てる気がしない。

「ヴェネチアと言えば、話題になっていたマンゾーニの『いいなづけ』を読んでさ。こんな機会でもないと間違いなく触れることがなかったであろう歴史的名著だったから、そう考えると、こういった自粛期間でも自分を磨くこともできるんだなってつくづく思ったよ」

「ああ。その本なら儂は初版で読んだわ」

本当？　マウント取りに来てない？

話題になる前から読んでましたよみたいな……、今は日本のMANGAに嵌まっている幼女が、とてもあの書を読んでいたとは……。

疑惑の目を向けざるを得ない。

「いろいろ考えさせられたぜ。僕達も昔、本筋に関係のない雑談がいくらなんでも多過ぎるんじゃないかと密かに悩んでいたものだけれど、『いいなづけ』だったり『レ・ミゼラブル』だったりを読んでみると、あれでもまだ足りないくらいだったなって」

「何を考えとるんじゃ」

突っ込まれた。

ジャーニーに向かおうとしているならず者に。

「その本が日本では絶版になっとったことを思い出せ。儂は『レミゼ』も発売日に読んだが、今ではあの本、ダイジェスト版でしか読んでもらえんじゃろ。学ぶのならばそういうところから学べ」

ちゃんとした説教だな……。

確かに、ひたぎから勧められながらも途中で挫折した、ダイジェストじゃない『レ・ミゼラブル』全訳の感想は『ジャン・バルジャンはいつ出てくるんだよ！』だった。

よくあの長さの話を、わずか数時間のミュージカルにまとめたものである――いや、我々の映像化も、まさしくそういうメディアミックスだったと言える。

学ばねば。受験が終わっても。

「でも、道端(みちばた)でばったりエンカウントしたヒロインと、なんてことのない雑談を冗長なまでに交(か)わすって展開も、もうやりにくくなっちゃった感は否めないぜ」

「そうじゃの。こうなって初めて、無駄話のありがたみを嚙(か)みしめたの。じゃから四の五の言わずにヨーロッパへ行くぞ」

嚙みしめた割に嚙み合わないな、相棒。

ちょっとした散歩くらいなら、散歩の神様に守られしこの町でのことだ、微に入り細を穿ち目くじらを立てるのもどうかと思うけれど、海外となると、水際対策の問題にもなってくるのだと、この元貴族にどう説明すればわかってもらえるのだろう――女子高生の妹ふたりの保護者役でもいっぱいいっぱいだと言うのに、この上、幼女の面倒まで見なければならないとは。

保護者どころか保育である。

コロナ禍で保育園や小学校がお休みになったとき、子供がずっと家にいることになるご家庭は大変だったそうだが、まさか僕がそれを体感することになろうとは……。

どうしようかな。

マジでどうしようかな。

おいしいドーナツを食べさせたら忘れるかな、こんな突発的で衝動的っぽいアイディア……、キスで黙らせるという昔ながらのやりかたは、濃厚接触を禁じられた今ではやりにくい。いや、コロナ禍でなくともあの方法は、二十歳を迎えた大学生が、幼女に対しておこなうことではなかろう。

そこも学習である。

うーん、仕方ない。

とりあえず一回、全部喋らせてみるか。

こんな風に価値観が衝突したときに、頭ごなしに否定しても喧嘩になるだけだから、なるべく議論にならないようにしないと。

議論を避けて、反論を封じる。

さすがにまさか、『今なら逆に観光地がすいているから』みたいな理由でヨーロッパ行きを言い出したわけではあるまい――確かに、観光客がいなくなってヴェネチアの運河が綺麗に透き通った、みたいな話もあるそうだが。

コロナ禍でお金の使いどころがなくなったため、株価が上昇したなんて、机上どころか雲の上の理論でさえ成立するニューノーマルである。もう何が起きてもおかしくない。

どんな不思議も、不思議じゃない。

さあ、不思議な金髪幼女は、どんな理論をもって、あるじである僕を旅にいざなうのだ？

「まあ『なんとなく』じゃな。インスピレーションじゃ。大丈夫じゃろう。そんな大したことにはならんって、たぶん」

「やべえ奴だ」

僕はこんなやべえ奴と十五年以上、コンビを組んでいたのか……、たまに聞く、断り切れない相手からの会食ってこんな感じなのかな。

うわあって思う。

思い出した思い出した、こいつはこんな軽いノリで、僕をタイムスリップに誘ったことがあるのだ……、地獄どころか天国に送り込まれたこともあったよな。

もう『いいなづけ』とか『レミゼ』とかじゃなくって、『神曲』とか『ファウスト』とかだよ、こうなると。

せめて『デカメロン』といきたいもんだぜ。

「なにが『デカメロン』じゃ。多少本を読んだ程度で書生ぶるな。高校生の頃は『委員長の胸はデカメロンだ！』とかほざいておった癖に」

「そこまで品のないこと言ってた？」

捏造するなよ、僕の品性を。

下品性を。

今現在、羽川が行方不明の音信不通であることを加味すると、不謹慎どころじゃない。謹慎すべき発言である。

まあ似たようなことは言ったかもしれないけれど、しかして、僕はもう高校生ではないのだ。今の僕が大学生であるかどうかは微妙なラインで定義にもよるが、しかしもう、羽川のおっぱい絡みではしゃいだりはしない。

おっぱい絡み。

ときめくワードで三十ページくらい語れそうだが、これも無視だ。

「アイザック・ニュートンはパンデミックで疎開したときに、木から落ちる林檎を目撃し、万有引力の法則を発見したそうだ。僕もかくありたいと思っている。誘惑するような真似はよしてくれ」

「そのニュートンはヨーロッパの偉人じゃろう。かくありたいなら、渡航せねばの」

「誘惑するねえ、林檎のようなおっぱいで」

「誰が林檎のようなおっぱいじゃ。無視できとらんじゃろうが、おっぱい絡みを」

ガン見だった。

ただ、落下する林檎を見て万有引力の法則を発見したというエピソードのほうが眉唾なので、これもひいてはどこまで信じていいのかどうかを判じかねる逸話ではある。

「林檎は林檎でも、姫林檎だけどな」

「十七世紀の裁判でも、訴えたら勝てそうじゃ」

「李かもしれない。李も桃も桃のうちだ」

「海の藻屑にしてくれようか。ももももも屑にしてくれようか。カスピ海の」

ふざけているわけではなく、僕は先程から、『いいなづけ』から学んだ雑談に交えて話を逸らそうと試みているのだが、なかなかうまくいかない――カスピ海を絡めてくるとは、どうやらこの幼女、かなり欧州にご執心のようである。

カスピ海がヨーロッパかどうか、地理を学ばなくなって久しい僕には直感的にはわからないが――直感。

インスピレーション……。

ついつい、『なんとなく』なんて言われたから、こっちもずっこけてしまったけれど、それがインスピレーションであるなら、事情が少し違うのかもしれない。

だって、ただのインスピレーションではない。

元怪異の王のインスピレーションなのだから。

第六感、つまり霊感は、怪異が言う場合、単なる胡散臭さとは違う意味がある。

「第一、我があるじ様ともあろう者が、このような同調圧力に屈しておるのが気に食わぬわ。気持ちのほうがぺしゃんこじゃ。高気圧にいいようにされて、儂の機嫌が低気圧じゃわい。いつからそんな奴隷根性の持ち主になったのじゃ」

「お前に奴隷にされたとき以来じゃないだろうか、もしなったのだとすれば」

同調圧力に屈するのと、お前からの圧力に屈するのと、いったいどれほどの違いがあると言うのか――そう思いつつ、慎重に僕は探りを入れる。相手は、インスピレーションというキーワードについて直接訊ねたところで、素直に答える金髪ロリ奴隷ではないのだ。

後ろから切りつけないと。

「ヨーロッパと一口に言っても、色んな国があるぜ。EUに所属していない国もあれば、シェンゲン協定に加盟していない国もある。西欧と東欧、南欧と北欧が同じ文化圏だと思ったら大間違いだ」

ありし日の羽川から聞いた知識を、そのまま流用する僕である。

これは受験知識とは言えない。

ただし、東洋の日本も含め、実際に国々の感染症対策がバラバラであることは、羽川の話が聞けなくなった今では自明のことだ——グローバリズムというのも難しい。

グローバルディスタンスとでも言おうか。

この本が出版される頃、オリンピック・パラリンピックは本当にどうなっていることやら——アスリート代表である神原の意見をうかがってみたいところだ。

「ロックダウンをおこなう国もあれば、あえて強い対策を打たずに集団免疫を獲得しようとしている国もあるわけで、お前が行きたいのが後者のような国々であるならば、まあ、かすかな可能性がないわけじゃない——」

の、かな？

県外にさえ滅多に出たことがない大学生としては、この状況下で海外に飛び出そうという発想自体がないので、出入国に際しての検査や隔離に関して、詳細を把握しているわけではない。

この状況でも己に無関係と感じる情報には疎くなれるというのだから、人間は勝手な生き物だ。本当に社会的生物なのか疑いたくなる。

蜂や蟻に及んでいない。

出るには出られても、帰ってこられなくなるんじゃあ、それは旅行どころか亡命である——そりゃあ僕も高度に倫理的な人生を送ってきたわけじゃないけれど、亡命しなくちゃいけないほどの悪さを働いた憶えはない。あまりに酷いことをして記憶喪失になっているのでなければ。

「——忍さんよ。お前が行きたいのはヨーロッパのどのあたりだ？」

「グリーンランドじゃ」

「グリーンランド!?」

あそこ、ヨーロッパに属すの？

ああ、属さなくもないのか……、デンマーク領だから。

「と言うのは冗談じゃ。場をなごませるためのユーモアじゃった」

　一応、忍のほうからも、このストレスフルな世相において、ぴりぴりした空気にならないよう、気を遣ってくれているようだった……、随所に笑いを織り込んでくる。

　笑えないにしても。

　そう言えば昔、南極で暮らしていたこともあるんだっけ、この吸血鬼は――それこそ軽口だったが、二年前の春休みに日本に来たのも、観光だと言っていた。

　後の展開を思えば、あれこそ亡命みたいな命からがらだったけれど。

　そして今は、からがらならぬ亡骸のような抜け殻である。

「南極でも感染は確認されたって言うし、あの大陸には怪異は存在しないって理論も、もう過去のものになりつつあるのかもな。結局、寒い場所のほうが感染爆発は起こりやすいのか、そうじゃないのか、わかりづらいぜ」

　夏になれば人間の活動も増えるからとんとんって話なのかな。現時点の理解では。

「地球規模で見れば、どこかは必ず夏でどこかは絶対冬じゃからのう」

　さすが、六百歳はものの見方がでかいぜ。

だからこそ、感染症の重大さがよくわかっていないのかもしれない……、僕達にとっては百年に一度あるかないかの歴史的な出来事でも、こいつは『ままあること』くらいに捉えているのかも。

　前もその前もその前の前もなんとかなったし、今回も大丈夫だろって感じ？

　それを責めるのは無理があるけれど、しかしだからと言って見逃すのもまた違う――僕は「で、本当のところはどこに行きたいんだ？」と、改めて質問する。

まあ、羽川の発言を引用して偉そうなことを言ったものの、受験勉強を終えて久しい僕は、イギリスが脱退したあとのＥＵが何ヵ国なのかもわからなくなっているし（二十ヵ国以上、だったような気が――）、どころか、ヨーロッパの国名をすべて言えるかどうかさえ怪しいくらいだった。

もしもここでうろ覚えの国名を言われて、無学が露見したらどうしようと密かに構えていると、果たして忍は、

「位置的には、お前様の言う西欧と東欧と北欧と南欧の、ちょうど真ん中あたりじゃな」

と、なぜかあやふやな表現をした。

中央ヨーロッパ？　中欧？

そんな言いかたあったっけ？

「忍、ずばり国名を訊いているんだよ」

「訊いても無駄じゃぞ。もうとっくに滅んだ国じゃから」

つれなく、忍は言った。

つれなく、つまらなそうに。

「歴史書にも残っておらん。儂がもう忘れてしまったから、誰も覚えておらんじゃろう、国名など――克明に忘れられたわ」

「…………？」

最後に同音異義語を織り交ぜられたせいで思考が若干かき混ぜられたが、何、滅びた？　亡命ならぬ亡国？

まあ、さすがに『パリ〜サン・セバスチャン周遊・食い倒れの旅』を企画しているのだとは思っていなかったが……、それに、フランスやスペインばかりがヨーロッパではないというのは、まさに僕の言いたかったことのそのもの正鵠でもあるのだが、それにしても亡国とは恐れ入った……、影に縛られている引きこもりが向かう先としては、いきなりハイレベルじゃないのか？

「じゃから検疫や隔離期間はおろか、パスポートやビザさえ必要ないわ。もしも国名がないと克明にや

りにくいというのであれば、アセロラ王国とでも仮に名付けよう」

なぜか『国名』と『克明』を掛けることにハマってしまったらしい忍だけど、それはともかく、アセロラ王国とは。

それじゃあまるでお前の支配する王国みたいじゃないか、斧乃木ちゃん風に言うところの、旧キスショット・アセロラオリオン・ハートアンダーブレード――ん？

アセロラ？

アセロラ――姫？

「そもそも、お前様よ。今禁じられておるのは、不要不急の外出じゃろうに」

肩を竦めて言う忍。

当然ながら、そのあとには『不要不急でなければ出掛けたって構わないはずだ』というお決まりの文言が連なるのだと思ったけれど、しかし元貴族にして、元王女の言うことは違った。

「外出ではなく帰宅であるなら、許されるはずじゃわい」

003

外出ではなく帰宅。

まるで頓智みたいなことを言い出したが、しかしもしもそのアセロラ王国（仮）が、僕が思った通りの国であるならば――僕が思った通りの亡国であるならば、より厳密には、それは帰宅ではなく帰国と言うべきだ。

忍野メメにより、忍野忍と日本名で名付けられているし、この二年ですっかり馴染んだので、そういう風に受け入れていたけれど、そもそも忍は吸血鬼としては外来種なのだった――しかも、一国の王女なのだった。

アセロラ姫と呼ばれていた。

あるいは、『うつくし姫』と。

ならば亡国とは、戦争で滅んだとか、そういう意味合いでさえない――彼女がかつて人間だった頃、自身で滅ぼした王国なのである。

吸血鬼になる前だから……、五百九十二年前に滅んだ王国？　いや、違うな。忍の今の姿が八歳なのは、僕のせいであって、正式な年齢ではない。

「お前様のせいと言うより、この年齢感はお前様の好みじゃがな」

「完全体、本来の姿は二十五歳から七歳くらいだっけ？」

忍の的外れな指摘をすみやかに無視して、僕は再計算する――再計算というほどのこともない引き算だが、つまり五百七十数年前に滅んだ小国というわけか。どちらにせよ、国名が残っていなくてもおかしくないくらいに昔のことではある。

歴史だ。


いやはや……。

そんな『姫君どもが夢のあと』を、どうして今になって訪ねようと言うのだ？　里帰り……、世界中が災難に見舞われているこんなときだから、帰国することさえもままならず、コロナ禍の初期にあちこちで特別便が運航されたことは記憶に新しい――迫り来る有事に備えて自国に帰りたいと思うのは、自然である。

帰巣本能と言ってもいい。

羽川にしたって、できればそうしてほしいと僕は思っているくらいなのだから、忍が故郷に帰りたいと考えるのは当たり前と言える――そこが亡国でなければ、だが。

そこだけ切り取るとまるで最終回の雰囲気だ。

異国や異世界からやってきた愛すべき居候が帰郷するなんて――藤子不二雄（ふじこふじお）作品の名だたる例をあげるまでもない……、しかし、アセロラ王国（仮）に帰ってどうする？

医療体制が整っていないどころか、国民さえいないのに。

「かかっ。そうじゃのう。儂がみんな殺してもうたからのう」

「その罪は五百七十数年くらいじゃ時効にならないと思うんだけど……」

『かかっ』って。

お前から振ってるとは言え、それ、こっちも笑っていいところなのか？

自虐と言うより自白だ。

証拠になりうる自白である。

「厳密に言うと儂が殺したわけではなく、儂の美しさが国民を自殺に導いたのじゃ。そういうこともあった」

とんだ一国の興亡記である。

だから『そういうこともあった』じゃないよ。

罪を歴史として語るな。

とは言え、脚色されているわけではない……、僕自身、『鏡の世界』において、その『うつくし姫』と謁見し、危うく割腹（かっぷく）するところだったのだ——吸血鬼として異端だったキスショット・アセロラオリオン・ハートアンダーブレードは、人間時代も異端の姫だったのである。

人間時代のほうが、あるいはすさまじかったとさえ言える。

国民を威圧するまでの美しさ。

そんな呪いを解くために、アセロラ姫は自ら吸血鬼になったのである——そんないきさつを教えてもらうまでに、随分かかったものだ。

ざっくばらんな性格の忍にしても、それだけ、あまり進んで話題にしたいことではないのだろう——他人事の、歴史のようにしか語れない。単純に、人間時代のことはあまり覚えていないというのもあるわけだが。

僕だって幼馴染を忘れてたりしたしな。

それでえらいことになった。

「滅んだ国を訪ねるってマニアックなツーリズムもあるのかもしれないけれど、だからって今することじゃないいんじゃないのか？　このまま新型コロナウイルスの蔓延が収まらなければ、日本だって滅ぶかもしれないわけだし、わざわざヨーロッパまで行かなくても」

この場合、『日本だって滅ぶかもしれない』がまったく方便になっていないあたりが怖いのだが、国境の脆弱さみたいなものを教えてくれるパンデミックではあった。

国境も県境も、人間が勝手に引いた線なんだね。

「かく言う僕もこうして実家に帰ってきているわけだし、この状況下でお前に里心がつくのもわからなくはないが……」

「たわけ。別にホームシックにかかったわけではないわい」

「そうなのか？　だったら、いよいよなんで……、ホームシックじゃないシックにかかるような真似を……、観光でもなく、里帰りでもないと言うのであれば――」

「じゃから『なんとなく』じゃ」

インスピレーション。

と、忍は繰り返した。

「『なんとなく』――何かがあったような気がするのじゃ。虫の知らせならぬ、鬼の知らせと言うのかの。我が盟友の身に」

「盟友？」

「デストピア・ヴィルトゥオーゾ・スーサイドマスターの身に」

一瞬、誰のことを言ったのかわからなかったが、しかし、これは僕の勘が悪かった――『盟友』の時点でわかってもよかったくらいだし、なんなら忍が欧州行きを言い出した時点で、『彼女』のことを直感してもよかったくらいだ。

それこそインスピレーションで。

デストピア・ヴィルトゥオーゾ・スーサイドマス

ター――僕にとってのキスショット・アセロラオリオン・ハートアンダーブレードとでも言えばいいのか、それこそ五百七十数年前、アセロラ姫のうなじに噛みつき、血を吸い、王女を吸血鬼にした、いわゆる真祖である。

一年前、ひょっこり日本にやってきた。

それこそ観光のノリで。

ひょっこりやってきただけで僕の母校をも巻き込んだ、結構デーハーなトラブルを巻き起こしてくれたものだが、それはまあこの際、一旦置いておこう――最終的に、『彼女』は、ほぼ強制的に帰国させられた。

その帰国前に、忍とスーサイドマスターは何百年ぶりかの再会を果たしたわけだが……、邪魔したくなかったと言うより、新参者の僕には口を挟む余地もなかったので、ふたりの吸血鬼がいったいどのような会話をしたのかはわからない。

積もる話はあったろう、数世紀分。

だからと言って、その際、話し切れなかったことを話すために、今度は忍のほうから会いに行こう――というわけでは、まったくなかろう。

何かあった――盟友の身に。

鬼の知らせと言ったが、そうなると、それ以上である。インスピレーション以上であり、テレパシーにも近いはずだ――なにせ、自身を吸血鬼にした相手のことである。

僕と忍との関係性ほどがちがちにペアリングされているわけではないだろうが、目に見えない繋がりは、五百七十数年程度で、完全に切れるものではあるまい――一年前に再会したばかりでもあるわけだし。

絆――

「何かあったって言うのは……、具体的には？」

「そこまではわからん。確信さえないくらいじゃ。気のせいかもしれん」

自信なさげなことを言う割に、その口調にはまるで揺らぎがない——その辺りが直感の直感たる所以だろう。

「吸血鬼ハンターに退治されたとか？」

「そういうこともあるかもしれん。ただ、昔から頻繁に死ぬ奴じゃったからのう——はっきり言えば、一年前に会ったとき、まだ生きておったのが意外だったくらいじゃ」

じゃからあやつが普通に死んだだけなら、こんな妙な気分にはなるまいよ——と、それだけ聞けば、それこそ妙な論理を、忍は組み立てる。

ふうむ……。

いや、こういった時世では、今までのように会えなくなった友人が心配になるというのは、まさに僕も実感していることである。

ひたぎや老倉、命日子達が今どうしているのかを想像するだけで、いちいち胸が張り裂けそうだ——そりゃ大抵、なんとか対応してはいるのだろうけれど、それでも心配せずにはいられない。

そんな気持ちを、吸血鬼特有の実感を持って、忍は抱いているわけだ——おそらくは六百年で唯一の『盟友』を相手に。

妬けちゃうね。

でも、わかるとしか言えない——僕には勘が働いているわけじゃないし、僕なんかがやきもきするまでもないというのならばその極みではあるが、それでも、会いに行けるものなら、羽川に会いに行きたいって思うもんな。

たとえそこが宇宙でも。

「その通りじゃ。儂にとってのデスは、お前様にとっての委員長娘に当たる」

「マスク不足が叫ばれていたとき、羽川のブラをマスクに改造できないかって真剣に悩んでいたものだぜ」

「今の発言は聞かなかったことにするから、さっきの発言も聞かなかったことにせい」

発言の子細はともかく。

ただ、どうしようもないジレンマは生じる。

神原だったりが今そういう立場なんだけれど、高齢のおじいちゃんおばあちゃんと同居していることは、近くで見ていられるという安心材料でもあり、同時にリスクでもあるというような……、まさに僕から見れば、スーサイドマスターは忍を挟んでの祖父母世代に当たるわけだが、遠くで心配することがより適切という理論が成立しかねない。

ふるさとは遠くにありて思うもの。

遠方より友来たる。

さて、どうしたものか。

ちゃんと考えないと。

先述の通り、孫世代の僕にまで直感は働いていないけれど、まあ忍がこう言うのだ、きっと『何か』はあったのだろう。

根拠なく信じていい。

そこで危機感を低く見積もる理由はない。

もちろんスーサイドマスターだって吸血鬼、しかも真祖だというのだから、新型コロナウイルスに感染し、重症化したケースは想定しにくいにしても、他にも考え得る苦境はいくらでもある。こう言っちゃなんだが、あの真祖はあまり用心深い性格の吸血鬼ではなかった——ルーキーの僕よりもよっぽど死亡率の高い吸血鬼だった。

そこは忍の言う通りだ。

去年の来日時も、実際は通算何回死んでいたことやら。

ゆえに、のっぴきならない事態にあるのだとしたら、駆けつけたいと忍が思うのも当然である。そして、今までさんざん、自分の都合に金髪ロリ奴隷を付き合わせてきた僕である、同行できるものなら同行したい。力になりたい、ならせてほしい。たとえ僕にどうこうできる案件じゃないにしたって、である。

ただ、現実問題として、亡国を訪れるというのは、観光地を訪れるのとは別の厄介さ、難解さが立ちはだかる行動様式である――平時でも簡単じゃなさそうだ。

　二年前の忍や、一年前のスーサイドマスターとて、別に飛行機に乗って日本へやってきたわけではないのだが……、鉄血にして熱血にして冷血の吸血鬼としての力をほぼ完璧に失っている今の忍に、それと同じことができるとは思えない。

　かと言って、ならば正規の交通手段が取れるかと言えば、僕のほうが恐れをなしてしまうところはあるな――飛行機どころか、僕は船にさえ乗ったことがない。亡国だからパスポートはいらないと言われたところで、そもそも国籍も戸籍も持たない忍が、まともに出国できるとは思いにくい。

　出国ではなく帰国でもだ。

「よしんばなんとか、安全に出国できる裏ルートがあったとしても、最初に言った問題はどうしたって残るぜ。僕達は感染しても発症するリスクは極めて低いとしても、他人にうつしてしまう可能性は否めないんだから」

「儂の故国は滅んでおるから、うつす国民などもうおらんぞ」

　シュールなフォローだ。

　しかし、それにしたって。

「道中ってもんがあるだろう。人流はそこが問題なんだ。逆に、海外で意図せずもらってきてしまうという線もあるし……」

　このコロナ禍で人流を増やす行為は人でなしだと言われたら、逆説的に人流ではないと言って言えなくはないのだが――特に吸血鬼もどきのツーマンセルとしては。

「ふむ。お前様の懸念はもっともじゃ。しかし、その点については儂に腹案がある――要するに、感染症を広めなければよいのじゃろう？」

　得意げな顔で言うが、どうやらその腹案とやらをこの場で公開してくれるつもりはなさそうだった――勿体ぶっていると言うより、こういうときは大抵、僕が賛成しそうにないプランを企てているときである。

意外と計算高い。

きっとろくでもないアイディアなのだろう。

特に『要するに』というざっくりとした言いかたが多々、不安を煽る……、忍に案があるときは、僕には不安があるのだ。

だからと言って、こちらに何らかの代案が準備されているわけでもない――仕方ない、問題はひとつずつ、順番に解決していくしかないか。

問い詰めてはならない。

人類がこの数ヵ月間で学んだことは数多いが、その最たるもののひとつが、『分断を生んではならない』なのだから。

対立構造の生じやすさに、ご用心である。

「では、お前の腹案をいったん採用するとして、仮に安全に出国・渡航ができたとしよう。移動に際して誰にも迷惑をかけなかったとしよう。これは決して不可能なことじゃない。帰国後は自主的に二週間の隔離生活を、そうだな、扇ちゃんの作る一年三組みたいな謎空間で、ひっそりと送るとしてだ……、でも、そんな綱渡りに成功したところで、めっちゃ怒られることに違いはないよな。臥煙さんに」

絶交中である、あのにこやかなおねーさんにマジ説教をされるという未来図は、想像するだけで頭蓋骨陥没レベルに凹む。

元々、大学入学後、しばらくの間、僕と忍とは臥煙さんの監視対象だった――僕の部屋に死体人形が、長期にわたって居座っていたのだ（正確には妹の部屋だが、まあ、僕の部屋みたいなものだ）。疑いが晴れたのか、はたまたそれ以外の理由なのか、斧乃木ちゃんの監視そのものはなぜか千石のほうへと移ったが（なぜかも何もないか）、だからと言って僕と忍が完全に安全視されたわけではないだろう……、保護観察期間を満了した自信はない。斧乃木ちゃんがいなくなって半年もしないうちに、国外脱出など目論んだら、再び監視がつくどころか、退治対象に組み込まれてしまいかねない。

　黙ってこそっと行ってこそっと帰ってきたところで、あの『なんでも知ってるおねーさん』の目をかいくぐれるとはとても思えない——思えるはずもない。今、こんな計画を練っていることすら、あらかじめ予想されていそうだ。

「だから、密航みたいにこっそり出るんじゃなくて、いっそ出るならあの元締めに、ちゃんと許可を取って出なきゃならないだろうな……、僕の向こう見ずをさておいても、金髪幼女の移送は、兵器の移送みたいなものなんだから」

「めんどいのう。よきにはからえ」

　本当に僕が今、『あるじ』の立場なのかな？

　奴隷よりも忙殺されそうだ。

　主人と言うより、王女の振るまいなのか。アセロラ姫……。

　王女ならば、出入国に最大限の手続きを踏まなければならないのも当然ではあるものの——しかし、なにせ絶交中だから、許可を申請しづらい……、個人的な水際対策を敷かれそうだ。ひと際強い水際対策を。

　怒られはしなくても、普通に駄目って言われそうである。

　つくづく、迂闊に絶交なんてするんじゃなかったぜ。

「ほれほれ。二十歳になった大学生のインテリジェンスでさっさと何か閃けよ、我があるじ様」

「大学生に多くを求め過ぎだぜ」

　二十歳にもな。

　まあ、はからうか。

　よきにつけ、悪しきにつけ。

　ええと、まとめると——『亡国までの交通手段』、『パンデミックに対する感染症対策』、『帰国後の身の安全の確保』の三点が、まずは解決しなければならない喫緊の課題である。

うち、『感染症対策』に関しては、危なっかしくも忍に一任するとして――『交通手段』と『安全の確保』は、簡単じゃないな。

前者は公の組織が相手だし、後者は頭の上がらないおねーさんが相手だ。どちらも手強過ぎる。頭から負けを認めて得意の土下座したところで、臥煙さんが快く僕らを送り出してくれるとは思えないしな……、怪異云々はさておいても、大人として、この状況下における軽挙妄動を、ちゃんと叱りつけそうである。怒られはしなくても、普通に駄目って言われそうだ。

ワクチンよりも許可されにくい。

ダメ元で連絡して、企画自体を潰されてしまったら元も子もダメ元もないし……、かと言って、正面切ってあの人に逆らうほどの度胸は、これっぽっちも僕にはないし――

「……………」

正面切って逆らう。

臥煙さんに対してそんな真似は、臥煙さんの直属の後輩である忍野や、あるいは貝木にだってできない蛮行である――だが、そう言えば、ひとりだけいたな。

蛮行しかおこなわない専門家が。

そうだった、うちの世界観にも、そう言えばいたのだった、哀川潤に匹敵するクラスの暴力の持ち主が……、ああ、一挙両得じゃないか。

なんてことだ。

あの暴力陰陽師に依頼すれば、僕が担当するふたつの問題が、同時に解決するかもしれない。危険な博打には違いないけれど……、これは死に目と同じくらいに勝ち目がある博打だ。幸いなことに、あるいは不幸なことに、臥煙さんとは絶縁したが、あの人の連絡先は、まだ僕の携帯電話に登録されたままである。

高校三年生のあの冬から。

気が進まない……。

と言うか、依頼した時点で、即時にその場で退治される可能性まである恐ろしい交渉相手だけれど、閃いてしまった以上は、この選択肢を試さないわけにはいかない。

たとえ海外に行くより危険な試しでも。

海外旅行か、死出の旅かだ。

「デストピア・ヴィルトゥオーゾ・スーサイドマスターを助けに行くんだ。自殺行為からスタートを切るのも、むべなるかなだぜ」

「しかり。そもそも、もう地球上に安全な場所などないしの」

そこまで？

いくつもの感染症の蔓延をじかに見てきた幼女にそう言われると重みが違い、僕はまだ危機感が足りなかったのかと身震いせずにはいられなかったが、しかしこれを武者震いに変えねばならない。

暴力陰陽師・影縫余弦（かげぬいよづる）と対峙（たいじ）するためには。

武者にならねば。

004

単純に興味もあった。

好奇心を抑え切れない。

僕があの人を心配するという発想そのものがなかったけれど、影縫さんはいったい、このコロナ禍でどう過ごしているのだろう？

彼女の専属の式神である斧乃木ちゃんは死体人形だから、感染症とはおそらく無縁であるというところまでは考えたが、一応×１００、影縫さんは人間なので、病気にかからないということはないはずなのだ。風邪を引かない人っていうのは一定数いるそうだが、万病に対して抗体や免疫を持つ人が、そういるとは思えない。

かと言って、絶対に粛々（しゅくしゅく）と、ステイホームしているタイプじゃないんだよな……、どんな強大な権力の発するロックダウンも、影縫さんを封じられるとは思えない。

　影縫さんの影は縫えない。

　あの人を封じられる縛りがあるとすれば、『地面を歩くことができない』という、例の風変わりな呪いだけである。

　扇ちゃんのはからいで、一時は北極に閉じ込められていたこともあったが、あれを果たしておこもりと言っていいのかどうか……、なので、影縫余弦の現状を知りたいというそんな出来心が、僕の背中を押したことも否定できない。

　でなければ、『忍の勘』みたいな、第三者から見ればあやふやとしか思えないであろう根拠を頼りに、専門家に電話をかけたりはできない――まして相手は不死身の怪異の専門家である。

　天敵だ。

　世が世なら、僕達はあの暴力陰陽師に退治されていてもおかしくなかったのだ――デストピア・ヴィルトゥオーゾ・スーサイドマスターがこの町を訪れたときも、臥煙さんが切り札として、はるばる北極から呼び寄せていたくらいだ。

　案外、適役とも言える。

　敵役であると同時に、ではあるが――そんなわけで。

「ご機嫌さん、阿良々木くん。ああ、二十歳の誕生日、おめでとさん」

　家族以外で最初に祝ってくれたのが影縫さんという展開から、交渉は始まった――僕の誕生日を覚えてくれていたのか。いつかターゲットにするべき監視対象の情報として、知っているだけかもしれないが……。

　嬉しくないと言ったら嘘になるな。

　遅まきながらのサプライズである。

「それにしても、世の中っちゅうんは何があるかわからんもんやな。まさか阿良々木くんと、ビデオ通話でリモート対談をする未来があるなんて、初めて会うたときには思いもせんかったわ」

「ですね」

　まさかのズーム会議である。

　暴力の権化であるような影縫さんが、そもそもスマートフォンを使えること自体がものすごく直感に反するのだが、公衆電話や黒電話でさえ使いこなせない忍野と違って、意外とデジタルギアに通じているらしい。

　そう言えば、斧乃木ちゃんという式神を使役するのにも、現代的に子供ケータイを買い与えていたし――ちなみに、忍には一旦、僕の部屋から退室してもらった。

　退室し、入影してもらった。

　リモートでの打ち合わせに、幼女が乱入してくるという家庭内ドタバタは、この場合、好ましくない……、影縫さんと忍との間には、微妙な因縁があるので（割とどうでもいい、昔、頭を踏まれたという因縁である）。

　多少ディレイがあるものの、映像はクリアだ。影縫さんと話すのも約一年ぶりだが、いくらか髪が伸びているくらいで、お変わりないようで……、コロナ禍でストレスを溜め込んでいるという様子はなさそうだ。

　まあ、いくらでも発散できるもんな、この人は。近くにある物体を意味もなく壊して。

　これもリモートあるあるじゃないけれど、ビデオ通話なので、背景やらに映り込む部屋の様子から影縫さんの人物像をプロファイリングすることができないかとも密かに画策していたが、さすがは『なんでも知ってるおねーさん』の後輩と言うべきか、見透かしたアロハの同期と言うべきか、僕こと下衆の勘繰りなど十重二十重にお見通しなのか、このビデオ通話のバックグラウンドには別の画像が合成されていた。

　デリケートなテクニックを。

開けっぴろげと言うか、ざっかけないイメージだったけれど、割合、プライベートは大切にするタイプなのかな。

斧乃木ちゃんを式神にした経緯も、そう言えばまだ教えてもらっていないし。

しかもそのバックグラウンドの画像がヨーロッパの町の風景ときている……、つくづく、臥煙さんの後輩で、忍野の同期である。

嫌な類友だ。

こうも冒頭からいろいろかまされると、こちらのプランを切り出しにくくなる……、ところでこの風景、ヨーロッパのどこだろう？　なんとなく東欧っぽいけど……、町並みの遠くに、それっぽいお城が映っていて、いい写真だな。

プロの技術かな？

「ほんで、どないしたん？　阿良々木くん」

「いや、元気にされているかなー、と思いまして。大変じゃないですか、世の中」

すっかり、時候の挨拶みたいに感染症の話をする習慣が身についてしまったが、とにかくそう探りを入れてみると、

「世の中のことはよう知らんけど、うちが忙しいなってしもうたんは確かやな。こんなことなら、もうしばらく北極で遊んどったらよかったわ」

との返答だった。

このように電話で話すと、とりあえずいきなり意味もなく殴られるという展開がない分、多少の安心感はあるものの……、やはりなんだか、世の中の流れとは違うところで生きている気配があるな、この人は。

その辺は、同期と言えど忍野とは違う意味での世捨人である——実際、地に足がついていないことで言えば、完全なる呪いだし。

忙しい、ねえ？

「もしかして、旧ハートアンダーブレードになんぞあったんけ？」

　おっと。

　ちょっともの思いにふけったら、間髪を入れず向こうから切り込まれた——電話だからとうかうか油断していると、格闘技的な意味でのマウントを取られてしまいそうだ。

　僕もビデオ通話の背景を、阿良々木ハーレムにしておくくらいの意表を突く工夫をしておけばよかったかな？

　工夫をした結果、功夫(クンフー)でやられそうだ。

「いえいえ、忍は元気そのものですよ。ステイホームはお手の物ですからね。三密回避なんててのひらの上のお手玉ですよ。僕の影に完全に封印されているので安全そのもので、誰に危害を加える恐れもありませんし、決められたルールは例外なく遵守(じゅんしゅ)しています。あの金髪ロリ奴隷は何一つ企(たくら)んでなどおりません」

「ふうん」

　なんだ、そっけないな。

　こんなに隙を見せたのに。

　確かに僕や忍は、影縫さんにとっては物足りない相手かもしれないけれど、こうも軽く扱われると、問うに落ちず語るに落ちたくなる。

　実は今、僕達ふたりは向こう見ずにも海外渡航を目論んでいるんですよ？　と、暴露したくなる——いや、その暴露は、最終的にはしなくちゃいけないのだが。

　ぶっつけ本番で電話をかけたものの、いざそのときになってみるとやはり悩ましく、僕が当たり障りのない言いかたを考えていると、またしても向こうが先の先を取るように、

「それやったらこっちからもふたりに頼みごとがしやすいわ」

　と言ってきた。

　頼みごと？

「せや。いただいた電話で恐縮やけどな」

　そんな社交的な定型句を、影縫さんから聞くこと

になるなんて、本当、長生きはするものだ——十七歳で死んでいなくてよかった。

と、深く感じ入った僕だったが、その用件を聞いた瞬間、死ぬかと思った。

二十歳でショック死するところだった。

「実はこっちから電話しようと思うとったくらいや。ほんまほんま。タイミングのよさにびっくりしたわ。阿良々木くん、ちょっと今から旧ハートアンダーブレードと一緒にこっちに来てくれへん？　うち、今、ルーマニアのそばにおんねんけど」

「…………！」

え？　ちょっと待って、ルーマニア？

ルーマニアってあのルーマニア？

カレー好きの国は？　という定番の意地悪クイズの答？　カレーマニアだったらルゥはむしろ使わないんじゃないかと突っ込まれる、あの意地悪クイズの？

「あほか。なんで意地悪クイズのほうに軸が置かれとんねん」

関西弁で突っ込まれると、本当に突っ込まれたって気がするな。

「ルーがイコールカレールゥちゅう考えかたも甘いやん。カレーやのに」

「カレーに軸を置くのも違うでしょう……、あれ？じゃあその背景、壁紙じゃなくって、本物の東欧なんですか？　じゃあまさか、遠くに見切れてるそのお城って、ブラン城……？」

「そうそう。よう知っとるな」

知らいでか。

吸血鬼ドラキュラの城のモデルだ。

確かによく見れば、画面に映るその背景は、画角と共に動いていた——叙述トリックならぬ、リモート会議トリックだ。バックグラウンドじゃなくてガチのグラウンド、フィールドかよ。

ルーマニア。

いやいや、なんでそんな遠方に……、まだしも北極にいたほうが自然なくらいだが、なぜ僕達が目的地に据えているヨーロッパに、既に影縫さんがいるんだよ。

　通せんぼ？

だとしたら先回りにもほどがある。

　臥煙さんの全知も忍野の見透かしも越えている――ヤバい人だヤバい人だとは思っていたけれど、この人、こんなヤバい人だったの？

　本当に哀川潤かよ。

　いや、人類最強だってエピソードの初出が緊急事態宣言下と重なったのであって、傍若無人で滅茶苦茶な請負仕事をしてらしたのはコロナ以前のヴェネチアだぞ？　驚いたぜ、世界中の人が一様に災禍に見舞われている最中であれ、こんなに違いって生まれるのか。タイミングのよさにびっくりしたどころじゃない、先んずれば人を制すとはよく言ったもので、しばらく僕は二の句を継げなかった。

「……観光、なわけないんですよね。影縫さんの場合」

「ビジネス渡航や」

　まともっぽいことを言っている。

　まともには受け取れない。

「ちゅうても、誤解せんといたってや。うちがこっちに来たときには、まだ渡航制限とかされてなかってん。そしたらあっちもこっちも鎖国してもうて、帰れんようになって難儀しとるわ。ただでさえうちは移動に制限がかかっとるちゅうのに、こんなん、極地におったときのほうが自由やったたっちゅうもんやで」

「はあ……」

　そう言われると、今の世の中ではまま起こっている事態のひとつのようにも数えられるが、しかしながら、まるで正規の手続きに則って出国したような言い草ではありつつも……、影縫さんの言うところの『ビジネス』とは、つまり、不死身の怪異の退治である。

なんだか話が嫌な繋がりかたをしそうだ。

最悪の想像が脳裏をよぎる。

不穏である……、つまり、忍が直感した『盟友に何かがあった』というのは、その盟友であるデストピア・ヴィルトゥオーゾ・スーサイドマスターが、影縫さんの手に掛かって退治されたということなんじゃないのか？

長生きし過ぎて、時代も変わって、もう退治される対象ではなくなっていたスーサイドマスターであるといっても、結局のところ、見逃すかどうかは影縫さん、ひいては臥煙さんの腹一つなのだから。

そこは融通がきくし、そして、融通がきかない。

僕と忍を、タイミングよくいただいた電話で恐縮しながら、しかしことのついでのように他愛なく欧州に招いているのは、もしかして死体の身元確認のためなのでは……、盟友である忍にしか判別できないほど、ずたずたにされてしまったのだろうか、スーサイドマスターは。

影縫さんのほうから招待してくれるのはほとんど文字通り、渡りに船と言えるが、だとしたら既にその船は難破しているようなものである。

僕が黙りこくっているのがぜんぜん気にならないのか、影縫さんは、

「それでちょっと難航しとって。世相がこれからどうなるんかもようわからんしな。ほんで、まあ、阿良々木くんには確か貸しがあったと思うて、手伝うてほしいんよ」

と、さくさく話を進める。

あったっけ、この人に、借り？

ああ、あったか……、妹を何度か助けてもらっていたし、僕が吸血鬼体質から戻れなくなったときも、力になってくれた。

北白蛇神社の境内で、肉弾戦の稽古をつけてもらったりもしたっけ……、正直、忍野と違って、あまり恩人って感じじゃないんだが。

ただ、難航と言った。難破ではなく。

　つまり、もしも影縫さんの渡航目的がスーサイドマスターの退治だったとしても、少なくともそれはまだ達成されていないということだ——盟友のピンチを救いたいという忍の思いは、ならばまだ成就する余地がある。

　あるかな……、いや、ある。

　あると思おう。

　だったら影縫さんに招待されるがままにヨーロッパに向かい、その上で影縫さんの仕事の邪魔をするというのが、今後の流れになるのだろうか？　なんだか思っていたのと、相当違う感じになってきている。

　恩人という感じがないにしても、恩を仇で返すにもほどのある振る舞いだ。

　リモートだと細かいニュアンスや気持ちが伝わらないという化石のような意見を、まさかこんな形で思い知ることになろうとは……、もっとも、対面で話していたら、今頃僕は影縫さんにぼこぼこにされている可能性もある、意味もなく。

　せめて意味はあってほしい。

　もう死に案になってしまったから、ここで脈絡なく、記録として公表しておくけれど、僕の当初のプランでは、臥煙さんに直接、ヨーロッパ渡航の許可を取るのは簡単ではない、どころか、許可を申請した時点で抗いようのない妨害が入りそうなので、臥煙さんの直系の後輩である影縫さんに話を（曖昧に）通しておくことで、一応の筋を通そうという、今から思えば穴だらけの、しかもせこい予定が立てられていたのだ。

　ああ、三密を避けるつもりで、綿密まで避けてしまうとは。

　白状すれば、影縫さんなら面倒がって、雑に独断で許可をくれるんじゃないかという、悪くない読みもあった——いやはや、許可どころかご招待を受けるなんて。

　見事な頼みごとだ。

悩みどころだね。

この波に乗るかどうか。

なかなか強烈な荒波のようにも思うが、しかしここであえて議論を煮詰めずにとんとん拍子でことを進めれば、一挙両得の二得目である『交通手段』の確保も、順調に達成できそうだ。

その進行のスムーズさは、地獄に落ちるベルトコンベアーの速度が上がっているだけのようでもあるが……、ええい、一体何回地獄に落ちたら気が済むんだ、僕は。

地獄のリピーターなんて聞いたこともないぜ。

ルーマニアならぬ温泉マニアか？

「ええ、時間を持て余していたところですし、影縫さんのお手伝いをさせていただけるなんて光栄です。勉強させていただきますとも。ああ、ただ、なんてこった、残念ながら交通費の持ち合わせがありませんので……」

「あー、そうやなー。大学生のバイトとか、シフトがぜんぜん組まれへんっていうもんな。学費も馬鹿にならんやろ」

理解を示されたが、僕は働いたことがない。学費も全額親が払っていて、老倉と違い、奨学金も利用していない……、そういう意味での苦しみ、苦みは味わっていない。

そう言えば、忍野や貝木と違って、影縫さんは大学を卒業しているんだったな……、本当にどんな大学生だったんだろう。

想像もつかない。

「阿良々木くんはうちと違うて、外交官特権も持ってへんやろしな」

「影縫さん、外交官特権持ってるんですか⁉」

なんで⁉

一番持ってちゃ駄目な人でしょ⁉

「大丈夫大丈夫。ほんなら、余接をそっちに派遣するから、乗せてもらって。ぶっちゃけ、うちもそうやって渡航したんやし」

ヨーロッパまで時差ボケなしで来られるで、と影縫さん――ジェットラグどころではないダメージを心身に負うことにはなるが、そう、言ってしまえばそれが決め手で、僕は影縫さんとビデオ通話を繋いだのである。

忍やスーサイドマスターが（吸血鬼は流れる水をまたげないというルールを大胆に無視して）日本にやってくるとき、大ジャンプを使用したことは既に触れたつもりだが、影縫さんの式神にして阿良々木家のかつての居候でもあるパワーキャラの斧乃木ちゃんは、同じことができるのだ。

移動に特化した『例外のほうが多い規則（アンリミテッド・ルールブック）』である……、僕と忍も、これまで幾度となくお世話になっている。

そのときは国内移動だったが……、あの式神童女が本気を出せば、地球の裏側までだって跳躍できるんじゃないかという読みは、ずばり大当たりだったようだ。

「さすがに全盛期の怪異の王、鉄血にして熱血にして冷血の吸血鬼とはいかんから、あの子やと一回の『例外のほうが多い規則（アンリミテッド・ルールブック）』でヨーロッパまでは無理やけどな。ユーラシア大陸で何回もトランジットを繰り返すことになる」

変なところで現実とすり合わせてるな。

トランジットって……。

「あれ……？『派遣する』ってことは、斧乃木ちゃんは今、影縫さんと行動を共にしているって考えていいんですか？」

「せやで。うちの式神やねんから当然やろ」

その当然じゃない期間が、結構長かったように思うが……、いや、阿良々木家の居候期間のことではなく、千石のパートナー期についても。

「ん？ 撫子ちゃんのとこからは、余接はもう引き上げさせたで」

おいおい。

情報が更新されてないぞ、月火ちゃん。

「その縁もあったから、今回の手伝いを阿良々木くんに頼むか、撫子ちゃんに頼むか、迷うとってん。そこにええタイミングで電話もろたし。余接はがっかりするやろけど」

　がっかりされるんだ……、千石じゃなくて僕だと。いや、でも、だとすると僕は本当にいいタイミングで電話をかけたことを認めざるを得ない。

　僕のこういうところだけは評価できる。

　そんなことが償いにはなるまいが、影縫さんの手伝いをさせられる重責は、千石よりは僕が担うべきだろう……、しかし、そうか、阿良々木家を退去したあと、千石のところに転がり込んだところまでは聞いていたが、斧乃木ちゃんはそこからも撤退していたのか。

　影縫さんの言う通り、陰陽師の式神として、本筋に戻ったとも言えるのだが——まあ、僕は素直に再会を言祝ごう。

　そんな呑気なシチュエーションになればだが。

「ところで、斧乃木ちゃんが千石のところから引き上げた理由を訊いてもいいですか？」

「なんや、気になるんか？」

「そりゃまあ……、あの子が僕の監視役をクビになった経緯を思えば」

　何かをしくじったんじゃないかという不安は禁じ得ない。心配のし過ぎだと思うし、この状況でこれ以上心配事を増やしたくはないのだが（余計な心配ならぬ余接な心配だ）、さりとて、不具合が続いている飛行機に乗るというのは、なかなか勇気がいるものだ。

　斧乃木ちゃん、あれで結構ドジっ子だからな。

「けど、うちもよう知らんねん。やから、それは本人に直接訊いたり。こっちで阿良々木くん達にどんな手伝いをしてほしいんかも、余接に言付けとくからや。そうやな、二時間後くらいには日本に到着するやろ」

「はあ。思ったよりかかりますね」

普通に国際線の飛行機に乗ったら十時間以上かかる欧州—日本間だから、むしろ早いくらいなのだが、大ジャンプによるショートカットだと思うと、トランジットを挟んでいるとは言え、予想よりも徐行気味である。

空路の場合も徐行って言うのかな？

身支度に時間をかけるタイプとも思いにくい。何か理由がありそうだ。

「トランジットも、新型コロナの感染者ゼロの安全圏を選ばすからの。死体人形の余接自身は感染せんでも、ウイルスを日本に持ち込む形になってもつまらんやろ。特に阿良々木くんは、余接と濃厚接触しそうやしな」

「しないとは言えませんね」

「それくらい言えや」

ドスの利いた声で脅された。

前言撤回、電話越しでも十分恐い。

これが同調圧力ではない普通の圧力である。

暴力とも言える。

暴力陰陽師だけに。

ただ、これは茶化せるやり取りではなく、航空会社ＯＮＫを利用するとすれば、いかに僕が倫理的な青年であろうとも、彼女の胴体に抱きつかざるを得ない。

道徳の出番はない。

僕の出番だ。

「阿良々木くんも忍ちゃんも、できる限り『感染しない・させない』を徹底して来てや。うちみたいな外交官と違うて、帰国できんようになっても困るんやろ？」

こんなご時世でも、折角入学した大学は卒業しといたほうがええで——と、影縫さんが、おそらくは中退したふたりの同期のことを思い起こしながら言ったところで、通信の問題が生じたのか、それとも言いたいことを全部言い終えたからか、ビデオ通話は乱暴に、つまり暴力的に切断されたのだった。

005

一仕事終えた気分に浸ってはならない。

斧乃木ちゃんが襲来してくるまでの間に、今度は忍との打ち合わせを煮詰めなければ……、影縫さんからも最後に念を押された感染対策を、ここまで計画が進んだ今、さすがに聞き出さないわけにはいかない。

向こうで長期滞在している影縫さんや斧乃木ちゃんと行動を共にするとなれば尚更だ……、ヨーロッパ諸国の感染状況は、日本とはまったく違うとも聞こえてくるし、そこはおざなりにはできない。

忍の場合、話を進めるために、単に腹案があるという嘘をついた可能性もあるからな——そこの透明性は確保しておかないと。


「失礼な。腹案があるというのは断じて嘘ではないわい——ただ、お前様がカゲヌイに助力を求めるというのは、あの時点では予想もしておらんかったからの。もしかすると、儂のプランには微調整が必要かもしれん」

再び影の中から現れた忍は、鹿爪らしく腕組みをした——やはり、僕がほぼ独断で、不死身の怪異の専門家にコンタクトを取ったことを、あまり快く思っていないようだ。

人間など皆同じようにしか見えんと言っている割に、意外と好き嫌いの激しい幼女である。

難しいかただ。

「僕だって予想外だよ。こんな状況の中、影縫さんがヨーロッパで仕事中だなんて——ただし、もしかすると、それがお前の『なんとなく』に繋がっているかもしれないって思わないか?」

幾分かの躊躇はあったが、その懸念は忍と、早めに共有しておいたほうがいいだろう。変に伏せて、向こうでこじれても困る。

「ふむ。と言うと？」

なんで伝わらないんだよ。

今ので察しろよ。

「だから、お前の故郷なのか、その近くのどこかで、スーサイドマスターが影縫さんに退治された、もしくはされつつあるって可能性についてどう感じる？偶然にしては出来過ぎってタイミングだし」

下手に追及して、すべてを台無しにするわけにもいかなかったので、さっきの電話でも突き詰めなかったが、そもそもスーサイドマスターと影縫さんの間には、一年前の事件以前にも、何らかの因縁がありそうだった。

意味深な会話を交わしていたぜ。

「スーサイドマスターを助けることが、影縫さんや斧乃木ちゃんと敵対することに直結するなら、話はちょっとややこしくなる。一昨年の夏休みの再来と言うか……」

思い出したくもない夏の思い出である。

一番死にかけたかもしれないくらいだ。

あのバトル、勝ったとはとても言えないしな。

「出元が儂の勘じゃから全否定するだけの要素はないのじゃが、その辺はまあ、大丈夫なんじゃないかの？」

しばし考えて、忍は言う。

本当に考えた？　考えていたとしても、輪っか状の食べ物のこととか考えてたんじゃない？

安請け合いをするなあ、いつもいつも。

そう思ったが、しかし此度(こたび)は、必ずしも安請け合いで、無根拠というわけでもなかったようで、金髪幼女はこう続けた。

「何度言っても言い足りぬほどによう死ぬ吸血鬼じゃからの。これまでそうであったように、順当に、つまり普通に吸血鬼ハンターに退治された程度では、儂に直感が働くとは思えんよ。もっとのっぴきならない事態に巻き込まれておると見るべきじゃ」

死ぬ以上のことが起きていると？

最初からそう言ってはいたけれど、影縫さんが絡んできてさえもそうなのか。

経験談であるなら説得力はそれなりに生じるものの、だとすると、影縫さんがヨーロッパに『ビジネス渡航』していることの意味合いも変わってくる——そもそも不死身の怪異の専門家であるあの人が、僕や忍に助力を求めるということ自体、一種の異常事態である。

順当でも普通でもない。

いったい欧州で——アセロラ王国（仮）跡で何が起きている？

「……同じく不死身の怪異である斧乃木ちゃんを式神として使役している影縫さんだし、あまりそこを掘り下げても仕方ないか」

設定にこだわる意味も、必要もない。

考え過ぎたり、気にし過ぎたりするのも、あまりいいことではないというのも、コロナ禍で学んだことのひとつである。

斧乃木ちゃんが既に引き払っている千石に対しても声をかけようとしていたところから推察すると、単純に、感染症対策として、呼び寄せられる人員は限られているというだけのことかもしれない。

組織に属する人間ほど、こういうときは動きづらいのも事実だ。

「確かに、あの蛇娘の場合は、あらゆる毒に対して免疫を持っているようなものじゃしの。今はどうなのかはわからんが」

「話が戻ったな。『感染しない』に関してはいいとして、『感染させない』についてはどうするんだ、忍？　微調整が必要って言っていたのは、どういう意味だ？」

「いや、それこそ一昨年の夏休みに、カゲヌイから見逃された理由は、儂とお前様が吸血鬼の力をほぼ喪失しており、退治の対象から外されとったからじゃろ？」

そう。

付記すると、無害認定の手続きを取ってくれたのが、誰あろう、忍野である——あの見透かしたような男が、あらかじめ僕達の安全を確保してくれたというわけだ。

更に付記すると、影縫さんをこの町に呼び寄せたのが詐欺師だ。儲け話を邪魔されたからといって、酷い嫌がらせをしてくれたものである。

どんなトリオだったんだ。

僕と老倉とひたぎみたいな感じだったのかもしれない。

「実際、その冬に再会したときにはっきり言われたもんな。もしも僕の肉体的な吸血鬼化が今以上に進行するようであれば、そのときは容赦なく退治するって」

「やろうとしておるのはまさにそれじゃ」

「はい？」

僕としては昔を単純に懐かしんだだけのつもりだったけれど、忍はまるで、我が意を得たりという風に指さしてきた。

ラインスタンプみたいな『それな』である。

「かすかに残る吸血鬼体質の功罪で此度の感染症にかかることがないのじゃから、その体質をもうちっと強化すれば、うつすこともなくなるというのが儂のプランじゃ。プランじゃった」

「ん——そんなうまくいくか？」

ぱっとはわからない。

吸血鬼化することが、蝙蝠に近付くことだと考えると、むしろ感染しやすくなるようにも思える——羽川じゃないが、猫も感染するとか言われているのに。

いい加減な素人判断はできない。

いや、元より感染しないわけじゃないのだ。健康な肉体を維持するという不死身性ゆえに、感染しようと発症しにくいというだけで——致命的な怪我を負ってもすぐ治る、みたいなものだ。つまり、それを踏まえた上で、不死身性、吸血鬼性をより高めることで、体内に入り込んだウイルスを無効化するだけでなく、消毒までもおこなう算段か？

まるでワクチンじゃないか。

「それができるのであれば、むしろ僕達は積極的に外出して、大気中のウイルスをどんどん浄化したほうがいいくらいだぜ。まるで空気清浄機だ」

またはアマビエさまだな。

僕達も絵に描いてもらおうか。

「全盛期の儂ならそれも可能じゃったかもしれんがの——怪異の王として忌み嫌われた儂にもかかわらず。ただし、そこまで戻せば、当然ながら退治対象に逆戻りじゃ」

あの逃亡生活はもういい、と忍は首を振る。

僕にとってそうであるように、あの『地獄のような春休み』は、忍にとっても、懲り懲りの回想であるらしい。

永遠の幼女になったら、誰だって懲りる。

「命日子に教えてもらったところ、自己複製機能を持たないウイルスは、現代の定義では生物ではないそうだが、ウイルスそのものからエナジードレインするって感じなのか？」

「お前様は婦女子から知識を仕入れてばっかりじゃのう。それこそエナジードレインのごとく——そんなところじゃの。生物でないという意味では、吸血鬼とて、現代の定義では生物ではないわい」

化物じゃ、と言う。

ふうむ……、正直な感想を述べると、あまりナイスアイディアとは言いにくい……、だからこそ忍はいったん勿体ぶったのだろうが、まさしくそんな『吸血鬼化』というドーピングを繰り返した結果、冬頃の僕は危うく、人間に戻れなくなるところだったのだから。

それも人間の定義による。

影に幼女を潜ませている者を、果たして人間と呼べるのか？

　ただ、あれだけ自己都合で野放図に繰り返した行為を、忍のためにはおこなわないというのも筋が通らない話である。

　大学生になってからは控えていたし、たまったゲージをここで一度消費しておくこと自体に、大きな問題があるとは思えない。

　影縫さんが絡んでいなければ、だが……。

　そりゃあ微調整が必要である。大胆な調整、あるいは中止が必要でさえある。

「あの人の前で吸血鬼化なんてしていたら、殺される……」

　なんて学ばない奴だと呆れられることは間違いない……、僕のせいで北極に飛ばされていたことに気付いていれば、より一層だ。

「でも、一応は向こうからお呼ばれされた形だし……、結局、なんで僕からビデオ通話を繋いだのかを、まったく気にしていない様子だったたし」

　つくづく大物だ。

　いい加減とも言えるが。

「実際問題、通常モードよりはいくらか吸血鬼化しておかないと、斧乃木ちゃんの腰にしがみついての大ジャンプ移動になんて耐えられないだろ。トランジットを繰り返すたびに、身体がバラバラになっちまう」

　それも全盛期モードの忍、キスショット・アセロラオリオン・ハートアンダーブレードならば、トランジットなしの直行便でアセロラ王国（仮）跡にまでひとっ飛びだろうが、そこまで戻すわけにはいかないとしても、ある程度は肉体を強化しておかねば、ボロボロの死体がふたつ、ルーマニアのそばに届くだけである。

　どんなデリバリーだ。

「スーサイドマスターとはまったく無関係に、影縫さんが僕達を呼び寄せているって可能性はあるのかな？　その場合、僕達は向こうでふたつの案件を抱えることになるけれど」

「それは夢を見過ぎじゃろうのう……、デスがカゲヌイに退治されたとは思わぬが、しかしこの展開で、かかわりがないとは思えん。それについてはインスピレーションなどいらんわ。そこはオノノキの奴に訊いてみるしかなかろう」

「そうだな――デスって呼ぶのな、スーサイドマスターのこと」

仲よさそう……。

いかにも盟友って感じだ。

「僕なんて幼馴染の老倉のこと、育と友達のダブルミーニングでダチって呼んだら、久し振りに肉感的な暴力を受けたのに……」

「後者の意味合いのほうがより強い反発を買ったんじゃないかのう」

「なあ、僕もお前のこと、これからはキスって呼んでいい？」

「別に構わぬが、縛りが解けるぞ。儂があのアロハ小僧の名前で縛られておることを忘れるな」

縛られている側からそんな注意を受けようとは……、ただ、そんなキス、もとい忍のほうから吸血行為によるドーピングを求めてくるというのだから、事態は本当に緊急的なのだ。

これは断れないな。

会食は断れても、これは断れない。

臥煙さんに怒られるのは不可避だとしても……、後輩である影縫さんを通すことで勘弁してもらおうと思っていたが、むしろより強い説教を浴びそうだ。影縫さんの分まで怒られたりして。

悪企みの結果がこれだ。

影縫さんのビジネス渡航が、臥煙さんの指令によるものなのかどうかも、斧乃木ちゃんに、ちゃんと確認しておいたほうがよさそうだ。

去年のことを思うと、影縫さんはあんまり臥煙さんの手足となって動くってタイプの忠実なる後輩じゃないらしいが――『なんでも知ってるおねーさん』に、内緒にできるものなら内緒にしたい。

秘密は墓場まで持っていく。

秘密を抱えたことで、却って墓場送りになりかねないが。

「感染を拡げることじゃなく、外出すること自体に罪悪感を覚えるようじゃ、同調圧力に屈していると言われても仕方がないな」

「じゃから外出ではなく帰宅なのじゃ」

こだわるな、そこ。

と、そのとき、インターフォンが鳴った。

どうやら斧乃木ちゃんがやって来たようだ——居候時代は窓から這入ってくることが多かったので、隔世の感がある。

今や斧乃木ちゃんはお客さんなのだ。

ただし、最初に彼女が『お客さん』としてインターフォンを鳴らした二年前は、そのまま阿良々木家の玄関が破壊されたりしたので、これは早く出たほうがいい。

月火の休校期間が終わっててよかったぜ。

006

連動して、仮に僕がアセロラ王国（仮）に出奔したとして、その間、託された妹達の面倒は誰が見るのかという問題に気付いてしまったが、問題はひとつずつ解決しておこう。

千問の問いも一問からだ。

まずは斧乃木ちゃんを招き入れる。

「やあ久し振りだね、鬼のお兄ちゃん、略して鬼いちゃん。僕は死体だから感染症のリスクはないけれど、念のためにソーシャルディスタンスを取って。それ以上一ミリも近寄らないで」

玄関口で出し抜けに、単に嫌われているだけのような距離の取りかたをされてしまったが、彼女の棒読みは、それこそ死体人形ゆえである——見方によっては、死体人形であるがゆえに感染症を蔓延させるリスクが増大しかねないとも言えるのだが（ゾンビとはそういう存在だ。ゾンビウイルスである）、ともかく斧乃木ちゃんは、靴脱ぎで框に上がる前に、吉備団子のように腰にぶら下げていた自前の容器で手指のアルコール除菌をした。

まさしく、マナーも一緒に携帯している。

もちろんマスクも完備している――マスクの下は無表情だろう。この辺は、主人の指令に絶対服従する式神の設定を遵守しているとも言える。

一時期、背中の開いたドレスみたいなのを、僕の妹によって着せられていた余接ちゃんだが、そのファッションは元通りに回帰していた。

噂の眼帯もなくなっている。

どうやら臥煙さんに、取り上げられていた眼球を返してもらえたようだ――僕もその件には無関係ではなかったので、ちょっとほっとした。

僕もよく目をえぐられるから、気持ちがわかるというのもあった。

「早速出発してもいいんだけれど、ある程度の説明は必要だよね。必要普及だよね。高貴高齢者は影の中にいる？」

「影の中にいるけど、その言いかたはやめて」

影の中から出てきてしまう。

人見知りの猫みたいに、来客が来たら隠れてしまった――わけではない。お察しの通り、童女と幼女は元々あまり仲がよくないので、ここで出会い頭に喧嘩になってはまずいという僕なりの配慮が働いたのだ。

モンスターディスタンスだ。

最終的に顔を合わせることはどうしたって避けられないが、ぎりぎりまで争いの火種を回避する方向性を維持しなければならない――これは問題の先延ばしである。あとは、段階的な吸血鬼化の手順を踏むにあたって、本来は夜行性の幼女には睡眠を取ってもらっているというのもある。ヴァンパイア的に言うならば、棺（ひつぎ）の中での休息みたいなものだ……、その手の『備えよ常に』とは無縁の忍が、『休むのも仕事』を徹底すること自体、今回はどれだけ直感を重視しているかということを教えてくれる。

「結構。僕も無駄な争いは避けたい」

　言いながら、ブーツを脱ぐことなく、上がり框に腰掛ける斧乃木ちゃん。

「？　這入らないの？　お茶くらい出すぜ」

「それも結構。パーティションのない会食は避けたいのでね」

「アイスもあるぜ」

「——けっ……、決行？」

　どっち？

　ただでさえどっちにでも取れる言葉なのに、更にこんがらがった。

　無表情で、しかもマスクのままだからいまいち読み切れないが、斧乃木ちゃんはアイスの誘惑に打ち勝った……、大した心がけだ。

お土産に持たせてあげよう。

　上がらないのは、万が一にも、家屋内に新型コロナウイルスを振りまくようなことがあってはならないという、海外からの帰国者（？）としての配慮もあるようだ。

　かつて我が家の玄関を木っ端微塵（こっぱみじん）にしたのと同一人物とは思えない配慮である。

　返す返すも、さすが式神。

　僕もマスクをつけたほうがよさそうだ。

「さて、どこから話したものか。お姉ちゃんからあれこれ言伝てはあるし、逆にこちらからも訊きたいこともあるんだけれど、時間がないしね。ヨーロッパとは時差もあるから、出発時間も調整したいところだよ」

　まったく、お姉ちゃんの計画性のなさに、いつも僕は振り回される——と、中間管理職のようなことを言う斧乃木ちゃん。

　まあ、思いつきみたいな理由でヨーロッパから帰国させられたらたまったものじゃないよな……、千石と再会できる未来をねじ曲げられたことも思えば、尚更である。

ああ、そうだ。

本題に入る前に千石のことを訊かなくちゃ。

「僕の家を出たあと、千石のところに転がり込んでいたそうだけど、そのあと、何があったんだ？　影縫さんからは斧乃木ちゃんに訊くように言われたんだけど」

「それを説明している暇はないから、よければ下巻を読んで」

下巻を読んでって。

身も蓋もないことを言う。

「コロナ禍を物語に取り入れるかどうかっていうのは意見の分かれるところだよね。現実が舞台である以上、あたかもコロナウイルスが存在しないがごとく描くのはともすると欺瞞であるかのようだけれど、読む人によっては、パンデミックが小説にまで侵食してきたと、暗い気持ちになることもあるだろう。読書を楽しんでいるときくらい、自粛ではなく自由でありたいと思うのは当然だ。そんなかたにお勧めなのが下巻だよ」

「セールストークをするな」

斧乃木余接の推薦文かよ。

下巻なのに時系列的には前の話なんだな……、相変わらずややこしい。

とは言え、斧乃木ちゃんの言うこともわからないではない。

むしろ大いに共感する。

「歴史を知るという意味では、『いいなづけ』とか『ベニスに死す』とか、感染症を取り入れている名作があって悪いわけじゃないんだけどね。リアルタイムな証言をそうやって残さないと、歴史に埋もれてしまうから。その辺、どう折り合いをつけていくのか。現実と空想の線引きは、難しくなる一方だ。撫公もその辺、これから苦労していくことになるのだろう」

「？　なんで千石が苦労するんだ？」

「それも詳しくは下巻を読んで」

下巻に丸投げしてやがる。

同時発売じゃなくなってたらどうするんだ？

第一、それを言うなら出版業界自体がだって大変なのだ。都会では書店が休業したなんてエピソードを聞いたときには、必ずしも熱心な読書家ではない僕とて、衝撃を受けたものである。本は生活必需品か否か……、音楽やスポーツに関しても言われることだが、難しいところだ。

「必需品じゃなかったら生まれてないし、もっと前になくなってるよ。と、人工的に作られた怪異としては思うかな。むしろこう評価するべきだ――本っていうのは、こういうときに禁止されてしまうくらい楽しくて我慢しがたい、なくてはならないものなのだと。アーティストやクリエイターには是非誇ってほしいよ、私達は命がけで鑑賞したくなるほど価値のある作品を創出してしまっていたんだとね。本だけに、つい本気を出してしまったとね」

いいこと言うなあ、死体人形は。

棒読みにしては。

音楽やスポーツも同じくか……、制限をしないと無制限に人が集まってしまう娯楽でなければ、あるいはこういうときは『まあまあ、好きでやってるんだったら好きにすれば？　どうせ大勢に影響はないから』と、放っておかれることになる。それはそれで、そんなに残念なこともない。

「僕もファンとして心から自分を褒めてあげたいよ。ああ、僕の魂が養われてきた数々のエンターテインメントは、やっぱり、社会から危険視されるくらい面白いものだったんだってね」

「ちょっといいこと言い過ぎかな？」

その発言も危ない気がする。

ただ、死体人形に心や魂があるのかという疑問は野暮だ。

「でもやっぱり、これまでの名作ＳＦが全部、携帯電話のなかった時代のミステリーみたいな印象になってしまうんだとすれば、忸怩たるものがあるぜ。こんなパンデミック、空想上の未来の世界では描かれてないわけじゃないか」

「意外と描かれていると思うよ。貴様程度の浅い本読みが読んでないだけで。歴史に残る古典作家の想像力をなめちゃいけない。まるで予言書のように携帯電話やロボット、監視社会を描いたＳＦがあるように、こんなパンデミックも、きっと明確にイメージされてきた。名だたるＳＦ作家にさえ予見できなかったのは、こんなときでも一致団結できない、人間の愚かさだけさ」

「やかましいわ。いいこと言ったと思ったらこれだぜ」

貴様程度の本読みとも言ったな。

僕程度の本読みだけども。

「一致団結したらしたで同調圧力が起こる。心配しなくとも僕達の下巻はコロナとか人類の愚かさとか関係のない、明るい冒険譚だから、安心して読んで。ほのぼのぬくぬく沖縄旅行の話だよ。撫公がスクール水着でシュノーケリングをしたり、裸にブルマでイリオモテヤマネコと戯れたりする」

「信憑性の高い嘘を吐くなよ、いくら憑喪神だからと言って」

令和時代には出せないだろ、その本。

本当に上巻だけが出版されてしまう。

「確かに、あまり煽ると下巻から読む人が続出してしまうかもしれないので、この辺にしておこう。実際、モンスターシーズンでは撫子編のほうが人気が出るという、およそあってはならない事態が起きているそうだし」

「そんな事態が起きてるの？」

ここで読むのやめちゃうじゃん。

併せてお楽しみくださいとか言えよ。

この先、こっちはどう考えても明るい話になりそうもないし……、スーサイドマスターにまつわる旅行がたとえどういう結末になったとしても、最後に臥煙さんに怒られるという説教ENDに揺るぎはないのだ。

「今からでも幼女と童女とひたすら戯れる方向に切り替えたほうがいいのかな……」

「それこそ出せないでしょ、令和時代には。いいんだよ、どっちもあって。上巻と下巻で、ゼロサムゲームだ」

零和ってことね。

まあ、何らかの失態や何らかの失敗があって、斧乃木ちゃんが千石の元からも解職されたという話ではなさそうだし、機体の安全性は一定数確保できたと納得しておくか……、土台、千石についての情報を、斧乃木ちゃんから聞き出そうというほうが間違っている。

生きて帰れたら読ませてもらうとするよ、下巻とやらを。

スクール水着や裸にブルマはおそらく煽りと言うよりただのホラ話だろうが、もっと酷いことが起きている予感もするし。

「今回は中巻が生まれないように努力しよう。では、斧乃木ちゃん。本題に入ろうか。影縫さんは僕達に何を手伝わせたいんだ？　こんな乱世に、ヨーロッパにまで呼び寄せて」

盟友の遺体確認ではありませんように。

そんな願いを込めて切り出すと、

「もちろん怪異がらみだよ」

と、斧乃木ちゃんは即答した。

本読みならぬ棒読みで。

「しかも吸血鬼がらみだ。でなければ、あの無法なお姉ちゃんも、さすがに素人さんをアシスタントに呼ばないよ」

そりゃそうだろうが、改めてそう宣告されると、物怖（ものお）じせずにはいられないな……、僕も臥煙さんと絶交して以来、仕事としての怪異譚に絡むことはなかったし。

「ただ、鬼のお兄ちゃん達に完全に無関係というわけでもないのが困ったところだ。なぜなら、共通の知人がかかわっているから——知人と言いつつ、人じゃないけれどね」

「……デストピア・ヴィルトゥオーゾ・スーサイドマスター？」

「おっと、どうしてそう思うのかな？　鬼のお兄ちゃん。僕はまだ、共通の知人としか言っていないのに」

　話術で容疑者を引っかけた名探偵みたいな口ぶりだが、いや、あそこまで露骨に匂わされたら、誰だってピンと来るだろ。

　忍の直感じゃなくても、ピンと来る。

「え……、じゃあ、マジで死体の確認ってこと？　影縫さんが粉塵爆発が起こるくらい粉々に解体したスーサイドマスターの死体を見るために、僕達は東欧の検死室まで行くの？」

「お姉ちゃんのイメージが悪過ぎるよ。僕のお姉ちゃんを解体重機みたいに」

　当たらずといえども遠からずでしょ。

　僕も解体されかかったよ。

「当たらずといえども遠からずなのはこっちもだよ、鬼のお兄ちゃん。ハシブトガラスといえどもハシボソガラスだ。遺体の身元確認でこそないけれど、場合によってはそれよりも残酷かもしれない——お姉ちゃんはああいう人だから深掘りしなかったようだけれど、僕は鬼のお兄ちゃんが、どうして恐れ知らずにもリモート会議を開いたのかが、気に掛かっていてね」

　ですよね。

　ハシブトガラスとハシボソガラスのくだりはちょっとよくわからなかったけれど、こうなると中間管理職と言うより、押しの強いボスのデジタル系秘書といった趣である——パワーキャラという意味では、斧乃木ちゃんだって似たり寄ったりなのに、与えられたポジションで、人は変わるということか。

人ではなくて式神だが。

「いやあ、たまには僕も、旧交を温めたいと思うんだよ。特にこんなときだしね。絆の大切さを知ったのさ」

「その結果、死体を温めることになるのかもね」

さらりと物騒な脅しをかけてから、「スーサイドマスターに関して情報があるというのなら、僕が笑っているうちに洗いざらい話しておいたほうがいい」と言う。

マスクの下は無表情なのに。

参ったな、情報と言うほどの情報は持っていない——今のところは忍の第六感でしかないのである。変に隠しごとをしたせいで、勘繰られてしまった——やはり人間、正直が一番だ。

いつもの主義を曲げちゃいけなかった。

「旧交を温めたがっているわけじゃないだろうが、忍がスーサイドマスターの現状を気にしているのは本当だよ。それが気になって電話をかけたんだ。臥煙さんとは絶交中だから、影縫さんに」

「本当？　本当にそれだけ？」

いろいろ端折りはしたものの、大きな嘘はついていない——忍が独断で無法にも海外への渡航を企んでいたことや、臥煙さんからの叱責を避けるために影縫さんをチョイスしたことなどを、わざわざ開示する必要はあるまい。

正直が一番だが、配慮だって二番目には来る。

「ああ。だから情報を知りたいのはむしろこっちなんだ。影縫さんからの誘いに応じたのは、そのためだよ」

まあ、僕が断ったら第二候補の千石のところに白羽の矢が立ってしまうというよんどころのない事情もあったが……、吸血鬼がらみと言うのなら、僕達が先に候補に挙がるのも無理もない。

「そうだね。洗人迂路子の蛇がらみのときは、撫公のほうにアドバンテージがあったように」

「蛇がらみ？」

洗人迂路子？

もしかして、まだ下巻の番宣が続いている？

「了承した。しかし、撫公はまだしも、鬼のお兄ちゃんを巻き込むのは、僕としてはあまり気が進まないんだけどね。お姉ちゃんはそういうところいい加減だけど、プロフェッショナルとして最低限、線引きしておくべきところはあるから」

「臥煙さんは僕をその道に引き込むのは諦めたようだぜ」

「そうだろうとも。僕も、鬼のお兄ちゃんが専門家に向いているとは思わない。私情が入り過ぎるからね。どんな相手にも同情するし、どんな敵も理解しようとする。それでは正しい判断ができなくなる——トイレットペーパーを買い込んだりする」

「あの騒動に関しては、むしろ僕は出遅れたほうだよ」

流通の仕組み、みたいなものを学ばせてもらった。オイルショックから半世紀が経っても、人はそう簡単に変わらないということも。

「鬼のお兄ちゃんが学んだのが不変ならば、僕が体感したのは、流言飛語の恐怖だね。実体のない怪談というのはああいう風に生まれるんだと、リアルタイムで目撃したことは、今後の僕の、専門家としてのプロ意識を変えるだろう」

確かに、デマゴギーだとわかった上でも正しい行動が取れないというのは、どこか怪異じみた騒動ではあった——トイレットペーパーに限らず、パンデミックそのものが、流言飛語で肥大化している側面は否めない。

人間不信になる。

絆の大切さを知ったはずなのに。

用心は用心で、陰謀論の温床となりかねない危険もある——半信半疑って、実は一番適切な姿勢なのかもな。

「とは言え、僕はあくまでお姉ちゃんの式神だ。プロの免許を持っているわけじゃない。お姉ちゃんの命令には従うだけだ——たまたま、お姉ちゃんの雑駁さと、鬼のお兄ちゃんのコロナウイルスなんて怖くないアピールが合致してしまった以上」

「誰の何がコロナウイルスなんて怖くないアピールだよ」

　ビビりまくりだよ。

　感染はしにくいかもしれないが、それは同時に、ワクチンも効きにくいという可能性を示唆してもいるのだから。

「ただ、覚悟してほしい。特に今回の仕事には、鬼のお兄ちゃんには生半可な気持ちで足を踏み入れてほしくないんだ」

　知らなくていいことを知ることになる。

　そう斧乃木ちゃんは念押しする。

「世の中には、知っておいたほうがいいことと、知らないほうがいいことがあるということを、知っておいたほうがいい」

　最後にワンフレーズ足したことで、ちょっとややこしい物言いになっているが、どうやら斧乃木ちゃんは、僕に撤退の選択肢を与えてくれているようだ。ひょっとしたら、影縫さんからの強引なスカウトを断り切れずに、僕が応じたと思っているのかもしれない。

　これで優しいところもある死体人形なのだ。

　あるいは、斧乃木ちゃんがこの家から出て行く運びになったときのことを反省しているのかも——ただし、いずれにしても僕の答は決まっているのだった。

「大丈夫だよ、斧乃木ちゃん。覚悟はできている。これは忍への恩返しでもあるんだ。僕の勝手に、二年以上付き合ってくれている忍への」

　償いでもある。

　ならばそんな覚悟は、常にしている。

「あっそ」

　リアクションが軽い。

僕の覚悟に対し、ノーリアクションと言ってもいい。

「ならば、僕も覚悟を決めて、極秘事項を漏らそう。言っておくけれど、これを聞いてしまえば、もう後戻りはできないぜ。いったい今、お姉ちゃんがヨーロッパで何をしているのか――ヨーロッパで何が起きているのか」

「……ごくり」

と、僕は息を呑む。

スーサイドマスターがその件にどう絡んでいるのかというのもあるが、あの傍若無人な影縫さんが僕の助力を求めるという案件の内容には、様々な地獄を垣間見てきた阿良々木暦とて、怖い物見たさの気持ちを刺激されずにはいられない。

知らなくていいこと。

僕は何を知らないんだ？

何でもは知らないわよ、知ってることだけ――羽川の口癖を思い出しながら待っていると、斧乃木ちゃんは棒読みで、しかし神妙な風に、

「実は今、ヨーロッパでパンデミックが起こっているんだ」

と言った。

と言った。と言った？

「…………」

「驚いて声も出ないようだね、鬼のお兄ちゃん」

そりゃ声も出ないけども。

ちょっと待って、そんなお馬鹿さんだと思われてるの、僕は、斧乃木ちゃんから？　直近でトイレットペーパー騒動の話とかしたじゃん？　あれ、知ったかぶりをしていると思われてたの？

「まさか斧乃木ちゃんは、僕のようなちゃらんぽらんな若造にはコロナの怖さが届いていないと危惧しているのか？　アピールじゃなくて本気で言っているのだと？」

「テレビを見ない若者にＳＮＳで発信してあげようか」

「その先入観のほうが怖いよ」

「これを年長者の先入観だと思うのも若者の先入観じゃないかい？」

「そりゃあ達観だね。先達観だ」

言われてしまった。

個人的には、届いてこないのは危険性ではなく真実味、または真剣味だと思うのだが、まあ、そういう世代を超えた価値観のすり合わせは、ここで議論するべき断絶ではない。

それ以前だ。

今、パンデミックが起こっていることくらい、世界中の全人類が知っているよ。これに関しては羽川だって、『みんな知っている』と言うに決まっている――今、世界のどこで何をしているのかわからない羽川だって。

そんなことも知らないの？

と言われてもおかしくない。

「じゃなくって。鬼のお兄ちゃん、僕は新型コロナウイルスの話はしていない」

「なんだよ。世界基準で、コビッド19と言うべきなのか？」

「『七人のこびと』とかけて、何かうまいこと言えそうだよね。7も19も素数だし」

そんなことを言ってから、「コビッド19も関係ない」と、斧乃木ちゃんは続けた。

「今現在、コロナウイルスの影でヨーロッパ全土に蔓延しているのは、不死身の怪異のみに感染するパンデミックだ――ばったばったと、吸血鬼が死んでいる。このままだと滅亡しかねないほどの勢いでね。旧ハートアンダーブレードが気に掛けている、彼女の盟友にして彼女の産みの親、いわばキャラクター設定担当であるデストピア・ヴィルトゥオーゾ・スーサイドマスターも、既に陽性だ」

陽性。

太陽が苦手な吸血鬼にとっては皮肉な名称だよね、鬼のお兄ちゃん。

007

　それを言うならコロナという名称にしたって、天文学的には吸血鬼にとっては苦手意識を喚起されるものであることに違いはないのだが——しかし、そんな事態が欧州で本当に起きているのだとすれば、影縫さんがビジネス渡航していることを、容認しないわけにはいかない。

　必然である。

　むしろ渡航していないほうが不徹底だ。

　逆に言うと、感染症にかかりにくいというのが僕や忍が渡航しうる唯一の建前だったとしたら、それが脆(もろ)くも崩れた瞬間でもあった——僕達の吸血鬼体質が、これじゃあまるっきり裏目に出てしまうのでは？

　いつも通りでは？

　裏目であり、弱り目に祟(たた)り目。

　無防備でクラスターに飛び込むようなものだ。それもいつも通り。

　しかし、吸血鬼をターゲットとする感染症？

　そもそも何世紀も前には、感染症の犯人とも目されていた吸血鬼が、その感染症の被害者となるというのはまるでさかさまだが——しかし、それが忍の直感ともがっちり符合するのも確かだ。

　死ぬことの達人とも言える美食家の吸血鬼、デストピア・ヴィルトゥオーゾ・スーサイドマスターの身に、死ぬ以上のことが起きているのではないかという予感が、完全に的中している。

　だが……、そんなことがあるのか？

　新型コロナウイルスの蔓延と同時に、吸血鬼の世界でもパンデミックが起こっているだなんて——媒介は蝙蝠か？　それとも狼(おおかみ)か？

　新型コロナウイルスの感染に関して、ハイリスクな人々に最大限の理解を示していたつもりだったが、いざ自分がそのハイリスクな立場に置かれてみると、その気持ちがまるで理解できていなかったのだと思い知る。

結局、安全圏で語ってたんだな、僕は。

危機感がまるで足りてなかった。

年長者の仰る通りだった。

アピっちゃってたわけだ、コロナに負けない強い自分を……、なんて恥ずかしいんだ。反省せずにはいられない。

「今のところ、症状が出るのは吸血鬼だけのようだ。吸血鬼と、その眷属だけだ。僕も大きなくくりでは不死身の怪異だけれど、現在においては感染の恐れはない――けれど、それさえもまだ確たることは言えない。パンデミックとは言ったものの、原因はまだまるでわかっていないんだ」

スタート地点が、旧ハートアンダーブレードが言うところのアセロラ王国（仮）周辺であることを除けばね――と、斧乃木ちゃんは言う。

「不死身の怪異という意味を広く捉えるのであれば、鬼のお兄ちゃんの身内だって極めて危ないということを忘れないように」

「………」

「僕の危惧が伝わったようで何よりだよ。そうでなくっちゃ。こんなに嬉しいことはない。鬼のお兄ちゃんは旧ハートアンダーブレードへの恩返しとか償いとか殊勝なことを言っていたけれど、そういう第三者的な立場からこの件に参戦することはできないんだよ。鬼のお兄ちゃんは他ならぬ当事者として、高リスクを抱えて参戦することになる」

感染地域を避けるトランジットや、アルコール除菌やマスク、框までしか上がらないという斧乃木ちゃんの衛生意識は、かかわっている仕事に根ざしているとも言えるわけか。

やれやれ。

今はまだその兆候は見えなくとも、決して斧乃木ちゃんや、それに影縫さんも、まったく安全圏にいるわけじゃない——パンデミックが死体人形や、そのもの人間に、広がっていかないとは限らないのだから。

「そうだよな……、アマビエさまがいるのであれば、疫病そのものみたいな怪異がいても、おかしくはないよな……」

「お姉ちゃんはそういうリスク管理への配慮が皆無だから、ここは僕が独断で、旧ハートアンダーブレードと話し合うための時間をあげるよ。大ジャンプのためのエネルギーを充塡しなくちゃいけないし、一時間くらいここで待ってるから」

　大胆不敵にもあれだけの覚悟を表明した直後になんだが、ありがたい気遣いだと言わざるを得ない。忍にとっても、状況は大いに変化したと言ってもいいしな……、どちらもハイリスクであることに違いなくとも、しかし僕よりも忍のほうが危険な立場に置かれる。

斧乃木ちゃんの『例外のほうが多い規則』にひっついて渡航するために、吸血鬼化を強化しようとか打ち合わせをしていたのが、今から思うと危なっかしくて目眩がする。

　恐い恐い。

　ここまで馬鹿だったか、ここのツーマンセルは。

「甘えさせてもらうよ。アイスクリーム、持ってこようか？　さすがに玄関でひとりで食べる分には構わないだろ」

「所望する。蓋は自分で外す。話し合いがすぐに終わっても、僕がマスクを外しているところを見ちゃ駄目だよ」

　別の妖怪と別の都市伝説が混在してしまっているみたいなことを言っているが、心配しなくとも、これは簡単な話し合いにはならないだろう……、僕はABCの歌を歌いながら両手を石鹸で洗った上で、キッチンの冷凍庫からアイスクリームを取り出し、斧乃木ちゃんにパスしてから、二階の自室へとすごすご退却した——影をノックする。

「なんじゃ。話はまとまったのか。かかっ、誉めて遣わす」

寝ぼけ眼をこすりながら、這い出してくる金髪幼女——呑気でいらっしゃる。

心だけでも平和になるぜ。

「さあ、では儂のナイスアイディアを実行するかの。感染症対策がばっちりじゃと聞いて、あの死体娘もさぞかしおののいておったじゃろう、オノノキだけに」

「なんと言っていいのか……」

途方に暮れるぞ、お前の笑顔に。

斧乃木ちゃんとおののくを掛けるのも、今更だよな。

「結論から言うと、スーサイドマスターは生きているらしい」

「ほほう。それは意外じゃの。千年に亘るその生命の中、死んでいる時間のほうが長いような美食家じゃというのに」

儂が自殺志願の吸血鬼ならば、デスは栄養失調の吸血鬼よ——と、忍は言ってのけるが、その『自殺志願』という言葉が、二年ぶりに重くのしかかってくるよ。

ぺしゃんこに押し潰されそうだ。

他に言いかたも思いつかず、僕は斧乃木ちゃんよろしくの、棒読みで述べた。続きを。

「ただ、感染症にかかっているそうだ」

「なにい？」

「新型コロナウイルスじゃなくって、吸血鬼だけがかかる感染症に……、それで欧州では、吸血鬼が相次いで倒れてるんだとか」

吸血鬼でありながら吸血鬼を狩る、一時は羽川と行動を共にしていたドラマツルギーや、ヴァンパイア・ハーフのエピソードが、果たして今、どこでどうしているのか……、心配な相手がここにきて増えた。

僕があのふたりの心配をするのもなんともおかしな巡り合わせだ。

奇縁と言うしかない。

吸血鬼滅亡の危機であることを斧乃木ちゃんは強調していたが、そう言えばそもそも、この科学全盛の現代社会に吸血鬼は、どれほどの数、存在しているのだろうか？

寿命は長くとも、死屍累生死郎の例を取り上げるまでもなく、短命であることが多い種なので、元々絶滅に瀕していることは間違いなく……、だからこそ、より苦境に置かれていると言える。

ドラキュラ城のモデルがルーマニアにあることからもわかるように、吸血鬼は本来ヨーロッパの怪異なので、そちらで蔓延するというのは腑に落ちる話ではあるのだが、だからと言って、それが日本に伝わってこないとも限らない。

吸血鬼が伝承されている以上、吸血鬼殺しも伝承される。

水際対策の難しさは、今となっては語るまでもない一般常識である。

「お前の読み通り、アセロラ王国（仮）を中心に、その波紋はみるみる広がっているそうだ……、盟友を心配して帰国しようとしたお前は、決して間違っていない。だけど、帰国することがスーサイドマスターの助けになるのかどうかが、若干微妙になってきていると思わないか？」

「ぱないの！」

「ぱないのじゃないよ」

ぱないのじゃないのは突っ込まれるまでもなくわかっていたようで、忍は顔を隠すように、その場でしゃがみ込んでしまった……、感情の起伏の激しい金髪ロリ奴隷だ。

そんなわかりやすく落ち込む？

香箱を作る？

こう言っちゃなんだが、斧乃木ちゃんに対して僕はもうちょっと見栄を張ったぞ。予想外ではあるが覚悟はしていた振りをしたぞ。

うずくまったままの忍を無理には引き起こさず、しかし僕はそのまま引き続き、斧乃木ちゃんから聞いた限りの話を伝えた――伝聞の伝聞みたいになっているが、それでも要点は十分に伝わったことだろう。

新型コロナウイルスに感染すると、身内との面会もできないし、最悪の場合、最期のお別れもできないという切実な問題があることは知られているが、ここでその不安が切り離せなくなった。自分達の問題として立ちはだかる。

パンデミックの中心地に飛び込むのはただでさえ危険なのに、陽性であるスーサイドマスターに会うという行為は、どう考えても推奨されるものではないように思える。

盟友もまた、忍に感染させることを望んではいまい――

「まだ不明点ばかりらしいし、斧乃木ちゃんとしても、正式に契約書を交わしたわけでもない僕にことの詳細をすべて喋るわけにもいかないんだろうけれど、聞くだに素人がほいほい首を突っ込んでいいお仕事じゃなさそうだぜ。ここはプロに一任するっていうのも大人の判断なんじゃないのか？」

大人の判断。

僕が使うと失笑を買う言葉だ。

二十歳になった程度じゃあ――もうすぐ成人年齢も十八歳になるというのに。

忍も、顔を膝に埋めたままで、

「あー。あー。聞きとうなかったのう。お前様の口から大人の判断などという言葉は。我があるじ様も終わりじゃな」

傷物語あたりで終わっとればよかったんじゃ、と、頭の左右をぱんぱん叩くという『聞きたくない』のリアクションを取りつつ、そんなことを言う――傷物語って。

かなりの初期じゃねえか。

耳が痛いのはこっちのほうだ。

しかしまあ、あの地獄のような春休みに、向こう見ずにも吸血鬼を助けたときの僕に、大人の判断など微塵も働いていなかったのも確かである——そんな向こう見ずの結果、永遠に残る向こう傷を負ったわけだ。

正確には向こう傷ではなく、首筋裏の噛み痕である。

「今のお前様なら死にかけの儂をすんなり見捨てそうじゃ。めそめそ」

「情に訴えるのはずるいぞ」

嘘泣きが下手過ぎる。

何が『めそめそ』だ。

「僕だってあの春休みから学んだし、お前だって学んではいるだろう。その後、平行世界を滅ぼしたときとかに」

「えらくカジュアルに儂のトラウマを刺激してくれるのう」

あの世界観では、スーサイドマスターや他の吸血鬼はどうなったのだろう、みたいなどうしようもないことを一瞬考えたが、しかし今は他に頭を悩ます必要があった。

設定のつじつまを合わせている場合ではない。

直面している課題に、つじつまならぬ照準を合わさねば。

拗ねたような態度を取りつつも、忍だって、わからないわけではなかろう……、わかってなければ我武者羅にクラスターへと飛び込むことだってできただろうけれど、状況としてはかなりの八方塞がりである。

「スーサイドマスターとビデオ通話を繋ぐことってできないのかな……、向こう側の詳細はまだ不明な点が多いとは言え、言いぶりからすると、影縫さんとスーサイドマスターは、コンタクトが取れてそうなんだけど……」

さて、それは聞きそびれたが、影縫さんはいったいどういうスタンスで此度のビジネス渡航に臨んでいるのだろうか？　場合場合によるとは言っても、基本的に彼女は『不死身の怪異を退治する』という立場だ……、道理に反する『死なない怪異』を悪と見做す、正義の味方である。

感染症で吸血鬼が滅亡するというのなら、もしかして望むところなのでは？　ならばむしろ吸血鬼退治の感覚で、パンデミックを拡大させるスタンスを取っている可能性も——ないか。

それは新型コロナウイルスの世界的な蔓延を、思い上がった人類への警鐘みたいに捉えるのと変わらない想像力の発露だ。

あるいは、影縫さんじゃなくて、臥煙さんだったらそういう遠回りなこともしかねない腹黒さもうかがえるが、あの暴力陰陽師の場合は、目に見えない妖怪ウイルスなどではなく、拳と頭突きと蹴りで吸血鬼を滅ぼすだろう。

スタンスが違う。

「ハンターと吸血鬼は持ちつ持たれつみたいなところもあるしのう。吸血鬼が滅びれば、吸血鬼ハンターもまた滅びるのじゃ」

「壮大なことを言っているな……」

でもまあ事実だ。

その意味では、自己複製機能を持たないウイルスだって、宿主を滅亡させてしまえば、自身も滅亡してしまうという話である——ただ、だからと言って、宿主を滅ぼさないというブレーキがかかるかと言えば、別にそんなことはないのが問題点だ。

滅亡するときは普通に滅亡する。

どんな生物もいずれは絶滅する。

確率的に。

恐竜だろうとウイルスだろうと、人類だろうと吸血鬼だろうと——意志がある人間だってこれだけやたらめったら環境を破壊しているのに、ウイルスに自己抑制が働くようではたまらない。

「この不況の苦境に職を失ったら、吸血鬼ハンターと言えど困るじゃろう。今更まっとうな仕事はできまいよ」

確かに、職業に貴賤はないとは言え、企業に勤める影縫さんや起業する影縫さんなど、まったくイメージできない。

地に足がつかないのだから。

「じゃあ、今のところスーサイドマスターは影縫さんが保護してくれていると考えていいのかな？　だったら――」

だったら安心、とは言いにくい。

吸血鬼の医療体制がどうなっているのかは不明でしかないが……、去年の春以降、スーサイドマスターが継続的に臥煙さん達の監視下にあったとしても、それで安全が確保されるわけでもないのも、パンデミックの怖さだ。

くそう、確かに現地に行ってみなきゃわからないことが多過ぎるし、大き過ぎる……、忍を吸血鬼にしたのがスーサイドマスターとは言え、そこに主従関係はないから、テレパシーのようなものも使えず、直感以上のものは働かない。

ペアリングされている僕と忍との間柄でも、使ったことなんてないしな、テレパシーなど。感覚を共有している部分はあるから、強いて言うならシンパシーはある――シンパシー。

「シンパシー止まりのペアリングなのは、その後のことを思うと、お前様の胸中を言語化して幼女に見せてはならないという、アロハ小僧なりの配慮だったのかもしれんの」

「だとしたらその配慮は適切な予防措置だったことは認めざるを得ないぜ」

「認めるでないわ。なんでレーティングが働いとるんじゃ、主従間で」

「それで、どうする？」

僕は改めて忍の意志を確認する。

斧乃木ちゃんをいつまでも玄関先で待たせておくわけにもいかない――彼女は死体人形であって、

信楽焼の狸じゃないんだから。

あるいはシャケをくわえた熊か。

「お前にとってのスーサイドマスターが僕にとっての羽川だと言うなら、ここでもそう置き換えて考えてみるけれど、もし羽川が海外で、新型コロナウイルス以上に致死率や重症化リスクの高い感染症に罹患したとしたら、僕はいったいどうするんだろうって思うと――」

行かない、ぐっと我慢する、遠く離れた場所から安全と無事を祈る、と言うための例え話だったのだが、いざその段に辿り着いてみると、言葉に詰まってしまった。

行くかもしれないからだ。

迷わない可能性まである。

大人になれていないなあ。

人はこういう衝動で花見に行くわけだ。

「わかっとる。皆まで言うな、お前様」

そこでようやく、忍は顔を上げた。

もしかして本当に泣いているんじゃないかと訝しんだくらいだったが、しかしその金眼は、むしろぎらついていて、決意に溢れていた。

決意。

つまり、幼女はうずくまっている間に、何らかの決断をしたことに間違いなさそうだ――ならば僕にできるのは、それを重んじることだけだ。いつも通りに。

滅亡のアセロラ王国（仮）に向かうのか。

鎖国の日本に留まるのか。

どちらにせよ、僕はかつての従僕としてその決断に従い、行動を共にしよう――しかしながら、金髪幼女の下した結論は、その二択のどちらでもなかった。

否、どちらともだった。

「こうしよう。誘っておいて悪いが、お前様はここに残る。儂がひとりでアセロラ王国（仮）に向かう。これでどうじゃ」

008

もちろん却下し、僕も一緒にヨーロッパへと向かうことになった。ようやく話が一歩前へ進んだ実感がある。いや、これは僕がよくなかった、一心同体みたいなことを言いながら、忍の判断に委(ゆだ)ねるような流れにしたのは卑劣でさえあった。

ふたりのことはふたりで決めないと。

ふたりなのだから。

高校生の頃、あれだけ独断専行で無茶をおこなっていた僕が言っても説得力はあるまいが、償いと言うならば、その点の埋め合わせもしないと、新しい行動様式とは言えない。

これが僕達のニューノーマル。

もっとも、その発案は光るところのまったくないアイディアでもなかったので、言下に却下の二文字では済まさず、隠蔽(いんぺい)せずに紹介だけはしておく——それが今後の行動計画の参考になったことも正直なところである。

没プランの肝は、ペアリングの解除だった。

忍に言わせれば、だが、現在のっぴきならないダブルバインドに置かれている大きな理由は、怪異の王が僕の影に封じられているという、文字通りの縛りプレイである。

どこへ行くにしても、何をするにしても、あるいはどこにも行かないにしても、自粛するにしても、県境どころか国境を越えるにしても、僕達は二人三脚が基本になるわけだ——密を避けることは、僕と忍の関係においては非常に難易度の高いミッションとなる。

だから、忍は里帰りを計画するにあたり、僕を誘わざるを得なかった——決して、僕を共犯者に仕立て上げるために、危機感の足りない旅行へといざなったわけではないのである。

まあ、たとえるならば忍は、僕の形をした鉄球を足にぶら下げられた囚人というわけで、そういう意味ではコロナ禍ならぬ普段から、行動の制限が要請されているようなものなのだ。

要請ではなく命令か？

破れば科料が科されることになる。心臓破りのごとく。

既に渡航を果たしている影縫さんの『地面を歩けない』縛りと、どちらのほうが条件が厳しいのかは、判断のわかれるところだろう——ちなみに、影縫さんはその呪いを、式神童女という『移動手段』を活用することで（『死体人形』なのに『活用』とはこれいかに）回避している。

人目を避けたい内気な僕には活用できない回避法だ。

しかし、今回、アセロラ王国（仮）に渡航するためのロードマップを整備するにあたって、我々はその『移動手段』を貸してもらうわけだが、それとて、ひとりで予約することのできない指定席だ。

ふたり一組でないと申し込めないツアー旅行みたいなものである——ただ、そんなツアー旅行でも、倍額の料金を払えばおひとりさまでも申し込めるように（実際には一・五倍程度のケースが多いか）、この固い絆（鎖？）のコンビを解消する手段がないわけではない。

リスクを負えば。

これ以上リスクを負うのかと思うと、その危うさには、閉眼片脚立ちをしているがごとくくらくらするけれど、つまりそれが一時的なペアリングの解除である。

裏技ではあるが、ここに来ていきなり登場した無法の設定破りではなく、僕達は過去に二度、それをおこなったことがある。

前科二犯。

科料では済まされないアウトローだ。

おこなったと言うが、両方、強制解除のようなものだった……、一度目は『くらやみ』に追われたときだ。

僕の影が、怪異ならざる暗黒に呑まれたとき、解きほぐしようのない強固な縛りは無理矢理に解除された——あれは言うならば、パソコンを再起動されたようなものだったが、しばらくの間、僕と忍は珍しい別行動を取ったものだ。

聞いた話では、ブラック羽川と会ってたとか……、マジかよ。

羨ましいぜ。

「羨ましいと言われても、そのときの猫は下着姿ではなかったぞ？」

「はなはだしい誤解だ。そういう意味で羨ましいと言ったんじゃない」

じゃあどういう意味で言ったんだと問い詰められても困るので、すかさずもう一例のほうを説明すると、そちらの解除は臥煙さんの手によるものだ。

そう言うとあたかも正式な手続きであり、トラディショナルな儀式が厳粛におこなわれたように響きかねないけれど、実際には僕の肉体が日本刀で滅多斬りにされるという惨殺現場だった。

滅多斬りでも、滅多なことではない。

死刑が科された。

どんな厳格なペアリングでも、僕が死ねばそりゃあ解除される……、同じくパソコンで例えれば、マザーボードをぶっ壊したようなものだ。

修繕できたのが奇跡である。

どちらの場合も、再ペアリングは臥煙さんに頼んでおこなって、そして今に至るというわけだ……、僕が天国に行ったときはどうなんだっけな？　あのときも死んだようなものだが、ペアリングは解除されていたんだっけ？

正直、あのケースはそれどころではなかったので定かではない。

まあ、外道ではあるが、ともあれかくもあれ、縛られたペアリングの解除に関して、決して裏ルートがないわけではないということを言いたかったのだ——それがおこなえれば、忍はひとりで帰国することも可能というのが、うずくまっている間に彼女が練り上げた、理論上のプランなのだった。

お祭しの通り、これは僕の安全を確保することだけが目的のプランだ。忍のリスクは微塵も変わっていない——吸血鬼にとっての危険地帯に、吸血鬼が乗り込もうとしている主題に変更はないのだ。

単身でパンデミックに乗り込む。

防護服もなしで。

移動に際する人数を減らすことで減るリスクなど、この場合は微々たるもので、むしろ不安は著しく増大している。

「許されるわけがないだろ、そんなの。僕が許さないのは当たり前として、臥煙さんも、さすがに影縫さんだって許さないよ」

むしろ不死身の怪異の専門家である影縫さんが一番許さないかもしれない。

忍が僕の身を案じてくれたことに疑いはないにせよ、結果的に囚人から、足にくくられた鉄球が外されてしまっている——鉄血にして熱血にして冷血の吸血鬼が、これまでの事例とは違い、自らの意志でペアリングを解除したとなると、これはパンデミックとは違う意味で大ごとだ。

すべての専門家が集合しかねない。

そんな形で忍野と再会するなんて最悪だ。

忍（と、僕）が今のところ保護対象になっているのは、更生したからとかではなく、あくまでも、キスショット・アセロラオリオン・ハートアンダーブレードが無力化されて、取るに足りないからなのである。

取るに足りない金髪幼女ゆえに、だ。

影縫さんは復活した不死身の怪異を喜びいさんで、容赦なく粉砕するだろう——言い訳を聞いてくれるとは思えない。

不死人に口なしだ。

ことそこに至れば、なんでも知ってるおねーさんも、解除されたペアリングを回復させてくれるとは思いにくい。

きみ達なんて知らないよ、と言われそうだ。

立ち直れないよ、臥煙さんからそんなことを言われたら。

「そうか……、その視点はなかったのう。儂が妖刀(ようとう)『心渡(こころわたり)』でお前様を滅多斬りにするシーンまでしかイメージしておらんかった」

「大惨事になっただろ、それをやって」

天国で『うつくし姫』と会ったんだったな。

ちょっと思い出してきたが、『彼女』に再会することは避けておくべきだ……、決して馬鹿ではないのだろうけれど、やはり元が最強最大の怪異であるがゆえに、計画を立てることには向いていないんだな、忍は。

どこか力押しのプランになる、忍野姓だけに。

いや、忍野姓の拠点である忍野メメは、力押しというタイプではなかったので、この言葉遊びは成立しないか——実際のところ、忍野ならこういうとき、どんなプランを立案するのだろう？

どうバランスを取り、中立を維持するのだろう。

「あのアロハ小僧の場合は、パンデミックよりも別のリスクのほうが高いじゃろう。基礎疾患の有無は知らんが、あんな不健康で自堕落な生活を送っておれば、別の病(やまい)にかかるわ」

僕の影ではなく、忍野が根城にしていた学習塾跡の廃墟に縛られていたことも短期間ながらある忍は、その頃のことを思い出したのか、苦々しい表情で、吐(は)き捨(す)てるように言うのだった——その頃の二人暮らしの思い出をいいように語ったことが一度もないな、この幼女は。

影に縛られるほうがマシって、どんなグランピングだったんだよ、廃墟生活。

別の病ねえ。

「手洗いとマスクが徹底されたら、インフルエンザの予防にもなったって言うけれど……、逆に羽川みたいに平時で危険な紛争地帯にいたら、感染予防よりも、まずは喫緊の避難を優先しなきゃいけないわけだ」

密を恐れて重大な疾患に関して病院に行けない、なんて本末転倒は密同様に避けるべきだ。更に同様に、どうしても心配な盟友を訪ねたいから、僕とのコンビを解消すると言われても、それはとても承諾できない。

「だけど、伝わったよ。そこまでしてでも、己のリスクを顧みずに駆けつけたいというお前の気持ちは——」

若干、リスクの計算が間違っていたところもあったけれど、それでも伝わった。気持ちも、そして覚悟も。

魂も。

僕と違って、自身のハイリスクさえ恐れていない。

それゆえに、僕よりも危ういとも言えるので、やはり軽挙妄動を見張るためにも、同行するしかないのだが——幼女に判断を委ねず、僕はもっと前向きに考えねばならない。

むろん、僕もそんな慎重なほうではないけれど、前のめりな忍とビビりがちな僕で、ちょうどいい綱引きになるはずだ。

この絆は分断させない。

永久に。

「だったらもう、待たせている斧乃木ちゃんにこの結論を伝えたほうがいいかな。あの子の知恵も借りよう。三人寄れば文殊の知恵と言うし」

三人集まれば文殊以前に密ができてしまうが、まあ、三人のうちふたりが人ではないし、残るひとりの僕にしたって厳密な定義では人とは言いがたいところもある。

「うーむ。あの死体からいいアイディアが出てくるかのう。儂以上にパワーキャラじゃし、前に滅茶苦茶やってこの家を追放された式神じゃろう」

　やっぱ仲悪いなあ。

　そんな嫌そうな顔しなくてもいいだろうに。

「でも、斧乃木ちゃんに頼らなければ、そもそも渡航自体が難しいぜ。どうせ一度は頭を下げなきゃいけないんだから、早いうちに済ませておいたほうが……」

「頭を下げるのか……、この儂が……、あの死体娘に……」

　ぐぬぬ、と唸る忍だった。

　そんな、八重歯が折れるほど歯噛みしなくとも……、怪異の王から金髪ロリ奴隷に成り下がっても、決して失わないプライドは立派であるが、しかしそれも場合によりけりだ。

「そこがわちゃわちゃ仲よくしてくれたら、僕もだいぶん楽なのに」

「お前様のハーレムの運営指針なんぞ知ったことではないわ」

「僕なんてもう、頭を下げることをなんとも思わなくなったけどな」

「それもどうなんじゃよ。プライドどころか誠意までなくなっとるではないか」

　その喪失を謝れ、と言われた。

　それは仰る通り。

　忍に土下座して妖刀を貸してもらったこともあったな、そう言えば。

「ただ、そうなると階下に降りていく前に、先にドーピングを済ませておくかの。ちょっとでも儂の年齢感を上げて、あの童女の上をいった上で頭を下げねば、沽券にかかわる」

「その小細工が沽券にかかわっていると思うが……、ずっこけんばかりだぜ。でも、吸血を先に済ませておいたほうがいいのはその通りだ」

　斧乃木ちゃんの『例外のほうが多い規則』にしがみつくにあたっての覚悟を、言外に示せる——チキンレースでハンドルを投げ捨てるような覚悟の示しかただが、そうでもしないと、プロの童女に説き伏せられる可能性もあるからな。

吸血そのものは、普段からコンスタントにおこなっていることなので、特別な準備もいらない——定期的に僕の血液を与えないと、僕の影に縛られた忍は飢え死にしてしまうのだ。それこそ、グルメのスーサイドマスターではないが、ある意味では忍は偏食家なのである。

僕の首筋に残る噛み痕は、そのまま忍の吸血（給血）ルートとなるのである——僕は上半身をはだける。

「別に色っぽく片脱ぎにならんでも、血を吸うこと自体はできるのじゃがな……、余計なサービスシーンじゃよ」

言いながら、忍は僕の膝の上に乗ってくる。彼女の『食事』のためには、密な姿勢は避けられない——パーティションなどもっての他だ。

ここまではいつも通りのルーティン。

問題は吸血の量だ。

斧乃木ちゃんの大ジャンプに耐えるためには、通常モードの心ばかりな不死身性じゃ成層圏で木っ端微塵である。ロケットにしがみつくようなものなのだから。

もっと強化しなければ。

それをやり過ぎたがため、高校時代の晩年、大変に大変なことになってしまったし、そんな事態に懲りて大学生になってからは、覚えている限り一度も過剰吸血をおこなったことはないのだけれど、ただ闇雲に忌避するのではなく、己が体質をコントロール下に置く努力というのも必要かもしれない。コロナとの付き合いかたみたいなものだ。

強化により、忍の外見年齢は変化する。

外見年齢が変化すると、それに引っ張られて精神年齢も変化する——おそらく僕の血液を一滴残らず吸い尽くせば、二十七歳のベストコンディション、鉄血にして熱血にして冷血の吸血鬼へとめでたく回帰するのだろうが、さすがにそれは強化し過ぎだ。ほんの些細な瑕疵ではあるが、僕が死んでしまうという問題点もある。

「際どい経口補水だぜ。斧乃木ちゃんとバトルしたときは、十八歳くらいのジャージモードになったんだっけ？」

ジャージモードと言うか、あれはポニーテイルの火憐ファッションだ。直前に、ペアリングされている僕が火憐にボコボコにされるというよくある事件があったので、リンクしている忍にもその影響が色濃くでた。

色濃くと言うか、敗色濃厚である。

「悪くないの。あのモードなら、儂もお前様も、高々度高々速移動にも耐えうるじゃろう。それに、もしもこの先アニメ化された際に、新しくキャラデザを起こさずに済む」

「何を予見しているんだよ」

されるとしても十年後とか二十年後とかだぜ。何冊間にあると思ってるんだ。

「十年、二十年後には、コロナ禍がどうなっているか想像もつかないし」

「人類が滅んどるかもしれんしの」

「あるから恐いんだよな、その可能性が」

その場合、呑気な書になるぜ、この本は。

「一応、参考までに列挙してみると、これまで、ボブカットの十歳モードとロングヘアの十二歳モードとツインテイルの十七歳モードがあったかのう」

「確か十三歳モードもなかったっけ？　ほら、三つ編み眼鏡の、羽川を模した奴。中学生モードとも言える」

「あったあった。懐かしいのう」

変な話題で盛り上がってしまった。

付き合いが長いとこれだから。

別によりどりみどりじゃないんだけど、どの程度の強化が適切なのかというのはやはり悩ましい。飛行中の安全だけを担保したいのならば、最初の十八歳案でなんら問題はなさそうにも感じるが、渡航後の展開を想定すると、そう手っ取り早くは決められないのだ。

　吸血鬼化の程度が低過ぎると、新型コロナウイルスへのリスクが回避できないし、かと言って高め過ぎると、今度は吸血鬼がターゲットとされているパンデミックに対応できなくなる。

　更に言えば、影縫さんの仕事のお手伝いをするにあたって、僕達が無力では、何の役にも立てない――確かに僕達はプロじゃないが、手伝う以上は、全力を尽くしたい。プロ意識はなくとも、そのくらいの意識はある。

「僕が二十歳になったから、お前も二十歳に揃（そろ）えるというのもありだぞ。映（は）えそうだ。あるいは映（ば）えそうだ」

「そこまで強化したら、怪異のパンデミックに晒（さら）される前に、カゲヌイに退治されるじゃろうな。見た目を十代にデザインしてあったからこそ、あのときはかろうじて見逃されたというのはあろう。十八歳でギリじゃ」

　擬態みたいな話になっている。

　あるいは擬死か。

　忍の実年齢が六百歳であることを思うと、サバを読んでいるどころか赤潮を読んでいるようなものである――数え切れないプランクトンの死骸（しがい）という意味で。

「隙間（すきま）を埋めるっていうのもありだな。まだ姿を見せていない、十一歳と十四歳……、一応十代の範囲で言うと、十六歳と十九歳もないのか」

　コンプリート癖が出てしまっているが、ここでそんなものを発揮してどうするという話である。まあ、斧乃木ちゃんより（見た目）年上でありたいという忍の希望など、さまざまな条件を加味すれば、十二歳以上十四歳以下というのが、まともな考えかたであろう。

　何をまともに考えているのだというまともな疑問

を抱かないでもないが、間を取って十三歳というのが結論かな。

五年分の強化だ。

八歳から十三歳なら、幼女にとってその五年は大いなる五年である。

それなら僕のほうの吸血鬼化の副作用は、最低限に抑えられる——はずだ。何度も繰り返したらその限りではないけれど、少なくともその点、配慮はしたと言い張れる数字ではある。

「十三歳。どっちつかずな中途半端な年齢ではあるけれど、その場しのぎのひとまずは、ぎりぎり許容範囲内って感じかな」

「十三歳をぎりぎり許容範囲内とか言っておるのは、中途半端どころか、ここでこそぱないの！　じゃがな」

言いながら、忍はあーんと口を開けて、尖(とが)った八重歯で、僕の首筋へとがぶりついた——献血は不要不急ではない。

009

十三歳の忍を連れて階下に降りていった行為が、果たして斧乃木ちゃんの意表を突くことになったかどうかは定かではない——ただでさえ無表情な斧乃木ちゃんは、もうアイスを食べ終わって、マスクを装着していたのだから。

ごちそうさマスクだ。

「まあそうするだろうね、鬼のお兄ちゃんなら。鬼のお兄ちゃんと忍なら」

「やかましいわ。当たり前みたいに呼び捨てにするな」

「忍姉さんと呼べばいいのかな。その見てくれからすると」

忍野忍、十三歳。

前回は直前に会っていた羽川の影響を強く受けての三つ編みだったが、ならば今回のヘアスタイルはどうなるのだろうと期待に胸を膨らませていたのだが――八歳から十三歳くらいに膨らませていたのだが、そういう意味では肩透かしと言うか、鍔広の帽子で、ブロンドはほぼ完全に隠されていた。

斧乃木ちゃんは、ただ棒読みで、

「帽子キャラとは、昔の撫公みたいだね」

と言うだけだった。

リアクションの悪い童女だ。

つまり千石、もう帽子キャラはやめたんだ……、それも月火から聞いてなかったな。ぜんぜん情報を提供してくれないぜ、あの妹――そう言えば月火も月火で、髪型をころころ変える奴なのだ。

あいつの髪型には興味がないが。

どんなヘアスタイルも、もう寝癖だと思って見ている。

「撫公は、今は鬼のお兄ちゃんみたいに伸ばしっぱなしだよ。仕事にかかりっきりだから、ぼっさぼさなんだ」

「うぬは変わらんのう、死体人形」

「死体だからね。死体人形の髪が伸びたら怖いだろう。とは言え、撫公と行動を共にしていた頃に、すっぱり切られたことがあるよ。首ごと」

どんな冒険をしているんだ、この子は。

聞いてなかったと言うより、聞きたくなかった。

僕にとっては絶望的なこのツインデミックも、案外、斧乃木ちゃんにとっては、普段から想定していた予定調和の緊急事態なのかもな……、六百年とは言わずとも、斧乃木ちゃんだって、百年使われた死体の付喪神なのだ。

「レースの襟付きの黒いマントはペスト時代の医者のコスプレ？　医療従事者への感謝の表れとしてはやや歪だね、忍姉さん」

僕は金田一耕助の外套みたいだと思ったのだが、確かにお洒落な襟元からすると、仮面の医者っぽいと言われれば、そう見えなくもない——忍の深層心理に、どんな意識が働いたのかは、本人にとっても不明である。

ポニーテイルや三つ編みほどわかりやすくはない。普通に解釈すれば、故郷に帰国するにあたっての、吸血鬼マントなのかもしれない……、広げれば蝙蝠のようでもあるし。

伝統的な衣装だ。

正月にお着物を着るような正装とも取れる。

「ともかく、僕の優しさは無為にされたわけだ。いつもこうだよ、やってられない。気遣いをして馬鹿を見る。それじゃあ出発しようか、鬼のお兄ちゃん、忍姉さん」

もっと何か言われるかと構えていたのだが、棒読みで軽く愚痴っただけで、思いのほかあっさり斧乃木ちゃんは、框に降ろしていた腰を上げた——拍子抜けと言ったらなんだが、ブレーキをかけてくれないと、それはそれで不安になる。

きみは僕達のＡＢＳだろ？

アイスクリームの空きカップは手にしたままだ……、ゴミを持って帰るところまで、感染対策は徹底している。

見習うべき死体、もとい、姿勢だ。

「止めても無駄でしょ。どうせ。……どれくらい滞在することになるかわからないけど、家、あけっぱなしにして、あの妹ちゃん達は大丈夫？」

「いや、その家庭内の問題はまだ詰められてないんだけれど、しかしヨーロッパは今サマータイムだし、時差もあるし、大丈夫なんじゃないだろうか。ぱっと行ってぱっと帰ってくれば、こっちでは一時間も経ってないんだろ？」

「時差の概念は、みちみち説明しよう」

大長編ドラえもんにおけるタイムマシンの使いかたみたいなことを言ってるんじゃないよ、と言いながら、斧乃木ちゃんは靴脱ぎから外に出る——靴脱ぎと言いながら、とうとうブーツは最後まで脱がなかった。

くつろがせてあげられなくて残念だ。

慌てて僕と忍は、その背中を追いかける。

行くとなったらだらだらしないな、童女は。

もうちょっと忍とわちゃわちゃしているシーンを見たかったのだが――しかし、みちみち？　ヨーロッパへの大ジャンプ中、悠長に話す余裕なんてないはずだ。舌を噛むぞ。

「生憎（あいにく）、これほどの長距離移動となると、トランジットの関係で、鬼のお兄ちゃんの家の庭から気軽に離陸するわけにもいかなくてね。地球の自転や重力の関係を加味すると、飛行場は選ばなきゃならないんだ」

飛行機の離陸と言うより、それはまさしくロケットの発射である――まさか種子島（たねがしま）まで歩いていくつもりじゃないだろうなと訝しんだが、斧乃木ちゃんはてくてくと足取りを緩（ゆる）めない。

気遣いの童女の割に、説明は足りないな……、そこは主人の影響が色濃い。

高校三年生ならともかく、二十歳の大学生が幼女と童女と共に歩いているのは地域の防犯上好ましくないが、やはりこういう時代なので、町は閑散としたものだった。

まあ、そうでなくとももともと郊外の片田舎（かたいなか）である愛すべき僕の地元は、年々閑散としていく流れだったのだが――十三歳の忍を幼女と呼ぶのも好ましくないか。

どう呼ぼう？　乙女？

「世界中のどこだろうと時は同じように経過するから、仮に時差が十時間あるからと言って、十時間前に移動できるわけじゃない――日付変更線が何のためにあると思っているんだ、鬼のお兄ちゃん」

いや、そんなちゃんと正されても。

僕もまさか本気で時を遡（さかのぼ）れると思ったわけじゃない――時間移動は、以前忍とやったときで懲り懲りである。

「そもそも、ぱっと行ってぱっと帰ってこられると思っている時点で、未だ危機感が足りないと言わざるを得ないよ、鬼のお兄ちゃん。生きて帰ってこられるかどうかもわからないのに」

「それを言われるとぐうの音も出ないな」

「断末魔の音が出るかもね。伝染病の蔓延で、世界中の全員が、肌で感じるリアルな死を意識したかと思っていたけれど、必ずしもそういうわけではないのかな。こんな状況になっても、『自分だけは大丈夫』と思っちゃうのが人間なのかもね」

死体に言われちゃおしまいだ。

しかし、伝染病とはことのほか強い言葉を使ってくる……、感染症より、二、三段階、ハードなチョイスだ。

忍、十三歳もそう思ったようで、

「吸血鬼も、感染と言うよりは伝染じゃな」

と、そう受けた。

「ペストもそうじゃが、そう言えば狂犬病なども、そのジャンルに含まれるのかの。この国では比較的管理されておるようじゃが、あれは致死率がほぼ百パーセントの病じゃ」

水を恐れるようになるという点では、確かに狂犬病も、吸血鬼化に近い症状と言えるのかもしれない――鶏が先か、卵が先か風に言うならば、吸血鬼が先か、伝染病が先かと言ったところか。

「吸血鬼は噛みつきで伝染するしね」

と、斧乃木ちゃん。

「ゾンビなんかもそうか。僕は死体人形だから、厳密にはイメージ通りのゾンビじゃないけれど。ああいうパニック映画がヒットするのって、やっぱり人が潜在的にどれだけ伝染病を恐れているのかっていう証左なのかもしれないね」

にもかかわらず鬼のお兄ちゃんは恐れ知らずだ、と続けられた――あっさり受け入れてくれたのかと思ったけれど、やはりそれなりに腹に据えかねているのだろうか、二十歳になっても変わらない僕の軽挙妄動に。

「ゾンビ映画には、ヒット作もあれば大滑りもあるぜ」

「今回が大滑りでないことを祈るよ。大滑落でないことをね。映画業界も応援しないといけないんだから。で、実際のところ、妹ちゃん達への対処はどうするつもりなの？」

「そうじゃ。どうするつもりなんじゃ」

なんで忍まで僕を責めるようなことを言うんだよ……、仲が悪いのも困るけど、あまり一致団結されるのも問題だな。

仮想敵にしないで？

「これで真宵姉さんがいれば、トリオの再結成なんだけどね。神様になっちゃったら、そう簡単には連れ出せないか」

町を守るという大任があるからな。

でも、どうなんだろう、吸血鬼をターゲットにした感染症に関して言えば、たとえポジションが神様であろうと、八九寺を連れていっても、あまり意味はないのかもしれない……、僕が幸せという以外の意味は。

影縫さんが僕達を招くのは、お手伝いとしてではなく、サンプルとして招いているんじゃないかという疑いもあるのだ。

サンプルだとわかりづらければ、モルモットである——僕達にあえてウイルスを感染させて、ワクチンの研究するつもりなのかも。

今、世界中でおこなわれていることだ。

同じ不死身の怪異でも、斧乃木ちゃんには（今のところ）感染しないと言うならば、神様の八九寺はもっと感染しないだろうし——新型コロナウイルスも、感染する動物と感染しない動物がいる。

犬猫や、それに、霊長類は感染する……、んだっけ？

「犬はそんなに感染しない。猫派には辛いニュースだよね。猫絡みと言えば、虎が感染したっていうニュースはあったかな」

猫や虎が感染するなら、羽川はもろに危険だな。それだって、新型コロナウイルスの話であって、アンチ吸血鬼ウイルスのほうじゃない。ただ、羽川はドラマツルギーと行動を共にしていた頃の特殊事情もある……。

「だから、僕の陰性にも確たる証拠があるわけじゃない。ネガティヴなことを言えば、ポジティヴなのかも。無症状なのかも。偽陽性があるなら偽陰性もあるだろうし――それを調べている最中とも言える。だから、時間は相当かかると思ってもらいたい。生きて帰れるかどうかわからないは極論だったけれど、数年単位の仕事になるかもしれないのは本当だ」

「…………」

「ま、さすがにお姉ちゃんも、鬼のお兄ちゃんをそんな長期にわたって拘束するつもりはないだろう
……、長期と言うなら、鬼のお兄ちゃんに関しては、臥煙さんの長期計画もあるしね」

え？　僕、臥煙さんの長期計画に組み込まれているの？　それを知らないんだが……。すごい不穏なこと言われてない？

できればこのまま知らずにいたい。

「どちらにせよ、この外出自粛が促されている今、あまり家を長くあけるのは好ましくないんじゃない？　妹ちゃん達からバッシングを受けるよ」

「そのバッシングはいくら鋼のメンタルを持つ僕でも耐えがたいな……、妹達にはメールを送っておくよ。本当のことは言えっこないから、まあ、いい言い訳を考えて、適当に誤魔化すことになるんだが……」

面倒を見るようにという、両親から言いつけられている役割を必然的に放棄することにはなってしまうが、高校生になったふたりの妹が、思っていたよりもしっかりしているようなので、その点については心配はしていない――危機的状況に強い、危機的状況でこそ輝く、ダイヤモンドのメンタルのルーツ

が、中学時代のファイヤーシスターズとしての活動にあるのだとしたら、僕もあんなに口やかましく言わなくてよかった。

親の期待に応えられていないのは僕だけだ。

「いい言い訳のう。拝聴させてもらおうか、どんないい言い訳があるのじゃ？　この時期に海外旅行に行くことについて。ＧｏＴｏ海外について」

「海外旅行に行くことをまず言わないよ。さすがにありえなさ過ぎる……、大学のレポートとか論文とか、試験とかの関係で、いったん下宿に戻らなくちゃならなくなったってところかな。あるいは、一人暮らしのステイホームに行き詰まった老倉から助けを求められて……」

「一番ありえない嘘をつこうとしておるの。それは嘘ではなく、お前様の願望ではないか？」

その通りだが、あの幼馴染のことも、僕は盟友と呼びたいのだ——これで次なる問題を解決したつもりになった僕だったが、斧乃木ちゃん的にはまだ懸念が残ったようで、

「もしも万事がうまくいったとしても、鬼のお兄ちゃんがヨーロッパで、不死身の怪異を対象にしたパンデミックに感染したとして、もしくはお姉ちゃんに感染させられたとして」

と、切り出す。

切りつけるような切り出しだ。

「後者の仮定が怖い」

「そうすると、たとえ死ななくとも、もう日本に帰ってこられなくなるかもしれないよ。妹ちゃんにうつす可能性を、完全には排除できないから」

ああ、その問題があったか。

うっかりした。常にそうであるように。

斧乃木ちゃんが大丈夫なら妹ちゃんも大丈夫なはずなんだけれど……、そもそも、怪異自体が生死の概念から外れているとも言えるのだし、極端なことを言えば、すべての怪異は不死身みたいなものである。

実体化している怪異のほうが珍しいのだ。

「でも、確かなことが言えないのは事実か……、僕もヨーロッパに骨を埋めるつもりはなかったけれど、『生きて帰れない』って言うのは、なるほど、そういう意味でもあるわけだ……、いくら帰国だって言い張っても、空港検疫で引っかかったら出国はできないもんな」

「それを言い出したら、死んで帰るのも簡単じゃない」

より厳しいことを斧乃木ちゃんは言う。

そうか、懸念していた遺体の身元確認は、その観点に立てば、むしろありえないわけだ……、親しい人間の死に目にも会えないというのは、感染症が起こす悲劇のひとつである。

そう言った事例を具体的に聞いたことがあるわけじゃないが、海外において感染症で死亡した場合、棺を輸送してもらえるルートが確立しているとは思いにくい……。

「現実的には、海の向こうで火葬されて、遺骨が輸送されるみたいな形になるんじゃない？　火葬が採用されている土地柄だったら、だけど……、グローバルの難しさだよね。怪異のありかたも、国によりけりだ。一口に吸血鬼と言っても、一口にヨーロッパと言っても、土地土地によって、そのありかたは違う……、クリスマスやバレンタインデーのありかたが、ぜんぜん違うように」

確かに、バレンタインデーなんて、日本じゃとうとう、ただただ馬の合う仲間とチョコレートを食べる日になったからな。

同時に、日本で言う我らが吸血鬼も、欧州で言う彼らが吸血鬼とは、もう完全に別物であるとも言える——六百歳の忍は、その両者を繋ぐ架け橋であるわけだ。

「ウイルスも文化も変化する。つまり、今はまだ吸血鬼にしか感染しない伝染病も、広く他の怪異に感染するウイルスに変容する可能性も否めないわけだ

——だからこそ、早いうちに封じ込めなければならない。数年がかりの長期戦の構えだとは言ったけれど、短期で解決できれば、それに越したことがないのは当たり前だ」

「だったら、それでいこう」

斧乃木ちゃんの言葉尻を捉えたわけじゃないが、僕はそこに活路を見出した。

「アセロラ王国（仮）に行って、即座にパンデミックを解決する。新型コロナウイルスは手に余るとしても、アンチ吸血鬼ウイルスのほうを——そうすれば、あまり家をあけることなく帰国できるし、日本に伝染病を持ち帰る心配もない。妹も八九神も安泰だ」

「楽観的にも程があるよ」

呆れたように棒読みでそう言ってから、斧乃木ちゃんは「しかし、その姿勢が、実は大切なのかもしれないね」と続けた。

「こういう消耗戦が続くと、いつからか目標が下方修正されてしまう傾向にあるからね。感染者数をゼロにすることを諦める——恐怖との付き合いかたを覚えてしまう。それももちろんありなんだけれど、しかし天然痘のように撲滅することを、諦めるのはまだ早い」

それはどっちのウイルスの話をしているのだろう？天然痘……、受験勉強のときにどの科目かで習った記憶があるけれど、しかし、実は人類が完全に撲滅できた感染症は、それだけだというカリキュラムだったな。狂犬病だって世界的にはバリバリ現役なのだ。

だとすると、何かのヒントになるだろうか。

もっとちゃんと勉強しておけばよかった。

「考えてみれば、普通の海外旅行だって、ワクチンやら予防接種やらを受けることが渡航の条件となる地域もあるんだもんな。アセロラ王国（仮）は大丈夫なのか？」

「既に滅んでおるからのう。いかに疫病とて、猛威の振るいようがなかろう」

そうだった。

とんだ集団免疫である。

「到着。ここが適切な離陸場だ。来るときもここに着陸した」

あれこれ話しながら、結構歩いたと思ったが、斧乃木ちゃんがそう言って足を止めたのは、そう遠くもない公園だった――それもご存知、浪白公園だった。

高校時代なら自転車で来ていた距離だが、徒歩圏内でないということもない……、なるほど、地球の自転とか、重力の関係とか、そういった条件もあるのだろうが、もしかするとそれ以上に、霊的な条件もあったのかもしれない。

この町を守護する八九神にとって、ここは北白蛇神社の飛び地のようなものなのだから――極めて限定的ではあるけれど、この浪白公園は種子島の打ち上げ場に匹敵する。

うーん、久し振りに来たけど……、変わらないと言うか、より寂れた感じがあるな――自粛期間なんかは、公園で遊ぶ親子連れが増える傾向にあったはずなのだが、まるで結界でも張ってあるかのごとく、ひとけがない。

大丈夫か、八九寺？

また廃神社にならないか？

「伝染病が蔓延すると、神も仏もあるものかと思っちゃうのも人間だからね。こういうとき、人は意外と神頼みをしないんだよ。圧倒的な現実の脅威は、怪異よりも怖いという話でもある――ただし、目に見えない恐怖という点では、ウイルスも妖怪変化も同じだ」

鶏が先か、卵が先か。

煮卵が先か、チャーシューが先か。

ラーメンみたいなことを言って、斧乃木ちゃんは公園の中央あたりにポジション取りをする。

まあ、地元や思い出の地が寂れているのは悲しい話だが、しかし今このとき、公園内にひとけがないのは願ったり叶ったりである……、童女の腰にしがみついて、天高く舞い上がるシーンなど、あまり目撃されたくない。

不審者の危険情報が共有されてしまう。

「儂は機内持ち込みの手荷物の中に収納されておくかの」

忍はそう言って、僕の影の中にダイブする――行動がややアクロバティックなのは、十三歳の特性だろうか？

闇雲に動きたいもんな、あの年頃は。

第二次性徴期真っ只中の心身バランスにまだ慣れていないのかもしれない――そういう意味じゃ、十三歳という絶妙の年齢は、ありかたの難しいところだ。

ふたりの妹が十三歳だった頃とか、もう思い出したくないくらい扱いづらかった……、かく言う僕の十三歳も、ろくなもんじゃなかった。

あの頃のミスが尾を引いて、未だ老倉から嫌われ続けているぜ。対する老倉は十三歳のときが一番可愛かったが、あれはあれでなあ。

ともあれ、十二歳の斧乃木ちゃんには、二十歳の僕と十三歳の忍がふたりで抱きつくだけの胴囲がないので、忍がここで僕の影に潜むのは搭乗案内の正着手である。

「二十歳の鬼のお兄ちゃんがひとりで十二歳の僕の腰に抱きつくのが、正着手かどうかは慎重な議論が必要だろうけれどね」

「確かに、密になっちゃうからな」

「密じゃなくて罪になる」

言いつつも、斧乃木ちゃんは万歳（ばんざい）するような姿勢を取る――僕はその胴体にしがみついた。ハグとしては熱烈だし、これが濃厚接触でなければ何が濃厚接触かと言うようながっぷり四つだけれど、しかし切実である。空中で手が滑ったりしたら、いかにドーピングで肉体を強化していても、ひとたまりもない。

　血だまりになる。

　僕の外見に年齢の変化はないけれど、十三歳の忍なりの、二十歳の阿良々木暦なのだ。不死身性は完全ではない。

「しかし、思えばストイックに、ここまでよく我慢したよね。高校時代は依存症と言っていいくらいに、吸血鬼化をしていた鬼のお兄ちゃんだったのに。今回の行動は全体的に誉められたものじゃないけれど、その点だけは、誉めてあげていい」

　えらく上からではあるが、そう言ってもらえると、少しだけ楽になるな……、正しい答なんてない現状においては、特に。

「なんだかんだ言いつつ、僕もこうして久し振りに、鬼のお兄ちゃんの強化された筋肉を全身に感じられて、悪い気分ではないしね。安心しなさい。誰もが鬼のお兄ちゃんの軽挙妄動を責めても、僕だけは誉めてあげよう」

　懐柔しようとしてない？

　確かに懐（ふところ）は柔らかいが……。

「そういうことを言ってるから責められるんだよ。ヨーロッパでお姉ちゃんに抱きついて殴り殺されるがいい」

「僕も死にかたは選びたいよ」

「誰だってそうだ」

　死体人形はそう言って、エネルギーを下半身に集中する——なにぶん死体なので、エネルギーと言うのも実状と違うのだろうが、膨んだドレープスカートの内側で軽く膝を折り曲げるような、スクワットの姿勢を取って、

「例外（アンリミテッド）のほうが多い規則（ルールブック）——」

　と、詠唱する。

アテンション・プリーズ。

アテンション・プリーズ。

　どんなに激しく揺れても、運航には影響ございません——どんなに激しく、心が揺れても。

010

トランジットの行程を考えると、ちょっとした世界半周旅行になってしまった。最初の着地点は沖縄の離島のいずれかで、あとはアジア大陸をあちこち、ロシアのそばを経由して、ヨーロッパ圏内に到着してからも、斧乃木ちゃんはホッピングを繰り返した――これまで県外に旅行したこともほぼ皆無な僕が、一気にあちこちの海外を経験したと言っていいのか、悪いのか。

いや、悪いだろ。

これを海外旅行に計上するのは無理がある。

何の異文化交流もしていない、もちろん、異文化交流が許される世界情勢ではないにしても……、まあ、斧乃木ちゃんは最短距離ではなく、それぞれの場所の状況を見切って、感染者が出ていない地域を選んで水切りのようなホッピングを繰り返していたのだが、だとしても絶対はないのだから（それこそツインデミックではないが、どこでどんな感染症がはやっているかなど、完全に把握するのは不可能だ）、おおっぴらに言っていいことではない、海外旅行に出掛けたことなど。

ビジネス渡航であり、極秘任務である。

休憩なしの激しい乱高下、猛烈な気圧差に、ブラックアウトと言うか、何度か失神しそうになりつつも、僕は童女の腰にしがみつき続けた――それが童女の腰でなければ、こんなにしがみつき続けられなかっただろうと言っても過言ではない、強烈な空路だった。

そんなアップダウンを約二時間。

酔わずにいるほうが無理があるような、ジェットコースタージャンプを繰り返して――ようやくのこと、僕達はヨーロッパ、西欧と東欧と北欧と南欧の中心地、滅んだ国家であるアセロラ王国（仮）に到達したのだった。

到着までよもやの百ページかかっているから本当にようやくだが、これはステイホームの徹底だとご理解いただければ幸いだ。

「ふむ……。凱旋とはとても言えんし、懐かしの我が故郷などとは、もっと言えんの……、この有様では」

影から這い出してきた十三歳の忍も、僕同様に、足取りの覚束ないふらふらなご様子だった——物理的なアップダウンの影響は、もちろん影の中にまでは及ばないが、しかし肉体同様に僕達の間のリンクも強化されているので、感覚がいつもより共有されているのである。

もしも忍が、影に潜むことで乗り物酔いを避けようと目論んでいたのだとすれば、その企ては外れたということである——乗り物酔いが激しいのは、もしかすると、吸血鬼なのに水辺を（それも何度も）渡ってしまったためかもしれない。

ただ、忍の言う『この有様』とは、僕と忍の体たらくを言っているわけではなく、何百年ぶりだかに見る、故国の風景のほうである。

風景。

あるいは、殺風景。

なんと言うか——いや、斧乃木ちゃんは当然ながら、安全性への配慮として、そういう土地を選んで着陸したのだとは思うし、思いたいが、それを差し引いても、荒廃した国土だった。

文字通り、何百年も放って置かれただけのような、どこまでも続く荒野である——町もなければ緑もなく、人もいなければ獣もいない。

人工物どころか自然すらない、地球の地肌というべき風景が、どこまでも果てしなく続いている——斧乃木ちゃんのジャンプが勢いあまって、ヨーロッパではなく、月に来たのだと言われたら、信じてしまいそうだ。

観光もご当地グルメも望めそうにない。

　ここは秘境でさえなかった。

「行ったことはないけれど、グランドキャニオンを平たくしたら、こんな感じなのかなって絶景だな……」

　行ったことがある場所と比べさせてもらえるならば、地獄よりも地獄っぽいと言える……、たとえ何世紀も前に滅んだ国だとしても、逆にそれだけの時間が経過すれば、新たな生命が芽吹きそうなものなのに。

　ウイルスを生命と定義するかどうかはともかく、ここじゃあそれさえも存在できそうにない——悪い意味での無菌状態で、こうして呼吸できているのが不思議なくらいだ。

　実際、これだけの国土があれば、ディスタンスを気にする必要はなさそうだけど……、でも、ここがツインデミックのもう片方、アンチ吸血鬼ウイルス蔓延の中心地ではあるんだよな？

「未だ、儂の……、もとい、『うつくし姫』の呪いは有効なようじゃの。虫一匹おらん、草一本生えん荒野とは」

　あらゆる生命を自殺に追い込む美しさ。

　絵にも描けない地獄絵図。

　話半分に、しかも鏡の世界で聞いても、とんでもない『神話』ならぬ『童話』だと思っていたが、こうして実際に目の当たりにしてしまうと、迫力が違う……、何もない天地に、ただただ威圧されてしまう。

　迫力の実話である。

　斧乃木ちゃんは、今回の仕事でもう何度も足を運んでいる場所なのだろう、僕や忍と違って今更感じるところもないようで、殺風景な地面に直接ぺたりと座り、膝のマッサージを始めていた。

　死体なので痛みや疲れは感じないはずなのだが、やはりあれだけの大ジャンプを繰り返すと、金属疲労ならぬ死体疲労を起こすらしい……、乗せてもらっておいて言うことではないが、影縫さんの使用法が乱暴なだけで、元々、こんな長距離移動に向いている怪異ではないのである。

瞬間的には、もしかしたら歩いて世界半周するよりも多大なエネルギーを消費したかもしれないくらいだ。

まさかこの何もない着地点が最終目的地というわけではないだろうが、さすがにいったん休憩が必要なのだろう——長距離バスの運転手さんにおける、サービスエリアみたいなものだ。

サービスは期待できないエリア51だが。

「でも、これだけ大きな国土が、つまり領地が、歴史的に、近隣諸国から併呑されてないってのも変な話じゃないか？　それも『うつくし姫』の呪いかい、金髪乙女？」

「金髪乙女は、なんかあれじゃな、当たり前でつまらんな」

「金髪幼女と呼ばれるのを気に入ってるんじゃないよ」

「それに関しては『うつくし姫』の美しさとはほぼ無関係な、政治的な事情じゃろうな……、こんな呪われし不毛な国土を、誰も欲しがらんかったのじゃろう」

なるほど。

植民地と言うには、植民どころか植樹もできない土地柄じゃあ、植えるのではなく飢えてしまう——去年、羽川が一時帰国したときに聞いた話だが、国の滅亡というのは、領地を広げ過ぎたところから始まることも多いそうだしな。

あくまで、美々しさで滅びたアセロラ王国（仮）が例外中の例外なのである——結果生じた、ヨーロッパの小さな中立地帯と言ったところか。スイスとはまったく意味合いを別にする永世中立国……、国じゃあないか、亡国か。

「言っておくが、見えるすべてがアセロラ王国（仮）というわけではないぞ。周辺の国々も巻き添えで滅ぼしておるのでの」

「そうなんだ……、傾城の美女にも程があるな」

はた迷惑どころじゃない。

大陸が傾いている。

これこそ傾物語だ。

しかし、ここまで徹底的に滅んでいると言うのであれば、僕達のドーピングは別に必要なかったかな？　人間のみならず、媒介する動物もいないのであれば、新型コロナウイルスに感染する恐れはまったくないわけだし……、アンチ吸血鬼ウイルスのほうを警戒するならば、むしろ人間味を増しておいたほうが適切だったのでは。

むろん、強化なしでは、航空会社ＯＮＫのプラチナ会員にはなれなかったので、まったく吸血なしとはいかなかったにせよ……、十三歳ではなく、十歳くらいのおかっぱ忍でも、気圧差には耐えられたかもしれない。

あとからならどうとでも言えるにせよ。

こうしている今も、既に僕や忍は致死性の、アンチ吸血鬼ウイルスに感染している恐れもあるのだ——これだけ無人の荒野から伝染が開始したと言うのであれば、新型コロナウイルスのような飛沫感染のウイルスではなく、空気感染、エアロゾル感染の感染症である可能性が高い。

今のところ特に違和感と言うか、自覚症状はないけれど、もちろん潜伏期間はあるのだろうし……、僕達なりに熟慮した末に渡航したつもりだったけれど、いざ異国の地、亡国の地に足をつけてみると、やはり勇み足の感も否めないな。

早期解決を望むのであれば、僕達、なかんずく元怪異の王にして元王女が来ることが、その近道であるという考えは、果たしてどこまで正鵠を射ていたものか……、ええい、今になって後悔しても仕方がない。

あとからならどうとでも言えるからって、言うな。

黙ってろ。

それはいい子ちゃんぶってるだけだ、二十歳にもなって。

せめていい大人ぶろう。

やると決めたことをやり切るだけだ。

「しかし、生命がいないと、土地ってここまで風化するものなんだな……、まだしも砂漠とかのほうが、生命力に溢れているような気がするよ」

サボテンとかオアシスとか……、ラクダとか、あと、なんか狐（きつね）みたいな猫がいるんだっけ？　これも曖昧な知識で申し訳ないが。

「もう千年くらいこのまま放っておかれたら、ここも砂漠化するのかもしれんのう。日照時間にもよるじゃろうが……、まあ、鳥取砂丘にも雪は積もると言うしの」

なぜかここに来て日本の観光名所の話をする十三歳だった……、海外旅行先であえて和食を食べたがるツーリストかよ。

「お待たせ。燃料の積み込みが終わったよ。さて、懐かしき故郷を一時間観光してもらったところで、いよいよラスト・フライトでお姉ちゃんのところへ飛ぼう」

斧乃木ちゃんが、最後に膝を伸ばすようにして立ち上がった——さすがにもう、マスクは外している。ここから先、死体人形の彼女は飛沫感染を警戒する必要はないわけだ。

影縫さんのところへか。

全身に、今までとは違う緊張が走るな。

どういう展開になっても絶対に何発かは殴られるわけだし。

「ルーマニアにいる、わけじゃないんだよな？　ルーマニアの近くって言ってたけど……、ブラン城、だいぶ遠目だったし」

富士山は日本のどこからでも見える、みたいなことを言ってるかな？

「うん。あれは単に通信の電波の届くところに移動していただけだよ。本来は臥煙さんと連絡を取るためにね——そこに鬼のお兄ちゃんからコンタクトがあったってわけさ」

それを聞くと奇跡的なタイミングである。

臥煙さんを避けようとした僕が、臥煙さんに連絡を取ろうとした影縫さんに繋がるなんて——普段のおこないがそんなに悪いのか、僕は？

納得できちゃうところが嫌だね。

「拠点はまた違う地域に据えている。ここほど殺風景じゃないけど、しかしそこも、滅んだ国であることに違いはない」

「ん……、つまり、さっき忍が言ってた、『うつくし姫』の美しさが滅ぼした、周辺の国のひとつってことか？」

「違う。その国が滅んだ理由は、また別にある——ここまで言えば、鈍い忍姉さんでもピンと来るんじゃないのかな？」

「誰が鈍い忍姉さんじゃ」

吸血鬼の牙のように鋭いわ、と忍は不快感をあらわにする——挑発に弱いが、そうでなくては困る。その鋭い直感を頼りに、僕達は地球の裏側までやってきたのだから。

「わかったわい。言われる前からピンときとる。ルーマニアのブラン城ではなく、『死体王国』の『死体城』なんじゃろ」

『死体王国』？　『死体城』？

またぞろ物騒な名前のお出ましだが——滅ぶべくして滅んだような国名だったが、それを茶化せる空気ではなかった。

その深刻さは、空気を通じて伝わってくる。

さながら伝染病のように。

「我が盟友、決死にして必死にして万死の吸血鬼、デストピア・ヴィルトゥオーゾ・スーサイドマスターの、かつての居城じゃよ」

儂はその呪われし城で。

キスショット・アセロラオリオン・ハートアンダーブレードになったのじゃ。

011

アポトーシス。

　または自殺遺伝子とも言うが、自殺点がオウンゴールと言い替えられるようになった経緯を思うと、こちらの名称はいつまで有効かわからない——とは言え、スーサイドマスターの名を持つ忍の盟友を考えれば、アセロラ王国（仮）のありようを表現するのには、こちらのほうが適切かもしれない。

　適切であり、しかも不適切だ。

　と言うのも、もしも『うつくし姫』の美しさ、または呪いを科学的に分析するならば、あらゆる生命を自殺に追い込む彼女の特性は、いわばすべての遺伝子を自殺遺伝子へと書き換える侵略性であると言えるからだ。

　当の本人が不死身の吸血鬼になり、王国を立ち去ったところで、既に生じたその影響力は変わることなく、土地に染みついて残り続けた——忍は政治的な問題だと説明したが、しかし近隣諸国がこの土地を我が物としなかった理由が、そんな呪いと完全に無関係であるとは言いにくかろう。

　周囲にも滅んだ国々があるとなれば尚更だ。

　途方もないくらい昔のことだから、確かなことは言えまいが、その辺りを明らかにすることが、恐らくは今回のアンチ吸血鬼ウイルスの核にあるのではないか。

　何も生きられない土地だからこそ。

　不死身を殺す怪異を生んでも不思議ではない。

　否——不思議がある。

「例外のほうが多い規則（アンリミテッド・ルールブック）——」

　既に感染しているかもしれない身で、まるで発生したクラスターから避難するように、僕達三人は最後のフライトで『死体王国』へと飛行する——さすがにそろそろ乱高下にも慣れてきた。

あと二回くらいなら飛んでもいいくらいだ。

いや、嘘だ。

帰り道のことを考えるだけでうんざりする……、たとえベストの展開で、アンチ吸血鬼ウイルスのほうを解決したところで、新型コロナウイルスの脅威まではどうしようもない以上、復路も航空会社ONKの、直行便ではないトランジット路線を利用せざるを得ないのである。

それ以前に、帰れたらいいけどね。

ともあれ、僕達は日本を出発してから休憩を含めて約三時間後、真っ昼間でサマータイムの最終目的地、『死体城』へと辿り着いた――アセロラ王国（仮）では地表の絶景に気を取られ、空まで気が回っていなかったが、普段よりも吸血鬼化を強めているので、太陽がいつもより眩しく感じる。

ヨーロッパの日差しはただでさえきついと言うが……、これはサングラスを掛けてくればよかったかな。

眩しさに目を細めながら、僕は影縫さんとスーサイドマスターが中で待つのであろう『死体城』を見上げる――白状すれば、そんな期待はしていなかった。

なにせあの絶景――殺風景を見た直後だ。

同じ滅んだ亡国であるなら、『死体王国』のほうも似たり寄ったりだろうと予想していたし、実際、童女の腰にしがみつきながら、かろうじて俯瞰した地表の景色は、いったいどこに国境があったのかわからないくらい、アセロラ王国（仮）から地続きだった。

まあ、国境に関するこの辺の意識は、羽川が言うところの、島国の住人の感覚なのかもしれないけれど……、しかし、いざ着陸した座標から見上げる『死体城』は、そりゃあぼろぼろに風化し、あちこち崩れ落ちてはいるものの、しかしほぼ原形を残していた。

荒れ果てた周りの風景の中で、城だけが原形を残していることが、その偉容を、そして異様を一層際立たせているとも言える——これが決死にして必死にして万死の吸血鬼、ディストピア・ヴィルトゥオーゾ・スーサイドマスターの居城。

風化すらしない、死。

らしいと言えば、これ以上なくらしい。

「もっとも、デスもこの居城を、随分前に放棄しておるがの。儂が吸血鬼になってからほどなく、奴は城を出ておるはずじゃ。食にしか興味のないあやつは、こんな巨大な城を管理する生活力には欠けておった」

そりゃあ不死身の吸血鬼だ、生活力に欠けているのは当然とも言えるが——じゃあ、ここに潜んでいるときはどうしていたんだ？

「メイドさんでも雇っていたのかな」

「我が盟友はお前様ではないと言いたいところじゃが、しかし城内に雑務を取り仕切る執事がおったのは事実じゃ。何という名前じゃったかの。そうそう——」

トロピカレスク・ホームアウェイヴ・ドッグストリングス。

「——じゃったかの。儂と同じく、デスに血を吸われて吸血鬼になった元人間じゃが、トロピカレスクの場合は、デスの眷属扱いじゃった」

「そのトロピカレスクって奴は、『トロピカル～ジュ！　プリキュア』とは、何らかの関係があるのか？」

「ないわ。コラボレーションの可能性を探るな」

十三歳に窘められた。

一番大事なことだと思ったけれど、しかし、十三歳に窘められると、本当に窘められたって感じがするな……。

八歳とじゃれているときとは違うぜ。

さすがリアルプリキュア世代。

「しかし、眷属であるトロピカレスクのほうは、どうしてこの城を去ったんだ？」

「ネタバレにならない範囲で結論だけ語ると、儂が殺した」

「…………」

もうちょっと詳しくお願いします。

多少のネタバレは聞き流すから。

「トロピカレスクを殺したことが、儂が吸血鬼となることを決意した直接の原因じゃったとも付け加えておくかの」

付け加えられた情報で、更なる語弊が生じている気がするけれど、殊更自虐的に、しかし忍は、あえて偽悪的に言っているわけでもないのだろう――ただ、僕はあまり『一人殺せば殺人犯だが百人殺せば英雄だ』みたいな論法は好きじゃないのだが、それでも一国を滅ぼしたとなると、尺度が変わってしまうのは間違いない。

善悪の規準がぶれる。

まさしく平行世界で、その世界を滅ぼしたときもそうだったが……、この辺りは、パンデミックで死生観が一変した様子と似ている。

忍がそういう過去を抱えていたことを知ると、あの地獄のような春休み、僕がいったい何に怒っていたのかまったく理解していなかったキスショット・アセロラオリオン・ハートアンダーブレードの死生観は、いい悪いではなく、合致しなくて当然の分断だった。

断裂だった。

現状、その溝が多少なりとも埋まっているのだとすれば、それもまた、いいとも悪いとも言えそうにない――昔の僕ならこの状況での渡航にもまったく物怖じしなかったはずなんてやり取りもあったけれど、しかし少なくとも春休みの僕なら、忍に付き添って、二ヵ国連続で亡国を訪れることはなかったかもしれない。

コロナ禍に渡航するなんてという気持ちがあった反面、コロナ禍で価値観が揺らいだからこそ、この渡航を決意できたとも言えるわけだ。

「あるじも失い、管理人も失ったにしては、持っておるほうじゃろうな。人が住まねば家はすぐに傷むと言うのに」

「空き家の管理みたいなことを言ってるな」

さすが元廃ビル住まい。

「この城の場合は、あるじがいなくなったからこそ、こんにちまで持ったと言えるかもね」

と、斧乃木ちゃんは、スカートの裾（すそ）をからげて、足をさすりながら言う——やはり膝に限界がきているようである。僕がマッサージしてあげたいくらい申しわけない。

「だからこそ現代で、隔離病棟としての役割を果たしている」

隔離病棟……、なるほどね。

その言葉も、聞きようによっては強過ぎる気もするが、感染症において、正しいゾーニングは不可欠であることは、今や世界の常識である。

ある意味では自宅隔離でもあるのだろうが、眷属を失い、キスショット・アセロラオリオン・ハートアンダーブレードと別れたスーサイドマスターは、城を出て、そして六百年の時を経て、再び帰城したわけだ。

これも、外出ではなく帰宅だろうか？

「……面会、していいのかの？」

「主治医、ならぬ陰陽師の許可があればね」

声がかすかにうわずったところを見ると、忍は『一目でいいから盟友の死に目に会いたい』とだけ思っているわけではないことは明らかだったが、斧乃木ちゃんは相変わらずの棒読みで、淡々と答えるのだった。

相変わらずも何も、死体としての生態の、つまり声帯の構造上、斧乃木ちゃんは棒読みでしか喋らないのだが、しかしその淡々は冷淡とは違う、ただの事実を告げているのだろう。

「それに、まだ生きていればの話だ」

いや——事実はもっと厳しい。

からからに涸れた水路に掛けられた跳ね橋をわたり、城内に這入って、僕はそれを知る——セーブポイントのようだった。これは完全にゲーム世代の表現だが、しかしそれくらい現実感がない光景だったのは事実である——もう大ジャンプはしなくていいのに、未だに雲の上のように、浮き足だった気分にならざるを得ない。

城内のボールルームのような部屋に、そして至る所に、大量の棺桶が並んでいたのである——並んでいたと言うより、積み上げられていたと言ったほうが正確かもしれない。

テトリスのごとく。

同じくゲームで言うならだが。

足の踏み場もないほどの棺桶だ——踏み出せば、どこを踏んでも片脚を棺桶に突っ込むことになりかねない舞台設定である。

「これ……、全部、吸血鬼の？」

「そうだね」

短く肯定する斧乃木ちゃん。

隔離病棟というあの表現は、それでもまだ優しかったのかもしれない……、生優しかったのかもしれない。

これじゃあ、まるで吸血鬼のモルグだ。

死体城——死体場。

「アンチ吸血鬼ウイルスに罹患し、お亡くなりになったからと言って、死体が灰燼と化したり、消えてなくなったりしないのが、この伝染病の辛いところだ。それとも、六百歳の忍婆さんには、懐かしい光景かな？」

「誰が忍婆さんじゃ」

十三歳の忍は、苦々しい顔をする。

浮かんでいるのは、しかし、斧乃木ちゃんに対する苦々しさだけではないだろう。まあ、ペストやスペイン風邪まで遡らずとも、日本ではここまでの状況には（今のところ）なっていないというだけで、現代の新型コロナウイルスでだって、十分起こりうる、これは光景である。

「……ステイホームでオンライン授業を受けてるとき、戦時中の雰囲気ってこんな感じだったのかなって思うことが多かったけど、でも、戦時中はあれ以上の雰囲気だったんだろうな」

ウイルスとの闘病を戦争にたとえることもままあるが、しかしウイルスを敵視し過ぎる行為は罹患者や死亡者を敵視する行為に繋がりかねないという意見を聞いたときには、己の不明を恥じたものだ。

そもそも戦時中にオンライン授業はないしな。

「正しい。ただし、IT技術で戦争がおこなわれているグローバル視点じゃあ、やっぱり今は戦時中だよ」

斧乃木ちゃんの言葉だが、しかし羽川の言いそうなことでもある――グローバリズムが感染を広めたという側面はあるにせよ、色んな意見が多方面から斉々と集まることも、過去の疫病との違いなのだろうか？

「スペイン風邪なんて、スペインでもなければ風邪でもなかったって言うもんな。デマゴギーもウイルスと同じくらい蔓延したって」

流言飛語の怖さ、か。

これに関しても、デマゴギーは今も、情報化社会だからこそ蔓延しているとも言えるわけで……、結局のところ、棺の前に、人間は無力だ。

もしかしたら吸血鬼も。

「吸血鬼は確保した病床がそのまま棺桶になってしまう。人間との差異はそこだけだ」

「……これらの棺桶の中で、まさかドラマツルギーやエピソードが眠っているってことはないよな？」

「ない。と言いたいところだけれど、僕が席を外している間に、そういうことがあってもおかしくないだろうね」

「ふん。儂に言わせれば、この現代社会にこれだけの数の吸血鬼が、未だ生き残っておったことのほうが驚きじゃわい」

　忍が遺族感情に配慮のないことを言う——吸血鬼の場合は、遺族感情ならぬ眷属感情と言うべきなのか。

　しかし、同時に的を射ている。

　吸血鬼の本場であるヨーロッパとは言え……、まだまだオカルトも滅んだわけではないということなのだろうか。

「それも今や瀕死だけどね。そうだ、ここでひとつ、いいニュースを提供しておくと、新型コロナウイルスと違って、このアンチ吸血鬼ウイルスの死亡リスクに、年齢は関係ない。六百歳だろうと八歳だろうと十三歳だろうと、平等に致死率はほぼ百パーセントだ」

　狂犬病と同じ致死率か。

　いいニュースでは絶対にないが、考えてみればドラキュラよりも長命である忍やスーサイドマスターにとっては、気休め程度にはなる情報なのかもしれない。

　長生きしているほうが高リスクという世代間の分断は生まない。

「あらゆる怪異の中で、果たしてどの辺りまでを吸血鬼と見做すかというのは、専門家の間でも仮説が噴出している。ゾンビもさることながら、人間の生き血をすする怪異なんて山ほどいるし。逆に大雑把なお姉ちゃんなんて、不死身の怪異を細かく分類することに意味はないと思っている派だ」

　そんな派閥があることに震えずにはいられないが、曲がりなりにも陰陽師だしな、あの人は……、日本で言う『鬼』と吸血鬼の『鬼』を、どこまで一緒くたにするのかは、個人の匙加減（さじかげん）とも言える。

　そう、個々の専門家がどう思っているかよりも、アンチ吸血鬼ウイルスのほうがどう思っているかである——ウイルスに意図はないにせよ。

　平和な時代が訪れたら、ウイルスを擬人化してゲームを作ってみようかな。

「一応、棺桶の蓋で密封してあるけど、それでも真空パックってわけじゃない。ウイルスが漏れ出ないとも限らないから、さっさと通り過ぎよう。お姉ちゃんはこの先の書庫にいるよ」

「書庫？　そんな部屋がこの『死体城』にあったかのう」

　六百年前のことだからよく覚えていないのか、それとも『うつくし姫』時代は今ほど書を嗜まなかったのか、そんなとぼけたことを言う忍——僕はそれとは別に、影縫さんと書庫という組み合わせが意外だと思った。

「本はさすがに全部、完全に風化しているけれどね。保存状態が悪過ぎて、触れたら崩れる砂細工だ。単純に、スーサイドマスターが闘病中の玉座を経過観察するために、近くて近過ぎない部屋というだけだよ」

「なるほど」

　得心。

　そして影縫さんを突破しないと、スーサイドマスターには会えない番人の位置取りとも言える。書庫があったことさえうろ覚えの忍じゃあ、玉座への抜け道を知っているとも思えないし、やはり暴力陰陽師のエンカウントは不可避である。

「ちなみに、他にも来ているのかな？　この『死体城』に、専門家は」

「むろん、このパンデミックに関しては、最重要事項として世界中のあらゆる分野のエキスパートが声をかけられているけれど、一方で密を形成しないように、一ヵ所に一気に集合することは避けている。その辺は他のあらゆる仕事と一緒だよ——常駐しているのはお姉ちゃんだけだ」

「へえ……、ひょっとして、影縫さんって世界的に評価の高い専門家だったりするの？」

　僕達だけが呼ばれているわけではないことに、文字通り百人の味方を得た気分になったが（向こうが僕達のようなならず者を味方と思ってくれるかどうかは別だ）、臥煙さんがそういう重要なポジションを任せられているならそれは抵抗なく受け入れられる反面、しかし影縫さんはむしろ、学会から異端視されていそうなアウトロータイプだと思っていた……。

「相変わらず鬼のお兄ちゃんの中でのお姉ちゃんのイメージが悪いけれど、残念ながらその見方はあっている。異端視はされている」

「されているんだ」

「ただ、お姉ちゃんはスーサイドマスターと古い縁があるからね。それゆえに監視役として適任だと評価されている――それをいいことに、貧乏籤を引かされたとも言える」

古い縁……。

去年の四月、まだ世の中がこんな風に激変する前に仄めかされてはいたけれど、結局のところ、その内容までは聞いていないんだよな。

殺意を抱くほどの古い縁。

その殺意は、現代のスーサイドマスターが忍以上に無力化していたことで、影縫さんの気勢が削がれる形でとりあえずの解決を見ていた――玉座で闘病するスーサイドマスターが、去年以上に無力化、そして弱体化していることを思うと、そこがバチバチになる恐れはないのだろう……、数少ない安心材料のひとつであるものの。

デストピア・ヴィルトゥオーゾ・スーサイドマスターと影縫余弦の関係――そして、デストピア・ヴィルトゥオーゾ・スーサイドマスターとキスショット・アセロラオリオン・ハートアンダーブレードの関係。

僕とは関係ないでは済まされない。

「到着。ここが書庫だよ。ふたりとも、心の準備はできているかい？　お姉ちゃんにボコボコにされる心の準備は」

なんでそんな準備がいるんだよ。

と言いたいところだったが、僕の経験上、たとえ僕達が吸血鬼属性でなかったとしても、そんな備えが必要不可欠なのが、影縫さんという専門家なのだった――しからば、準備をしよう。

　心をボコボコにされる準備を。

012

　あらかじめ斧乃木ちゃんからそうと言われていなければ、そこが書庫であったことさえわからなかっただろう、薄暗くって埃っぽい、本どころか空間自体が風化しているようなその空間で、影縫さんは相変わらず行儀悪く、書見台の上にしゃがんでいた――彼女にかかっている呪いは『地面を歩けない』というものなので、屋根のある室内や、どれだけ崩れ落ちそうで抜けそうであっても、地面ならぬ床はその限りではないはずなのだが、まあ、普段からの習慣になっているところもあるのだろう。

「ははっ。ビデオ通話も悪うないけど、やっぱりじかに会うと印象が違うの、阿良々木くん。二十歳になったって感じやわ」

　この薄暗い部屋でも、僕の画質が上がっているのだろうか……、5Gの時代が待ち遠しいぜ。じかに会うのは一年ぶりになるが、まったく、この人とは修羅場でしか会わないな。

　修羅なのかな、この人が。

　あるいは僕が。

「背が伸びたわけでもないですけれどね。痛恨ではありますが、僕の身長はここで上げ止まりのようです。お互い、髪は伸びたみたいですが」

「旧ハートアンダーブレードは、ちょっぴり成長したみたいやん」

　やはりそこは見逃してもらえないらしい。

　はらはらするなあ……、斧乃木ちゃんより年上で、影縫さんの逆鱗に触れない程度の年齢感を意識したつもりだったが、しかし今にして思うと、なんともこすい策定をしたような気もする。

小細工を弄(ろう)したというほうの理由で逆鱗に触れそうだ。

普通にツインデミックの中間地点を潜(くぐ)り抜(ぬ)けたかったのなら、やはり素直に二十歳くらいを狙(ねら)うのが正解だったのでは……？　こうしていざ会ってみると、影縫さんは、こういう機嫌取りのほうを嫌いだろう。

これも化石な意見だが、やはりリモートワークではなく、直接対面しないとわからないこともあるというのも本当のようだ。

「ふん。まあ、久闊(きゅうかつ)を叙(じょ)しとる場合でもないわな。余接、下がってええで。ご苦労さん。しばらく休んどれ」

「了解。お姉ちゃんも隙(すき)を見て休んでね」

珍しく、影縫さんが斧乃木ちゃんをねぎらうようなことを言い、もっと珍しく、斧乃木ちゃんが影縫さんを慮(おもんぱか)るようなことを言った——そういうシチュエーションだってことか。

そして来た道を戻るように室外に出た死体人形は、最後に僕を振り返り、

「鬼のお兄ちゃんには、言っても虚(むな)しいよね」

とだけ、ほとんど独(ひと)り言(ごと)のように呟(つぶや)いて、階下の棺桶部屋へと去っていくのだった——またもや童女に見下げられたな。

腰にしがみついていただけとは言え、僕も長距離移動で疲れていないわけではないのだが、さすがに斧乃木ちゃんと添い寝をするというわけにもいかない。

覚悟が試されるのはここからだ。

覚醒しないと。

「まったく、いつになったら僕は斧乃木ちゃんから尊敬されるんだろう」

「お前様が誰かから尊敬されるのは無理じゃ」

ぴしゃりと言ってから、

「カゲヌイ」

と、十三歳の忍は、正面を向いた。

遺憾ではあるが、いくら『いいなづけ』を読んだ直後だからと言って、さすがに影縫さん相手に、楽しい雑談のコーナーはなしだ——この人だけはいじりようがない。

リスクが高過ぎる。

リモート打ち合わせならばまだしも、対面ではどつき漫才になってしまう……、やはりこの辺は、オンライン会議のメリットである。

「正直、儂は盟友に会えればそれでよいのじゃ——手伝えと言うならなんでも手伝ってやるから、まずはそこをどいて、儂をデスと話させてはくれんかの？」

お、率爾ながら、直球で頼んだな。

口調が偉そうなのは、元怪異の王であることを思えば仕方ないとはいえ、しかし、自身が手足を切断されたときでさえも、専門家である忍野には頭を下げたりしなかった忍が……、成長したのは、年齢感だけではないということか？

それとも、それほど盟友が盟友なのか。

「別に邪魔するつもりはないし、そもそもうちはそのつもりでおどれらを呼んだんやけど、段取りはあんじょう守ってくれや。注意事項があんねん——病床にあるデスに、おどれもとどめをさしたいわけやないやろ、旧ハートアンダーブレード」

「……わかったわい」

要求を（影縫さんにしては）やんわりとはねのけられても、忍は癇癪を起こしたり地団駄を踏んだりはしなかった……、妥協できる限りは妥協するという姿勢が見える。

打倒ではない妥当の態度だ。

忍にとってのスーサイドマスターが僕にとっての羽川だというのは（撤回されたが）、決して大袈裟ではないようだ。

だとすれば土下座さえしかねない。

原作／西尾維新
漫画／絵本奈央
キャラクター原案／西村キヌ
漫画
新本格魔法少女りすか
『化物語』
西尾維新の、鮮血の如く色褪せぬ魔法冒険譚を
『荒ぶる季節の乙女どもよ。』
絵本奈央がコミカライズ！
KODANSHA

己の野心のため“使える手駒”を探す小学5年生・供犠創貴は、
赤い髪に赤い瞳の転校生・水倉りすかが
“赤き時の魔女”の異名を持つ魔法使いだと知る。
二人は手を取り合って時を超え、
危機また危機の大冒険を繰り広げる——!

西尾維新×絵本奈央で贈る魔法冒険譚!

『化物語』 『荒ぶる季節の乙女どもよ。』

供犠創貴(くぎきずたか)

『魔法使い』使い

他人を「駒」としてしか見ていない、小学5年生らしからぬ少年。りすかと行動を共にすることで、他の魔法使いにも会えることを期待している。

水倉りすか(みずくらりすか)

『赤き時の魔女』

城門に隔てられた魔法の王国・長崎県からやってきた魔法使い。血を流して、時を“省略”することができる。父親の行方を追っている。

KC DX 定価:800円(税込)

第①巻、発売!!

特典満載豪華仕様!

・西尾維新、西村キヌによる寄稿コメント・イラストを収録!
・大暮維人、はっとりみつる、シオミヤイルカによる応援イラスト収録!
・雑誌掲載時カラーをそのままカラー収録!

第1話無料公開中!

@BKMNGTR_IxI

#漫画りすか 最新情報も発信中!

そこまでの姿勢は見たくないが。

「で？　注意事項とはなんじゃ？　言っておくが儂も我があるじ様も、アンチ吸血鬼ウイルスとやらで死ぬ覚悟はできておるぞ」

「え、ちょっと待って忍ちゃん、僕は死ぬ覚悟までは……」

「こういう場合に限らず、決意するときは何かと、死ぬか生きるかの二択になりがちやけどな。実際には苦しみながら生き長らえるっちゅうケースも少のうないこともわかっとかなあかんわな」

僕の不覚悟を無視して、影縫さんはそう受けた——まるで今のスーサイドマスターや、あるいは他の闘病中の吸血鬼が、そういう苦境にあるかのような物言いである。

「いやいや、もっと一般的な話やって。新型コロナウイルスで若者よりも高齢者のほうがリスクが高いっちゅうんは、高齢化社会における高齢者医療っちゅう側面もあるやろ？　不死身の怪異やなくとも、今や余接同様に百年近くの長生きはできる。医療の発達が医療を逼迫させるっちゅうんは、一種の風刺やんな」

長生きし過ぎた吸血鬼が自殺に走るようなもんか、と、忍と言うよりは吸血鬼全体を揶揄するようなことを述べる影縫さん——裏返して見れば、少子化が進んでいるがゆえのバランス、ないしアンバランスでもあるわけだ。

どんなウイルスも、あるいはどんな美しさも、生まれていない生命までは奪えない——あの不毛の国土を想起して、僕はそう考える。

「風刺と言うなら、不死身の怪異を粉砕することを生き甲斐とするうぬが、こうして隔離病棟の管理を担っておること以上の風刺などあるまい。一番刺さるじゃろ」

吸血鬼全体の抱える病、自殺衝動に関して当てこすられた風刺には、どこ吹く風とはいかなかったようで、さすがに忍は言い返したが——待てよ、吸血鬼全体が抱える病？

忍自身も、日本へは死にに来たようなものだったが――

「その通りやな。うちみたいな自由人でも、望んだ仕事ばかりができるわけではないわけや。まあ、この時世に仕事にありつけるだけでも喜ばなあかんのや。仕事も手段も選んでられへん」

手段と言うのは、素人の僕達をヨーロッパまで呼び寄せたことだろうか？　一応、反則手だという自覚はあるらしい――もしくは、毒を喰らわば皿までの心境なのかも。

毒……。

「……影縫さんは、いつからこの仕事を担当しているんですか？　日本でほとんどの出入国が停止される以前には、もうヨーロッパにいたってことでしたが、具体的には……、新型コロナウイルスは、既に日本国内で発見されていたタイミングだったんですか？」

あまり意味のある質問ではないかもしれなかったが、気になるところではあった――折角忍が折れるスタンスでいるのに、結局言い合いになってしまったらしょうもないので、空気を読んで横入りしたつもりだけれど、いったいいつから、この現象が起きているのかは知っておいたほうがいい。

発現、または発症のタイミング。

時系列的には果たしてどの時点から、スーサイドマスターは、この『死体城』に、入城ならぬ入院をしているのだろう？

「うちが呼ばれたのはパンデミック以前や。ただし……、スーサイドマスターの病状は、更にもっと前からやったな」

僕の思惑などお見通しだろうが、しかしそう応じてくれた影縫さん――もっと前？

「体調はずっと以前から悪かったそうや。旧ハートアンダーブレード。おどれはそれを知っとったんちゃうんけ？」

「……じかに、そう言われたわけではないがの」

不承不承と言うように、頷く忍。

素直なのはいいことだが……、え？

「もしかして、去年の四月に日本に来たときから、既にスーサイドマスターは体調不良だったたってことかよ？」

「じゃから、そう言っておったわけではない。そんな話もしておらん。奴の拒食症は、あらかじめわかっておったことでもあるしの。ただ、カゲヌイから見てそうであったように、直系の儂から見ても、明らかに弱体化しておったことは間違いなかったのじゃ」

だから、正体不明の『なんとなく』の直感に従い、こうして無理無体の渡航を敢行した運びのようだ――感染症云々は想定外だったとしても、盟友の身に何かあったと考えるに足る伏線は、本人の中では明確にあったのだ。

「じゃあ、もうあの時点でスーサイドマスターはアンチ吸血鬼ウイルスに感染していた――」

「――ちゅう、わけでもない。必ずしも。もしそうやったら、もっと広範囲に感染地域が――日本も含めて――なっとらなおかしいしな。けども、あのとき北極から呼びつけられたうちに言わせれば、六歳にまで幼女化したスーサイドマスターにその兆候があったんは確かや」

罹患した時期がわかりにくいな……。

無理矢理、新型コロナウイルスに準えて理解するならば、偏った食生活の結果、基礎疾患を持っていたスーサイドマスターは、アンチ吸血鬼ウイルスが発症する条件が、他の吸血鬼よりもふんだんに揃っていたということか？　発症する時期と感染させる時期はズレていたりもするわけで……。

無粋だと思って去年の四月には、忍とスーサイドマスターとの会話は、聞かないようにしていたしな……、僕もほとんど、スーサイドマスターとは腹を割った会話をしていない。

友達の友達みたいな感覚だった。

あるいは親戚の親戚か。

肝心なところは何も知らない。

「ただ、これだけは言えるわ。あのとき、スーサイドマスターは真近に迫る己の死を意識し、最後に盟友である旧ハートアンダーブレードの顔を拝むために訪日したんやろっちゅうことや——本人はそんな風には言わんし、おどれも言われんかったやろけども、それだけは確実や」

「…………」

忍は、その通告に、さして意外そうな顔はしなかった——実際、言われてはいないのだろうが、去年の時点で察する部分はあったのだろう。

死期。

今回、忍が死に目の盟友に会いに来たのだとしたら、前回はスーサイドマスターが死ぬ前に、盟友に会いに来たのだと。

思い残すことがないように。

「やから、もしも去年の四月の時点で伝染病にかかっとったんなら、制限なんぞかかっとらんでも、監視の目がのうても、スーサイドマスターは渡航なんかせんやろ。旧ハートアンダーブレードに感染させる恐れがある以上は——これは自覚があったらの話やけど、事実として、少なくともおどれらは死んどらんやろ？」

とんだ治験で、とんだ知見だが、まあ、それはその通り——もっとも、こちらからのこのこ、こうして感染地域に来てしまった以上、今現在はその限りではない。

「致死率ほぼ百パーセントと聞きましたけれど、アンチ吸血鬼ウイルスに感染すると、具体的にはどういう症状が現れるんですか？　灰になったりはしないそうですが……」

「あちこち滅茶苦茶に不具合は出るけど、最たるものは脱水症状やな。血も水も受けつけんようになって、今際の際には絞られた雑巾みたいに干涸らびる」

新型コロナウイルスも脱水症状は現れるだろうが、主として呼吸器系の疾患だったから、そこまでは揃っていないわけか——因果関係がない以上は当然だが、いや、待てよ、でも、これ、同時に罹患したらどうなるんだ？

息ができなくなって水も飲めなくなる？

僕達は約一年ぶりのドーピングを、どちらの感染症も回避できればという慎重な判断の元に実施したわけだが、案外これ、どちらにもかかるリスクを高めてしまっていないか？　二兎追う者は一兎も得ずどころか、二羽の兎にかみつかれてないか？

「ウイルス干渉が起きて、どちらにも感染しないみたいな理想的な展開はないかな……」

「お前さまの人生で理想が達成されたことなんぞ一度もないじゃろ。カゲヌイ、では吸血鬼の死体は消滅しておらんとは言っても、原形を保っておるわけではないのじゃな？」

「酷い有様やで。吸血鬼に言うのもおかしな表現やけど、見る影もないの。興味があったら、どれでも好きな棺桶、開けてみいや」

好きな棺桶って。

絞った雑巾みたいに、ね……、絞り取られた経験のある僕には、耳の痛い比喩である。

「その雑巾具合は、死体ではなく、デスの身体で確認させてもらうとしよう」

と、忍は本来の目的を見失わない。

「儂がここに来ることを、デスは知っておるのかの？」

「一応言うたけど、ほとんど昏睡状態やったから、通じたかどうか……、旧ハートアンダーブレード、もしもおどれの血液を分け与えれば元気になるはずって企んどったんやったら、お生憎様やで。さっき言うた通り、血液に限らず、どんな水分も受けつけへん。吸い飲みも点滴も逆流する」

「……食べ物も食べられん、ということか？」

「そうやな。一応言うとくと、味覚や嗅覚がなくなるわけではないらしい――トマトジュースを舌に乗せたら味はする。けど、飲み込めへん」

　なぜトマトジュースを例にあげる。

　昔は有毒だと思われていたからだろうか？

「飲んだら吐き出す。まるで異物のように、嚥下できへん――免疫がウイルスではなく水分に対して働いているかのようや」

　水を恐れるというのが狂犬病の症状だったから、吸血鬼らしいと言えば吸血鬼らしい症状でもあるわけである……、ただ、想像するだけでも恐ろしい病だ。

　情報統制のためとは言え、そこまで具体的に聞かされていたら、渡航するかどうかはもうちょっと迷っていたかもしれない。

「味覚がなくなったことで自分が新型コロナウイルスに罹患したことがわかるように、血が飲めなくなったことで吸血鬼は自分が感染したことに気付けるんや。つまり、そうやって十三歳に成長できたちゅうことは、旧ハートアンダーブレードは感染してへんってことやな。阿良々木くんの血をおいしく吸えたんやから」

　それも『三時間前までは』である。

ん……、そう言えばグルメな吸血鬼であるスーサイドマスターは、『うつくし姫』の美味なる血液を吸って以降、ほとんど食事らしい食事を摂取していないとのことじゃなかったか？　去年の四月だって、結局は……。

　あの時点で体調不良で……、既に死期を悟っていて……、ああ、何かが繋がりそうで、繋がらない。これが噂に聞く時差ボケか？

「一般的な吸血鬼にとっては地獄じゃな。否、誰にだって地獄か。飢え死に、渇き死になど――安心せい。そんな安易な手法でデスを治療しようなどとは思うとらんわ、露ほどもな。血の池地獄の血を飲ませるという案も今回は採用せぬ」

　真偽のほどは怪しいが、そんな忍の言葉を影縫さ

んは「さよか」と受け流し、

「ほな、注意事項は以上や。見舞うてきたらええやろ、盟友を」

と、親指でくいっと書庫の奥を示した。

「連合の要請によると、一度に面会してええんはひとりまでって定められとるんやけど、おどれらにそれを言うてもしゃあないやろ？　ふたりで会うたらええわ」

密を避けるための指針だろうか？

僕達をまるで無法者みたいに言う——そして当たり前みたいにルールを破るな、この人。いや、実際のところ、ビジネス渡航の影縫さんよりも、僕達のほうがよっぽど横紙破りな方法でヨーロッパまで来たことには違いないし、更に実際問題、ここに来て除け者にされるのも、じゃあなんのために亡国くんだりまで来たのかという話になってしまうが、しかし一方で、そんなガイドラインとは違うところで、逡巡してしまう僕だった——これは僕個人の躊躇だが、吸血鬼同士、盟友同士の再会に、僕みたいな半端な存在が紛れ込んでもいいのかな？

場違い感が罰当たりなレベルだ。

ここは空気を読んで、あとは若い者だけで、ならぬあとは六百歳以上だけでと、一歩引くのが、適切な二十歳のありかたなのでは？

影で縛られている忍も、十三歳モードであれば、親機と子機の理屈で、多少のディスタンスを取ることも可能だし——親機と子機というたとえが令和時代に（電話だけに）どれほど通じるかは（固定電話だけに）さておきそう思ったが、

「お前様よ。いらん気遣いは無用じゃぞ」

と、十三歳から窘められた。

ここでも。

低年齢の女児から窘められてばかりだ、僕の人生は。

「むしろ共にいてもらったほうがやりやすい。これが最後になるのかもしれんのであれば、デスに我が

あるじ様を正式に紹介したいしの」

確かに、前回はそこのところが曖昧だった。雰囲気に流された。忍が変に見栄を張ろうとしたこともあって。

「わかった。離れないよ。こないだはなし崩し的だったから、僕も正式に挨拶をしなきゃな、お前の盟友に」

「金髪ロリ奴隷とか阿良々木ハーレムとか、変なことは言うなよ」

ちゃんと釘は刺された、心臓に杭を刺すように。

阿良々木ハーレムは僕発信じゃないんだよ。

「ツインテイルもほどけよ」

「いや、結ってないよ。今は」

「スーサイドマスターの体調的に、ちゃんと話せるようやったら、できるだけ情報を引き出してくれや。うちは知らん仲やないとは言え、基本的には敵やから、なかなか本音で話し合えんでな」

いわゆる感染経路特定の聞き取りか——重要で、しかも難解な任務が与えられたものである。僕が医大生だったならばまだしも、アンチ吸血鬼ウイルスの感染力と、玉座で療養するスーサイドマスターの体調を思うと、ただでさえ長時間の聴取は不可能だというのに。

「一番難しいのは本音で話すことかもしれんの——デスは同族の儂に対しても、見栄っ張りな吸血鬼よ。六百年前も昨年も、弱いところも弱るところも、まったく見せてはくれんのじゃ」

なるほど。

お前の友達って感じだぜ。

013

コロナ禍に関してあーだこーだとぶつぶつ文句を言ってきたが、実際のところ、自分が発症したわけでもなく近場に感染者がいるわけでもない僕のような者がことの深刻さを実感したのは、苦労して入学した大学の授業がオンライン化したときよりもむしろ、楽しいことや楽しみだったものが、総じて延期や縮小や中止になったときだったと言えよう。

　世の中の変化を認めざるを得なかった。

　友達はいらない、人間強度が下がるから、とか言っていた僕でさえ、そうした密になる、斧乃木ちゃんの言葉を借りれば禁止されてしまうくらい楽しいエンターテインメントに、どれだけお世話になっていたのかという話でもあるが……、そういった意味では、自粛期間というのは、そのまま待機時間と言い替えることもできる。

　アイドリングタイムとも。

　楽しみにしていたと言うのとはまるで違うが、決死にして必死にして万死の吸血鬼、デストピア・ヴィルトゥオーゾ・スーサイドマスターとの面会は、それ以上順延されることなく、むしろ思っていたよりもスムーズに実現したのだった——影縫さん相手ならば話が早いだろうという一点読みに関しては、僕の読みが大当たりだった。

　話が早いのか、死期が早まったのかはさておくとしてだ。

　まあ、影縫さんも斧乃木ちゃんも、忠告や注意を異口同音に繰り返しこそしたものの、決して忍の面会希望を妨げたかったわけではないのだから、当然ではあるのだが……、ただ、もうちょっと焦(じ)らされると思っていたから、意外だった。

　逆に言えば、僕達を焦らすだけの時間も、もうスーサイドマスターには残されていないということなのかもしれない——それに、リモート通話やオンラインミーティングではない、実りある対面が実現したのかと言えば、それはちょっと微妙なところなのが悩ましい。

　飲食店にあるアクリル板や、テレビでよく見るパーティション……、それらに比べれば薄い隔(へだ)たりではあるものの、しかし決して透明ではないドレープが、玉座との間にうやうやしく垂らされていたのだった——記憶を探れば、かつて『鏡の世界』で『うつくし姫』に謁見したとき、同じような仕切りがなされていた。

和風には御簾、と言うのか。

高貴なる者がそうたやすく姿を晒すべきではないというしきたりの仕切りのようでもあり、伝染病対策のカーテンのようでもあり——しかし、この場合は単に、病床を囲むカーテンの役割が、もっとも大きいのかもしれない。

プライバシーをかろうじて保護するように。

「かかっ……、来てくれて……、ハードでクールに、嬉しい、ぜ。ローラ——いや、違ったな。ローラじゃねえ。俺様が名前をつけてやったんだ……、なんだっけ……?」

あらかじめ影縫さんから、疫病の症状を聞いていなければ、薄布の向こうから聞こえるその嗄れた声は、老人のものだと思っただろう——否、実際にスーサイドマスターはこれ以上ないほどに高齢なわけだが、少なくとも僕が昨年会ったときの彼女は、忍と変わりない幼女だった。

むしろ年下の六歳児だった。

それは、それだけ弱体化していたということを示す指針なのだが……、カーテンから透けて見えるシルエットは、そんな女児のイメージからは程遠い、枯れ木のようだった。

朽ち木のようだった。

玉座に寝そべり、上半身も起こさない。

起こせない。

「そう……、そうそう。鉄血にして熱血にして冷血の吸血鬼、キスショット・アセロラオリオン・ハートアンダーブレード……、だぜ」

「……いかにも」

嗄れた声に、忍は頷く。

既にその名前も過去のものになっていることを、

わざわざ訂正したりはしない――それ以前に、ショックを受けているようでもあった。

スーサイドマスターの病状に。

それは見た目や声、シルエットだけのことではなく、盟友の、しかも自分が真祖として直々に命名した名前すらあやふやな応対に――記憶が混濁している。

　意識さえ混濁している。

　弱味を見せまいと虚勢を張っても、それでも隠し切れない弱々しさに、忍は絶句しかかったようだった。

　だが、逆に忍のほうこそ虚勢を張る。

　盟友の不調に気付かない振りをして、

「まさかまた、この『死体城』でうぬと対面することになろうとは思わんかったの。あの頃はお互い、信じられんくらい若かったもんじゃ」

　と言う。

「ああ……、若気の至り、だらけ、だったぜ」

閊(つか)え閊(つか)え、スーサイドマスターは応じる。

　どこまで忍の言葉が届いているのか、ただ文言に反応して相槌(あいづち)を打っただけなのか、判断しかねる応対だった。

「こんな形で帰城することになるとは……、かかっ。笑えるぜ。俺様は『死体城』で生まれて、『死体城』で死ぬわけだ」

「世界中のどこでだって死んどるじゃろ、うぬは」

「そうだった、かな……？」

　忍のきつめの突っ込みに、しかし曖昧な答を返すスーサイドマスター――わずか二、三言のやり取りでさえ、もう既に痛々しい。

　胸が締めつけられる。

　新型コロナウイルスの症状とはぜんぜん違うのだろうが、感染症の恐怖みたいなものを、目の当たりにしている気分だった――仕切り越しとは言え、十二分に伝わってくる。

　間に何を挟もうと、『鏡の世界』や天国で『うつくし姫』を前にしたときも、僕は大層震えたものだが……、ふたりの吸血鬼の逢瀬を邪魔してはならないと思っていたけれど、とても横入りができそうな雰囲気ではなかった。気遣いとか、疎外感とかではなく、ただただ黙りこくってしまう。

「一応訊ねておくが、デス」

忍は言う。

平静を取り戻したのか、内心の動揺は、リンクしている僕でも感じられない――僕は虚勢だと思ったが、あるいは本心から、動揺していないのかもしれない。

六百年生きてきたということは、六百年見取ってきたということでもある。

こうなることは、日本で直感を得た段階から、わかっていたのかも――直感ではなく予感だったのかもしれない。

「助けはいるか?」

「いらねえ」

その即答も、弱々しい。痛々しい。

無力感に満ちている。

「素直に言うと、早めに帰ってもらえると助かる――万が一にも、お前に感染させたくねえ。お前にも、お前の眷属にも」

同席している僕の存在に気付いていなかったわけではないようで、スーサイドマスターはそう言及した――自分がどういう状態にあるかは、理解しているらしい。

インフォームドコンセントは受けている。

「これまで色んな死にかたをしてきた俺様だが、この感染症で、おそらく死因のコンプリートだ。一片の悔いもねえし、一片の食い残しもねえぜ。万死に値する俺様は……、万回死んで満足だ。ハードでクールな異名の通りにな」

「……そうか」

「なんだよ……、疑ってるのか?」

「いや、合理的な疑いの余地はないの。そもそも、儂もうぬも、長生きし過ぎたよ。なんならふたりとも、六百年前に死んどってもよかったくらいじゃわい」

「かかっ……、その通りだ。だからと言って、お前まで死ぬことはねえ。少なくとも今はな。はるばる極東の島国から会いに来てくれたことには感謝しかねえが、これで本当に悔いはねえ。一足先に、俺様は楽にならせてもらうぜ」

　とても楽そうには聞こえない声音で、スーサイドマスターはそう言った――忍は「儂と違うて、うぬはみっともなく足掻いたりはせんのじゃろうな」と肩を竦める。

「死に切れんかった儂と違うてな。儂は生き恥を晒すと決めて、この通り楽になったわけじゃが……、こんなもん、あまりお勧めできた生きかたではないしの」

「いやあ……、できるものならそれもありだったぜ。だからお前の眷属にも感謝している。ローラを奴隷化してくれてありがとう」

　沈黙が続いたが、あ、礼を僕が言われたのか。

　僕が。

　ローラという、忍の人間時代の名前がしっくり来なくて、咄嗟には反応できなかったし、そんな感謝をされても挨拶に困るのだが――むしろ僕が忍にやったのは、盟友から怒りを買ってもおかしくない蛮行である――、慌てて僕は、

「こちらこそ、忍に会わせてくれて――」

　なんて言ってしまう。

　これじゃあまるで結婚の挨拶に来たようだ……、いや、まあ、盟友であり、スーサイドマスターは忍の保護者みたいなものなのだから、あながちその認識は的外れでもない。

　本来、去年の四月におこなわれていてしかるべき儀式だったが、しかし、やはり同時に、このパンデミックの最中でなければ、おこりえない権限譲渡の場面でもあった。

無力化されていなければ、スーサイドマスターとこんな平和裏にやり取りすることなど不可能だ——正真正銘の怪異と。

いずれにしても、僕も感謝しかない。

スーサイドマスターが『うつくし姫』を吸血鬼化したからこそ、その約六百年後の春休み、僕は彼女と出会えたのだから。

「キスショットをトロピカレスクの二の舞にさせちまったらと思うと……、死んでも死に切れなかったからな。どうやらその心配はなさそうだ」

トロピカレスク……、執事。

この『死体城』の管理人だった吸血鬼。

「儂はあやつのようにはならんよ。なれん。奴隷と言えど、トロピカレスクは王でもないのに王道の吸血鬼じゃったからな」

「まったくだ。俺様には過ぎた奴隷だった——かかっ。ようやくあいつに謝りに逝ける。随分待たせちまったぜ」

……僕の知る限り、怪異に『あの世』の概念はなく、地獄に落ちるのは人間だけ、天国に昇るのも人間だけ——のはずだけれど、まあ、それも国や文化や言語圏によるのかもしれない。

ここでそれに言及するのは野暮の極みだ。

忍が殺したと言う吸血鬼……、『怪異殺し』として殺したのではなく、『うつくし姫』として殺した怪異。

王道の吸血鬼ならば、たとえこんにちまで生きていたのだとしても、パンデミックの被害をもろに受けていたのだろうか？

いや、そもそも王道の吸血鬼が、六百年以上も生きていられるはずもない……、肉体は頑強でも、精神の摩耗に耐えられない。それに耐えられるのは、忍やスーサイドマスターのような、異端の吸血鬼だけだ。

盟友なわけだぜ。

その異端の片割れが、眠りにつく。

死の眠りに。

「で？　キスよ。カゲヌイから俺様に、何か訊いてくるように言われてねーのか？　それを聞き出さないと……、役割を果たせず、面会を切り上げたくても切り上げられねーだろ」

「できることならこのまま、百年くらい話していたいがの」

「諦めろ」

「儂に対して諦めろとは、笑えるのう。こうして話せたから、吸血鬼ハンターとの約束など破ってもよいのじゃがな。まあ一応、顔を立てておくか」

横柄な態度を取る忍――格好つけているところ悪いけれども、僕としてもそうしてほしい。盟友と対面し、気が大きくなっているのはわかるが、しかしここで影縫さんとの約束を破られたら、僕達には帰りの交通手段がないことに思い至ってくれ。

家に帰るまでが遠足だぜ。

「俺様としちゃあ……、親友のお前には、餞別っつーか、遺産として手柄をくれてやりたいところなんだが、残念ながら秘密にしているわけじゃなくって、マジでわかんねーんだよ……、いつ感染したのかも、どこで感染したのかも」

見当もつかねえ。

と言う、決死にして必死にして万死の吸血鬼の言葉に、嘘はないように感じた――と言うより、何より瀕死の吸血鬼には、もう嘘をつくだけの能力はないように感じた。

残機ゼロだ。

「カゲヌイにもそう言ったんだが……、残念ながら、いまいち信用がなくてな。もしも俺様に心残りがあるなら、あの専門家に嫌われたまま死ぬことくらいか……」

これは嘘ではなく冗談かな？

死力を尽くして軽口を叩いたのかな？

そもそも、影縫さんは不死身の怪異をすべて悪と見做しているから、個人的にスーサイドマスターを嫌うということはないように思うが……、ただ、隠し事をしていると考えているからこそ、僕達に協力を仰いだことは間違いない。

たとえ意図してなくとも、何らかの形で秘めている事情が……。

「いつ感染したかはわからなくとも、いつだったら確実に感染していなかったかならば、わかるのではないか？」

あんな悪態をつきつつ、一応は仕事をするつもりはあったのか、忍はそう質問した――いつだったら確実に感染していなかったか。潜伏期間や無症状の期間を考えれば、それとて、確かなことを言うのは難しかろうが――

「去年、お前を訪ねて日本に行った段階じゃあ、まず問題なかったと思うぜ。そりゃあ健康優良じゃあなかったし……、ぶっちゃけ、あの時点で『もうすぐ死にそうだな』とは思っていた。ただ、その予感は基本的には餓死を想定していた。こんな感染症は予想外だぜ」

死を予感して、忍に会いに来たという読みは当たっていたわけだ――そこまで認めてはいないが、まあ、言わずもがなだろう。

「カゲヌイに強制送還されて、その後はどうしておったのじゃ？　こんな質問はされ飽きておるじゃろうが、訊かぬわけにもいかんでな」

「ハンターの監視下で放浪生活……、っても、そんなに出歩いてもいねえ。ただ、そんな俺様の動線が、そのままパンデミックの感染地図になっているそうだから――俺様がひとり目の感染者である可能性は、かなり高い」

一人目の感染者――だからこそこんな風に、特別な隔離がなされているのだろう。致死率ほぼ百パーセントのアンチ吸血鬼ウイルス――この『ほぼ』の部分の例外であるというのも、研究対象となる理由ではあろうが。

今のところは。

もうすぐ例外でなくなるにしても。

ただ、ひとり目とかふたり目とか、まあ百人目でも一万人目でもだが、競争しているんじゃないんだから、そんな数字にはあまり意味がない——そもそも強制送還されて以降、スーサイドマスターが専門家の監視下にあったのなら、感染経路は完全に把握されているはずだ。

記憶も定かではない本人よりも、詳細に知られているはず——にもかかわらず、まだ原因不明の病と来ている。

そこが奇妙だ。

「僕からもひとつだけ、いいか？」

薄布越しに見えているかどうかはわからないけれど、挙手をして、僕はスーサイドマスターに問いかけた。

「これはこの感染症に関してと言うより、吸血鬼の生態についての質問になるかもしれないけれど……、吸血鬼同士のコミュニティって、主にどうなってるんだ？　眷属とか奴隷とか、そういうのはわかるんだけど、お前らみたいに友達同士って例は多いのか？」

「皆無じゃの」

盟友に負担を掛けまいという配慮だろうか、わかっていない僕からの質問に答えたのは忍だった。

「個々の縄張り意識が強いからの。眷属作りという単為生殖のようなこともできるわけじゃし、グループや社会を作る意味がない。ゆえに社会的化物ではないのじゃよ。儂らの付き合いにしたところで、デスとは儂が人間じゃった頃に友好関係を結んでおるからの」

なるほど。

確かに、吸血鬼となったところで袂（たもと）をわかち、忍とスーサイドマスターはその後、六百年も会っていない——再会したのは、厳密には忍が、吸血鬼でなくなったあとである。

いや、知りたかったのは、仮にスーサイドマスターがスーパースプレッダーだったとして、ヨーロッパに点在する他の吸血鬼に、どんな風に伝染病を広げたのかということだった。

ソーシャルディスタンスの距離も国々によって違いはあるけれど、飛沫感染よりも感染範囲の広い空気感染だったとしても、やっぱりそれなりに近い距離にいなければ、他の吸血鬼に広まっていったりはしないんじゃないだろうか……？

密――秘密。

「俺様は……、顔の広いほうじゃねーな。そもそも、まだあんなに吸血鬼が生き残っていたってのが意外だった」

忍と似たようなことを言っている。

とことん類は友を呼ぶふたりだ――ならば、顔が広いほうじゃないというのも本当だろう。でも、ならば尚更、どうやって感染範囲は広まったのだという疑問は残る。

まあ、でも、三密を避けていようが会食を避けていようが、伝染するときは伝染するのが疫病だからな――それは新型コロナウイルスの話だが、百パーセント完璧な対策なんてないのは、どんな疫病でも同じはずだ。

ミクロ単位の球体をかわしきれるものか。

ドッジボールじゃないんだ。

「細々と生きていた吸血鬼という種を俺様が絶滅させてしまったのだとすれば、さすがに心が痛むぜ。死んで詫（わ）びてえ」

「そんな殊勝なたまか、うぬが」

「お前に感染させたくないってのは本当だ。我ながら丸くなったもんだぜ、牙の先が。今のお前なら、あるいは感染しないのかもしれねーけど、大事は取りてえ」

本来ならば『お大事に』と言われるべきなのは、病床にあるスーサイドマスターのほうなのに、そんなことを言う。

「萎（しな）びた姿をこれ以上晒したくねえってのもあるが

な。できればハードでクールな、格好いい俺様を記憶しておいてほしいもんだぜ」

「格好いいうぬなど、あまり見せてもらってはおらんがの。儂が見るうぬの有様は、いつでも死に様ばかりじゃ」

言って忍は、それ以上玉座に一歩も近付くことなく、くるりと踵を返した——別れの言葉を言わなかったのは、忍野姓のスタイルだろうか。

それとも。

またこの謁見の間に戻ってくるつもりだからか。

014

餓死を想定していたグルメな吸血鬼の居城だからというわけではなかろうが、『死体城』の晩餐の間(?)は、雰囲気と言うか、圧倒される迫力があった——僕もちょっとしたわけがあって、二週間ほど廃墟で寝起きした経験があるのだけれど、しかしやはり、廃墟が廃城となると、あだやおろそかには振る舞えない。

その上でカーリングができるんじゃないかという巨大テーブルに並んだディナーのメニューも含めてだ。

「おうち時間を快適に過ごすためのお取り寄せグルメだよ」

と、斧乃木ちゃん。

澄ました顔だ。

休憩するように言われていたが、どうやら僕と忍がスーサイドマスターと時間いっぱいまで面会している間に、更にひとっ飛び、サン・セバスチャンまで行ってきたらしい——豪勢なテイクアウトであり、童女のウーバーイーツだ。

ドローンによる配達に近いかもしれない。

玉座の間と違って、アクリル板やパーティションは設置されていないが、しかしこれだけの広さのダイニングであれば、ディスタンスは十分に取れているので、会話をしながらの会食でも、感染の心配はないだろう。

貧富の差に関係なく万人が平等に襲われる感染症リスクと言っても、やっぱりこういうところに、しっかり格差は出る。

僕のステイホームと老倉のステイホームが同じなわけないもんな。

まあ、考えてみれば僕も結構な時間、何も食べていないのだ（航空会社ONKは格安どころか無料LCCなので、機内食などでない）——餓死しないよう、ここは遠慮なくいただいておこう。

一定程度、吸血鬼性を強化しているので、空腹感はないのだけれど、どっと疲れた感じがあるので、海外の食を楽しむくらいの贅沢は許されてもいいだろう。

「——というわけで、スーサイドマスターから大した情報は得られませんでした。お役に立てなくて申し訳ありません」

弁えていないマナーを弁えていないなりに徹底しつつ、僕は影縫さんに報告する——忍は盟友との面会を終えて、すっかり無口になってしまったので、僕が代弁する形だ。

こういう役回りだよ。

「いや、想定内や。むしろそれでも、喋ってくれたほうやで。やっぱお友達がお見舞いに来てくれて、スーサイドマスターなりにテンション上がったんやろな」

影縫さんはそう言って、「阿良々木くん、二十歳になったんやったら、ワインとか飲む？」と、勧めてきた——未成年の頃から付き合いのある大人とお酒を嗜むというのは趣があったが、僕はやんわりと辞退した。

今呑んだら悪酔いしそうだ。

初めての飲酒がそういう形になるのは好ましくな

い。

「あれでテンション上がっていたんですか……、とてもそうは……」

相対的な話で、あるいはそれだけ弱っているとのことなのか。

「それより率直な感想が聞きたいの。阿良々木くん、旧ハートアンダーブレード。カーテン越しのスーサイドマスターから、どんな印象を受けた？」

印象——つまり直感か。

それを頼りに欧州までやってきた僕達なのだから、素人が変に論理的な分析をおこなうよりは、的を射たことを言えるかもしれない。

「あらかじめ、脱水症状がメインだと教えてもらっていなければ、老衰なんじゃないかと思う憔悴具合でしたね」

この表現が正しいのか、正しくても適切なのかは判断しかねるが、あえて僕は言葉を選ばずに所見を述べた。

診療ってわけじゃないが……。

「僕にもおじいちゃんやおばあちゃんがいますけれど、まるでその世代の人達と喋っているようでした。もちろん、僕の祖父母よりも、スーサイドマスターのほうがずっと年上なんですけど——」

当たり前だが、祖父母とも随分会えていない。不肖の孫として不甲斐ない限りだ。まあ、お察しの通り、僕はあまり可愛い孫ではなかったので、コロナ禍以前からなんとなく疎遠になってしまっていたというのはあるのだけれど、可愛い妹達は今でも密に連絡を取っているようだ——その密は許される密である。

「そうじゃの。予感していたよりは元気じゃったが、弱っていると言うより、衰えたと言うイメージを抱いたの、儂は。自殺を唾棄しておったはずのデスにああも露骨に希死念慮を口にされては、言葉を失うわ」

盟友だからこそなのか、重々しく忍の言葉は忌憚がなかった――それをお前が言うかという遠慮のなさでもある。死に場所を求めて日本に来た吸血鬼が……、ただ、『自殺したい』と『死にたい』はまた違うよな。

「死にたがりか。ソメイヨシノが元を辿れば一本の木やから、世界中どこでも同時に咲くみたいなもんかの」

影縫さんの見解。

そう言われれば、僕も忍に血を吸われて吸血鬼化した春休み、今となっては恥ずかしながら、直江津高校の体育倉庫で自死を願った覚えがある――キスショット・アセロラオリオン・ハートアンダーブレードのひとり目の眷属である死屍累生死郎も、言うまでもなく。

自殺遺伝子……。

「吸血鬼の死因の九割。ただ、恥ずかしながらっちゅうんはちゃうやろ、阿良々木くん。別に自ら死ぬことは恥ずかしゅうない」

おや、影縫さんがらしくないことを言う――それこそ、自ら死を選ぶ判断は惰弱であると言い切りそうなキャラなのに。

「いやいや。そら、うちも自ら死ぬことが強さやとは言わんけど、日本には切腹が名誉って時代もあったやん」

羽川翼はまさにその体育倉庫で、自殺は罪だと断言し、僕の希死念慮を止めたものだけれど――なるほど、そういう意見もあるか。

この流れで言うのは倫理的にどうかと思うし、僕や忍、スーサイドマスターの希死念慮とはまったく違うものだけれど、コロナ禍の不安定な情勢下で自殺者が増化しているという報道を受けると、『死にたい』と感じること自体は、責められることでもなければ、恥じることでもないのだろう。

そこで自己評価を下げることはない。

それは当たり前の感情だ。

弱さでも至らなさでも、まして悪さでもない。

近くに感染者がいるわけでもないように、近くに自殺者が出たわけでもないので、どうしたって理解の浅い発言になってしまうが、仮に自殺が罪だとしても、悪ではないことはわかっておかないと、判断を誤りそうだ。

「そう、悪やない——善でもないけどな」

正義でも。

と、引っ繰り返すようなことを言う影縫さん。

こんな人でも『死にたい』と思ったりするのだろうか？　まあ、影縫さんにも大学生だった頃はあるわけだし。

高校生だった頃もあるのだろう、きっと。

「つまり、スーサイドマスターは闘病生活に疲れて安楽死を望んでいるのかな？　そんな感じのことは言ってた？　しのねえ」

斧乃木ちゃんからの質問に、「馴れ馴れしいわ。誰がしのねえじゃ」と言ってから（斧乃木ちゃんなりに、重くなった場をなごませようとしたのかもしれない。だとすればナイスだ）、

「安楽死とまでは言わんでも、自然死を望んでいるようではあったの」

と、しのねえは答えた。

そのニュアンスは僕には読み取れなかった盟友ならではのものだ。

「ホスピスの緩和ケアではないが、これ以上の延命治療を拒否しているようでもあった。なまじ死に慣れておる、決死にして必死にして万死の吸血鬼であるだけに、他の吸血鬼のように死ねぬことに懊悩しておるのじゃろう」

「サバイバーズ・ギルト？」

「この疫病に限らずの。周りの同族が死んでいく中、自分だけ生き長らえておることが、元より心身をむしばんではおったのじゃろう——眷属であるトロピカレスクの死も含めての」

思えば、あやつの死も自殺みたいなものか——と、まるで自分のことのように語る忍だった。

自分のことなのだろう。

死屍累生死郎の死を引きずっていた自分の。

「死なれても困るねんけどな。人間側の勝手な都合を言わせてもらえれば、もっとも症状が重く、しかし唯一死んどらん真祖からアンチ吸血鬼ウイルスの特効薬を作り出せんかったら、ほんまに絶滅してまうで、ヴァンパイア」

「やはり、それでは商売あがったりなのかの？」

当てこすりのようなことを言う忍。

八つ当たりにも近い言葉だったが、

「害獣を保護するようなもんや。増え過ぎたら駆除するし」

と、影縫さんはいなした。

その返事からすると、影縫さん個人としては、これは望んだ仕事ではないのだろう――やはりと言うなら、これこそやはりだが。

「生態系の保護――死体系の保護かな？　まあ、人類が克服した感染症である天然痘にしたって、そのウイルスは、どこかの研究所が厳重に保管しているって言うもんね」

そうなんだ。

それはまあ、いざというときのサンプルとしてなのだろうが、『手放したらなくなりそうな不要物を取っておきたい』という感覚は、誰しも理解できるものである。

吸血鬼が滅ぶことで怪異界（？）のバランスが崩れ、人類にとってより脅威となる妖怪変化が生まれてしまっては、専門家的には本末転倒だ。

「ぶっちゃけ、制御できる怪異である吸血鬼が偉そうに幅を利かせているくらいが、ちょうどいいんだよね」

「誰が制御できる怪異じゃ」

忍は反論したものの、それ以上は言わなかった――完全に制御されてしまっている現状に甘んじている自覚はあるらしい。

怪異の王も形無しだ。

生態系の保護と言って、生物の数を増やしたり減らしたり、バランスを取ったりコントロール下に置いたり、そういうのは人類の傲慢でもあるのだろうけれど……、高度な倫理観の問題ではなく、そうしないと人類が滅亡してしまうという切実な側面もあるのだろう。

自然界に関与すべきではないと言って、新型コロナウイルスを放っておくわけにはいかないように——ウイルスは生物ではないにしても。

バランス……、中立。

「生物じゃない。触れない。目に見えない。ウイルスってまるで怪異だよね」

「実際、ヴァンパイア伝説に繋がったペストも、妖怪だと思われたんだろ？」

「ペストはウイルスじゃないけどね」

そうなの？

定義がわかりにくいな、本当に。

「どのみち、うぬらにとっては、まだまだデスには死んでもらっては困るというわけかの」

「この疫病のシンボルである上に、そもそも時代の生き証人やからな。単純に訊いてみたい歴史もぎょうさんあんねん。ここでこうして入院措置を取っとるんは、一種の証人保護プログラムでもある——証人ちゅうても、人ではないけど」

ペストやコレラ、天然痘の生き証人。

戦争や天変地異の生き証人でもある。

それを言うなら忍もそうなのだが、忍の場合は元が姫で今が幼女なので、六百歳の世間知らずだからなあ。

証言能力に欠けると思われていたとしても致しかたない。

「ふん。発言が当てにならんのはデスとて同じじゃろうに——ところで、カゲヌイ。ＰＣＲ検査だか何だかで、儂らが感染したかどうかは調べんでよいのか？」

うんざりしたように頰杖（ほおづえ）をつき、忍が話を進めた。

行儀が悪いが、そこも元姫の貫禄であり、城内にいるのが似合う十三歳である。

「そもそも儂と我があるじ様は、取り調べ担当官としてではなく、ベルベットとして呼ばれたのじゃろう？」

「それを言うならモルモットな」

ベルベットは玉座を囲むカーテンや、と影縫さん――これでは貫禄も台無しである。

「否定はせえへんよ。ちゅうか全肯定や。しばらくこの城で暮らしてもうて、感染しとるかどうか、発症するかどうか、発症までの期間はどれくらいか――つぶさに観察させてほしいところやわ。強制はせえへんけどな」

この状況で強制する意味もあるまいに。

従わざるを得ないロックダウンだ。出歩いたら吸血鬼パンチならぬ陰陽師パンチでノックダウンさせられそうだし。

今のところ自覚はないけれど、スーサイドマスターと面会する以前、アセロラ王国（仮）跡に到着した時点で僕達ふたりは感染してしまっている恐れもある――このアンチ吸血鬼ウイルスが、他の怪異にも感染するように変異する可能性も考えると、愛すべき妖怪だらけの地元に、このままとんぼ返りするわけにはいかない。

「オノノキはともかくとして――カゲヌイ、うぬがこうしてこの『死体城』に常駐しておることを思うと、このアンチ吸血鬼ウイルスは、どう変異したところで、絶対に人間には感染せんと考えてよいのかの？」

「絶対は言い過ぎやな。ただ、吸血鬼が新型コロナウイルスに感染せんのと同じくらいの割合では、安全性は担保されとる――んちゃう？」

「適当じゃのう。うぬの生死にかかわることじゃろうに」

「仕事やからやっとるだけや」

ビジネス渡航の専門家は、まるで歴戦の軍人みたいなことを言った——あるいは歴戦の医療従事者なのか。

不本意ではあれ、そこはプロなのだろう。

コロナ禍で仕事を失うことも、コロナ禍でも働き続けなければならないことも、どちらも等しく苦難である。

ただ、忍の本意は影縫さんの覚悟を問うことではなかったようで、

「つまり、我があるじ様をここで人間に戻せば、少なくとも致死率ほぼ百パーセントの感染症の脅威からは完全に逃れられるということかの？」

と、更に質問を重ねた。

「忍、それは——」

「可能性の話をしとるだけじゃ。気遣いと考えないことは違うじゃろ。仮に我があるじ様が発症し、あっという間に死に瀕したときには、そういう手もあるのかどうかを探りたい」

影縫さんが探っているであろう、スーサイドマスターや、他の吸血鬼に対する治療とはまったく違う、僕という例外のみに限定された治療法ではあったものの、不死身がかかる不治の病に呈された活路のようなものに、

「…………」

と、影縫さんはしばし沈黙した。

一考に値する治療プランではあるらしい。

ただ、忍の考えるプランが、僕の知る限りこれまですべてそうであったように、この『可能性の話』には、大きな大きな穴がある。穴だけで構成されていると言ってもいいくらいだ。

「その場合、お前が死ぬだろ。僕を人間に戻すってことは、その場合のお前の末路はふたつ——完全に死ぬか、完全なる吸血鬼に戻るか」

前者は地獄のような春休みに試し、後者は臥煙さんから試された——ただ、後者にしても、このパンデミックの中で試せば、致死率百パーセントの餌食になるだけだ。

フローチャート上で分岐したルートはすぐに合流し、忍の死は避けられない。

「じゃから、どうせ死ぬならという考えかたじゃよ。ふたり死ぬより、ひとりでも生き残るほうがいいじゃろ」

「ひとりで死ぬより、ふたりで死ぬほうがいいって考えかたもあるぜ。明日お前が死ぬなら僕の命は明日までいいんだ」

「懐かしい台詞じゃの」

あるいは、忍もそう考えているのかもしれない。ひとりよりもふたりだと。

盟友をひとりで死なせるより、同じように死ぬことを、無意識のうちに望んでしまったからこその発想なのでは——自殺遺伝子、希死念慮。

「極端だよね。お前達は」

と、斧乃木ちゃん。

一瞬で張り詰めた空気を、ちっとも読むことのない棒読みである。

それとも、空気を読んでこその棒読みなのだろうか。

「やかましいわ。お前って言うな」

「じゃあしのねえ」

「しのねえもやめろ。敬え」

「死体人形の僕に言わせれば、お前達は『死んでもいい』って思い過ぎだよ。『死にたい』と思うのは致って自然な生き物の生理現象だけど、『死んでもいい』は命の放棄でしょ。誉められたものじゃないし、その気持ちは悪と言ってもいい」

少なくとも誠実じゃないね。

そう言われてしまったら、反論が難しいところだった——死のリスクを許容することと『死んでもいい』は相反する。

『楽になりたい』と『どうでもいい』も違う。

「コロナ禍をチャンスととらえる風潮もあるけどさ、しんどかったことをやめるきっかけにはしてほしくないよね」

厳しいことを言うなあ。

言わんとするところはわからなくはないし、抱えていた不良債権を、これを機にスリム化したいという気持ちも決して後ろ向きなばかりではあるまいが、しかし確かに、生きることに飽きている長命種が、パンデミックに活路ならぬ死に場所を見出されても違う。

それを口実に、吸血鬼からリストラされても困る……、サバイバーズ・ギルトと言うなら、この『死体城』を訪ねたことで、忍の希死念慮が再燃しているのだとしたら、それは最大限の警戒をもって応じるべき事態だ。

そのシンクロは危険である。

故郷を訪ねてのホームシックと言うには、病が重過ぎる——僕も気をつけないとな。ご指摘のあった通り、僕も結構、『もう死んでもいい』と思いがちな奴だ。

「羽川とデートできたら死んでもいいとか、八九寺と結婚できたら死んでもいいとか、老倉と仲直りできたら死んでもいいとか、結構簡単に言っちゃうもんな」

「その並びなら、お前様が自ら死ぬ心配はなさそうじゃの」

老倉に殺されるからとでも言うのか？

「斧乃木ちゃんがもう一度、居候として実家に帰ってきてくれたら死んでもいい」

「さりげなく僕への想いを吐露しないで」

病よりも重いよ、と斧乃木ちゃんが言ったところで、話を戻す。

「死ぬ生きるまで到ると確かに極端だけど……、卑近な例でも、僕は大学で友達をたくさん作ることを目標にしていたんだが、それはコロナ禍のリモート授業の実家生活で台無しになったわけだ。だからと言って、これ幸いと僕の友達百人計画を中止しちゃいけないってことだな」

「悲しい計画やな。ちなみに、今、何人まで達成できたん？」

　影縫さんが、なにげに僕の大学生活に興味を示してくれる……、仲間が大学中退者ばかりだからだろうか。

　忍野とか貝木とかと一緒にされてもなあ。

「ひとりですね」

「コロナ禍とか関係なく練り直したほうがええ計画やろ。ほんまに忍野くんとか貝木くんとかとちゃうやん。一年間、何やっとってん。留年せえ」

「大学内ではひとりですけれど、大学生になってから、高校生の友達がたくさんできました。体育会系のアスリート達と仲良くできるなんて夢のようですが、直江津高校の女子バスケットボール部員は、今では全員、僕の友達です」

「絶対向こうはそう思うてへん奴やん」

「あとは、誘拐された小学生とかとも仲よくなってますけど……」

「成長が見えんの」

辛辣（しんらつ）だ。

　そして的確な評価だ。

　僕の悲しい計画はまだしも、そういった意味では、仲直りできない幼馴染の老倉育が、大学を辞めると言い出さないよう注視しておく必要がありそうだった――中止ではなく注視。

　恵まれている僕と違って、あいつの場合は学費の問題も抱えている……、『恋人と同じ大学に』などという舐（な）めたモチベーションではなく、人生をやり直すために一念発起して大学に通っている老倉が、ここでやる気を失ってしまうのは、あまりに勿体ない。

　うまく挑発……、もとい応援しなければ。

「自分は恵まれていると認められるようになったのは、鬼のお兄ちゃんの成長なのかな。友達にはなれなかったにせよ、大学でいろんな人間と接したお陰（かげ）？　だったら鬼のお兄ちゃんが、不純な動機で進学した意味はあったわけだ」

「ああ。老倉が無事に卒業してくれるなら、もう死んでもいいぜ」

「幼馴染もいい迷惑じゃろう。新型コロナウイルスもいい迷惑じゃ」

新型コロナウイルスに迷惑がられると言うのも新鮮である。

実際、命はなくとも意志があったらなんて言うのかね、コロナさんは。

「ともかく、僕を人間に戻すことで、リスクを回避しようという案は、忍、まったく考えなくていい。そんなことを考えるくらいなら、その分、盟友の治療法でも考えてやれ」

「本人には拒否されたがの。助けはいらんと」

今お前様に拒否されたように、と忍。

皮肉を憶えやがって。

「儂の誠意というのはどうも通じにくい」

「自分を大切にしてないからでしょ。スーサイドマスターも、たとえ社交辞令でも助けを求めたら、お前が無茶するってわかってるから、にべもなく断ったんだろう」

「やかましい。説教をするな、儂に」

「つまり、お前の助力は迷惑なんだ」

「あれ？　説教じゃのうて、ただ悪口を言われていた……？」

そもそも、僕をここで人間に戻せば、今度は新型コロナウイルスへの感染リスクが増大する……、致死率は確かに低下するにしても、日本に帰ることは、それはそれで難しくなる。命がかかればそうは言ってもいられないが、密航者としては、更に隔離期間を設けなければ……。

課題が多岐に亘るぜ。

滝のような汗をかくことになりそうだ。

「あまり気にし過ぎても、個人にできることは限られているよ、鬼のお兄ちゃん。必要なのは個人の力じゃなくてみんなの協力なんだから、あんまり思い上がっちゃ駄目だ。風が吹けば桶屋が儲かるように、風が吹けばウイルスが蔓延するくらいに捉えておく程度でいい」

「…………」

フォローが下手なのかな？

ただ、そんな斧乃木ちゃんの言葉に救われる側面があることも正直なところだった――どんなに対策を打っても感染リスクは避けられないように、どんなに気をつけたところで、感染させるリスクも、避けきれるわけではない。

あれだけのホッピング・トランジットを繰り返した斧乃木ちゃんとて、変異したアンチ吸血鬼ウイルスに冒されている最中かもしれないのだ。

無意味に、しかも定期的に挫折した感覚を味わうのは好ましくない。行き過ぎれば、それは単なる自傷行為である。

「もっとも、吸血鬼の死生観にまで口を出すつもりはない。お前が盟友とどうしても無理心中したいというのであれば僕は止めないよ」

「止めてあげて、斧乃木ちゃん」

僕は影縫さんに向けて、「実際のところ、研究サンプルとしての僕達の観察期間はどれくらいになりますか？」と訊いた。

「当初の、ぱっと帰国するというプランは、もう烏有に帰したとして……、いくら僕が恵まれていても、あんまり長い間、家を空け続けるのはまずいんですが」

「ぱっと帰国するプランが生きていたとは。さすが旧ハートアンダーブレードの眷属だね」

懐かしい呼びかたを、ここぞとばかりに。

吸血鬼化を強めている今だと、妥当な呼称であるとも言えるが。

「大学のオンライン授業も、この廃城で受けるのは難しそうですし、目安だけでも示していただけると助かります」

「見当もつかへんけど、これで阿良々木くんが自主退学することを望んどるわけでもないしな。臥煙先輩から殺してもええとは言われとるけど、学業の妨げは禁じられとるし」

え？　殺してもいいって言われてるの……？　臥煙さんから？　本当に臥煙さんから？

どれだけ激おこなんだよ、僕に。

まあ、学業の妨げを禁じている時点で、前の文言は巧みに無効化されているのだろうけれど……、ちょっとぞっとしてしまった。

僕に対する締めつけとしてはうまい。

「仮に一ヵ月としとこか。阿良々木くん達の客員扱いは。日本の緊急事態宣言って、だいたいそんな基準でおこなわれとるみたいやし、丁度ええやろ」

何が丁度いいのやら……。

あと、日本に限らず、緊急事態宣言やロックダウンは、何かと延長されがちだという事実も忘れてはならない。

折角斧乃木ちゃんがサン・セバスチャンから届けてくれた豪勢なスペイン料理も、まるで合成着色料でも食べているかのように、うまく味わえなかった——こんな通例の言い回しでも、味覚障害を疑わねばならない時代には、確かに心痛を感じずにはいられない。

015

そんなわけで期待より短くはないが、思っていたほど長くもない一ヵ月という期間、僕は廃城で過ごす運びになった——この一種の隔離期間は、ヨーロッパ各地のお取り寄せグルメが食べ放題であることを思えば、そう不便でもないのかもしれないが、とは言えWi-Fiどころか電話回線さえ望むべくもないホテル『死体城』では、身内との連絡など取りようもない。

なので、長期間家をあける言い訳メールを、新たに元ファイヤーシスターズに届けるために、僕は再び、童女の腰にしがみつくことになる——ここまでして電波を求めるなんて、僕はなんて現代の申し子なのだろう。

浮世離れできないね。

童女の腰離れもできない。

影縫さんが僕からの、飛んで火に入るビデオ通話の着信を受けたというルーマニアの国境付近とやらまでひとっ飛び——ちなみに食後、忍は僕の影に戻った。どうやら十三歳の肉体を維持するというのは、それなりに体力を消耗するらしい。やはりドーピングはそんな便利なものではない。それで免疫力が下がってもおかしな話なので、無理せず休んでもらうことにした。

折角だから僕も妹達とビデオ通話を楽しんでもよかったが、しかし僕くらい鈍くないと背景でバレる可能性が高いので（長女はともかく、次女を騙せない）、メールで済ませることにした——あらかじめ用意しておいた文面を、そのまま送信する。

「しかし、影縫さんがたまたまここにいたとき、同じくたまたまかけた電話が繋がったっていうのも、やっぱり巡り合わせで済ませるには低確率過ぎるよな。臥煙さんの計らいってことはないのかい、斧乃木ちゃん？」

「なんでも知ってる臥煙さんだって、鬼のお兄ちゃんが電話をかけるタイミングまではコントロールできないよ——僕のお姉ちゃんの行動だってアンコントローラブルだ」

それは確かに。

影縫さんは臥煙さんでももてあます人材だからこそ、僕は彼女をアテにしたのだ——それがまた、違う方向に作用したという流れである。

さりとて、低確率×低確率が高確率になるなんて式は、数学的には成り立たない。マイナス×マイナスはプラスとはわけが違う。

「忍姉さんがお休みの今だから言うけれど、一種のテレパシーかもしれない。吸血鬼同士の——お姉ちゃんが定期連絡を取るために城を出るのを察したスーサイドマスターが盟友へと、メールのようにテレパシーでヘルプを送って、それを旧ハートアンダーブレードは、インスピレーションとして受信したってことなら、ありうる」

「……助けを求めた？　いや、吸血鬼同士のテレパシーっていうのは、なんとなく僕もわかるけれど……、でも、対面したときははっきりと、助けなくていいって言ってたんだぜ」

「混濁して昏睡してたら、思わぬ本音を寝言で漏らしちゃうかもしれないでしょ。いや、なんの根拠もないことを、間を埋めるために喋ってるだけだから気にしないで。本気にしないで」

間を埋めるための会話が必要なほど距離のある間柄だったたっけ……、斧乃木ちゃんが阿良々木家を出てから一年も経っていないのに、つくづくディスタンスを取られ過ぎだ。


でもまあ、話半分に聞いても、ありそうな話だ——ひとつの指標として捉えておいてもいい仮説である。とは言え忍としても、スーサイドマスターの無意識の本音と、無理矢理に張った意地の、どちらを優先すべきかと言われたら、決断しにくいところだろう。

忍もまた、見栄を張ることで生き長らえてきた吸血鬼なのだから——そこを無視したら、生きているのか死んでいるのかわからない。

ハードでクールな俺様、か。

「じゃ帰ろうか、鬼のお兄ちゃん。妹ちゃん達からの返信はもうあったんでしょ？」

「うん。『りょ』っていう一文字半の返事が……」

なんだろう、ふたりとも高校生になってから、独立心が強い……、このシチュエーションにおける安心材料ではあるけれど、兄として感じる一抹の寂しさも否定できない。

僕は今、亡国で隔離期間中なのだと報告して、構ってもらおうかな。

駆けつけかねないけど、あいつら。

「ああ、そうだ。斧乃木ちゃん、よかったら『死体城』に帰る前に、一ヵ所寄ってもらってもいいかな？」

「いいよ。寄り道なんて、僕にとってはあまりにも余技だ。余接だけに」

「ありがとう。余は満足だぜ」

「どこ？　ルーブル美術館？　大英博物館？　ポンペイ火山？　ノイシュヴァンシュタイン城？」

したかったなあ、観光。

わかってるだろ、そうじゃないって。

「アセロラ王国（仮）跡に寄ってほしいんだ。ちょっと引っかかってることがあって」

「引っかかってること？　真宵姉さんのパンツとか？」

「引っかかってることってワードからそんなあらぬ方向に話を持っていかれるんであれば、僕はもう何も喋れないよ？」

「あんな、本当に何もないところに何の用？　孤独を味わいたいのなら、そんなの僕のそばでも堪能（たんのう）できるでしょ」

「斧乃木ちゃんがなんと言おうと僕は斧乃木ちゃんを友達だと思っている」

「嬉しいね。涙がちょちょ切れるよ」

斧乃木ちゃんはいつも以上の棒読みでそう言って、両手を万歳の姿勢にする——疑問はありつつも、航空会社ＯＮＫは運航してくれるらしい。

乗客満足度の高い機体である。

「例外のほうが多い規則（アンリミテッド・ルールブック）——」

短距離飛行なので、しがみついているだけの僕の肉体的負担も最小限だ。まるで昔のロケ番組みたいに、つまり『ジャンプ！』『着地！』というＶの繋ぎかたみたいに、あっという間に、周囲の景色が圧倒的な殺風景へと変貌（へんぼう）する——昼間に着地したときと同じ座標なのか、それとも違うのかがまったく区別できないほどの寂(さび)れた地表である。

「夜分に来るとより地獄感が増すな……」

「それは地面を見ての物言いだろう。空を見上げてごらん。こんな澄んだ星空は、ニュージーランドでしか見られないよ」

言われてみれば。

道理で、夜なのにあまり暗く感じないと思ったが……、星々と地表を遮(さえぎ)るものは何もなかった。宇宙にはこんなに星があるのかと驚かされるほど、アセロラ王国（仮）の夜空はきらきらと輝いていた。『うつくし姫』のさすがの呪いも、宇宙までは及ばないというわけだ——地表の地獄を補ってあまりあるほどの星々である。

「これはひたぎにも見せてあげたいな……」

「おやおや。僕が隣にいるにもかかわらず、彼女のお話ですか」

斧乃木ちゃんにやっかまれた。

まさかさっきの台詞でデレていたのか。

星空って、写真じゃうまく撮れないんだよな……、かと言って、まさかひたぎをこの亡国に連れてくるわけにもいかない。

思い出話として持って帰るしかあるまい。

もちろん、生きて帰れることが前提だが。

コロナ禍における出国に対するエクスキューズも必須だ。

「で、どうするの？　あんまり帰りが遅くなると、お姉ちゃんにボコられるんだけど」

「ボコられるって……、いや、なんだったらいったん、先に帰ってくれてもいいよ。あとで迎えに来てくれるなら」

「それはできない。鬼のお兄ちゃんが自殺しないように見張るのが僕の仕事だから」

そんな重い仕事を担わされているのか、この童女は……、でも、こういった状況下じゃ、それも笑いにではできないな。頭数さえ揃っていれば、スーサイドマスターにも忍にも、きっちりつけておくべき見張りである。

「自殺遺伝子……、死因の九割。ただ、それにしてはあのふたりの吸血鬼は、めちゃくちゃ長生きだよな。他の吸血鬼は、もっと早い段階で自死を選ぶというのに」

だいたい二百年くらいだっけ？

死屍累生死郎のような、吸血鬼になって数年というケースもあった——羽川がいなければ、僕なんて二週間持たなかった。

「死んでやる死んでやると大騒ぎして、誰よりも長生きするタイプなのかもね」

「悪意がある言いかただが……」

実際、そうなっているのは事実である。

致死率ほぼ百パーセント……、決死にして必死にして万死の吸血鬼、デストピア・ヴィルトゥオーゾ・スーサイドマスター。そして鉄血にして熱血にして冷血の吸血鬼、キスショット・アセロラオリオン・ハートアンダーブレード。

見栄っ張りで、死にかたを選ぶ……、自らの死よりも、殺されることを望む……。

「じゃあ、悪いけどちょっと付き合ってくれ。しばらく、この滅亡した王国で——忍が滅ぼしたというこの王国で、考えてみたいんだ。さっきはただ最後のトランジットとして通り過ぎてしまったけれど、なんだかどうしても気がかりで——」

「ふむ。鬼のお兄ちゃんは僕が膝を休ませてる間に、何かに気付きかけてたってこと？」

「具体的にどうってことじゃないんだけど……、その『うつくし姫』が自国を滅ぼしたときと、今回の感染症って、どこか通じるところがあるんじゃないかなって思ったんだ」

「つまり、またもや黒幕は旧ハートアンダーブレードだという真相か。あいつ、世界を滅ぼしてばっかりだな」

「いやいや」

結論を急がないで、斧乃木ちゃん。

　忍が滅亡の妖怪になっている。

「真面目な話、アンチ吸血鬼ウイルスのほうはともかく、それ以前のスーサイドマスターの弱体化、そして衰退化に関して言えば、旧ハートアンダーブレードと連動しているようにも見える。元々の栄養失調はあったとは言え、日本で旧ハートアンダーブレードがいち高校生に奴隷化されたことが、遠く離れた盟友にまで影響として及んだ可能性は、ないじゃない」

　だとすれば、それは忍のせいと言うよりも、僕のせいみたいなものだが——いや、でも、確かにありえなくはない。

　ペアリングされている僕と忍が連動しているように、たとえ眷属関係になくっても、スーサイドマスターと忍が、吸って吸われた関係である以上、通じ合っていてもおかしくはない。

　テレパシー、そしてシンパシー。

　スーサイドマスター自身が年々飢えて弱っていたことは事実だとしても、二年前の春休みがとどめになったのでは——少なくとも遠因になったのでは。だからその一年後、スーサイドマスターが忍に会いに日本に来たという流れだとすれば、すべてが繋がってくる。

　絆のように。

「じゃあ、仮説ではあるが、もしも忍が怪異の王に戻ったら、スーサイドマスターも連動して健康を取り戻すのかな？」

「どうだろう。一年前ならともかく、アンチ吸血鬼ウイルスに侵食された現状では、その延命措置は気休めにもならないかもね。ノーリスクなら試してもいいくらいの案だ」

　ノーリスクどころか……、むしろ感染リスクを増大させかねない悪手である。ギャンブルにもなっていない。その上、キスショット・アセロラオリオン・ハートアンダーブレードを復活させるとなると、マジで世界を滅亡させる新たなるリスクも孕んでいるのだった。

「でも、そう……、連動しているって考えかたは重要だと思うんだよ。たとえペアリングされていなくても——」

感染でも伝染でもなく、連動。

考えつつ、僕は言う。

無人島ならぬ無人の王国を、意味もなくうろうろしながら。

「——更に大胆な仮説として、『うつくし姫』の呪いがダイレクトに、今回の伝染病に関係しているってことはないのか？」

「それがこの寄り道で確認したかったこと？」

斧乃木ちゃんは腕組みをした。

考慮に値するということだろうか。

「そう言われても、僕は『うつくし姫』の呪いを、そんなに詳しくは知らないんだけど……」

「そうなの？」

てっきり周知だと思っていた。

でもそうか、あれを僕に教えてくれたのは、でっち上げられた『鏡の世界』の斧乃木ちゃんであって、吸血鬼となる以前の忍の出自が、そこまで有名なわけがないか。

なにせ六百年前の童話だ。

童話だから童女が知っているという理屈はない。

あるいは、不死身の怪異の専門家であるならば、不死身の怪異でなかった頃の怪異の王の話など、さして重要視されないのかもしれない——基礎知識さえあればそれでこと足りる。

第一、忍自身も、もうよく覚えていないくらいに昔の話である——都市伝説どころではない、解釈が多様な昔話。

シンプルな記憶違いもあるだろう……。

重視すると矛盾する出典である。

「そのあまりの美しさに、『うつくし姫』を目前にすると、生きていることが申し訳なくなり、誰もが自殺を選ぶって呪いだった……、って、僕は聞いている」

「それで一国を滅ぼしたのか。吸血鬼以上だね」

「魔女のおばあさんにかけられた呪い……、だって、言ってたような」

僕も詳しいわけではないのでどれもあやふやな言いかたになってしまったが、少なくとも当時、貴族とは言え人間である、忍自身の特殊スキルではないはずだ。

「お姫様と、魔女のおばあさんね。なるほど、童話だ――めでたしめでたしとはいきそうにないけれどね」

いつまでも幸せに暮らせそうにはない。

アンハッピー・エバー・アフター。

お姫さまはいつまでも不幸に暮らし続けた。吸血鬼と化して。

「アンハッピーエンドと言うより、アンチハッピーエンドだね。嫌いじゃないよ。しかし、鬼のお兄ちゃん。聞いてみる限り、そのときかけられた呪いと、今回の疫病の共通点は『滅亡』くらいしかなさそうだよ」

「うん。でも、それだけあれば十分じゃないか？　魔女の呪いが六百年の時を経て、再びこの土地に蘇ったって可能性を、専門家の皆さんはもう検討したのかな？」

「……どうだろうね」

斧乃木ちゃんは組んでいた腕をほどく。

考慮に値しなくなったのかしらん？

「反射的に『その可能性は皆無だ』って言いそうになったけれど、これは単に、鬼のお兄ちゃんの意見は頭ごなしに否定しておきたいという僕の個人的な気持ちだから、一回黙考するとして」

「黙考するなら、その気持ちも黙ってて？」

「どうして六百年の時を経て、魔女の呪いが蘇るの？　呪いって言うのは、基本的にはかかりっぱなしでしょ。ほら、鬼のお兄ちゃんは知らないと思うけれど、僕の友達に千石撫子っていうのがいてね……」

「存じ上げてるよ」

呪われたよ。

春休みより死んだ冬休みだよ。

しかし、その皮肉は非常に適切だ――くすぶっていた残り火が、何かのきっかけで再び発火したと考えることは可能だが、しかし、どうもしっくりこない。

話によれば、その魔女も、自身がかけた『うつくし姫』への呪いが原因で、命を絶ったと言う――僕のような現代感覚の持ち主にはその点わかりづらいが、『うつくし姫』を呪った罪業を悔いたのだろうか？

とは言え、魔女が死んだから呪いが解けたわけではない。

呪いが解けたのは、『うつくし姫』が『うつくし姫』でなくなったからだ――つまり、スーサイドマスターがローラと呼んだ彼女が、キスショット・アセロラオリオン・ハートアンダーブレードに即位（アセンション）したからである。

美しいお姫さまは。

自ら化物となることで――呪いを解いた。

「まあまあ、それでもね、忍は美しい化物なんだけれどね。僕も春先ながら凍（こお）りついたものだよ、初めてあいつと出会ったときには」

「のろけるな。呪うぞ」

死体人形が？　僕を？

そんな語呂合（ごろあ）わせみたいなテンションで？

「斧乃木ちゃんももちろん美しいよ。思い出すなあ、初めて斧乃木ちゃんに会ったとき――」

あれ？

妹をぶっ殺されたんだっけ？

「置き去りにしてやろうかな。この不毛の大地に」

「呪いでもなく感染症でもなく、生きていけないよ。僕のサバイバル能力の低さをなめるな。火も起こせないぜ」

「そんな生き汚い割にねえ」

それも血統なのかな、と斧乃木ちゃん。

確かに阿良々木暦も、なんだかんだ言いつつ、えらく長生きである——いつ死ぬかわからない、それこそ『死んでもいい』みたいな捨て身でいたつもりでも、結局、こうして生きている。

それが危機感の欠如に繋がっていることは否めない。ステイホームを呼びかけるために外出したり、マスクの重要性を訴えるためにマスクを外すような説得力のなさだ。

心のどこかで、どうせ今回も死にはしないとたかをくくっているんじゃないか？ しかしそんなのは、自分だけは感染しないと思い込み、人混み（ひとご）みを出歩く行為と五十歩百歩である。

ある種の特権意識。

実際には、致死率ほぼ百パーセントのウイルスに既に感染しているかもしれないのに、パンデミックの中心地にいながら、どこか絵空事のように感じている。

絵空事であり——童話。

「千石撫子を見習ってほしいよ」

「？ 僕が千石のどこを見習うんだ？」

「そうだね。結局鬼のお兄ちゃんは、撫公の呪いも乗り切ったもんね。そもそも怪異の王を奴隷化しているという時点でとんでもない。ああ、これ別に、誉めているわけじゃないから」

「わかってるよ。手痛い批判だ。その奴隷化が、スーサイドマスターの弱体化を加速させたかもしれないと思うと、むしろ落ち込むぜ——自分の判断が、そんなところに影響を及ぼすなんて、まったく考えが及ばなかった——」

待てよ？

それ自体が仮説ではあるが、忍の奴隷化がもしも、そんな風に広範囲に拡散し、攪拌（かくはん）されるものだったとしたら——ここで別の仮説も立てられるんじゃないのか？

つまりこうだ。

この地を治めていた貴族の娘である『うつくし姫』は、魔女にかけられた呪いにより、その美しさゆえに、一国を滅ぼした——国民を全員、自殺へと追い込んだ。

それを悲しみ、根本的な原因となる己の美々しさを滅殺するために、自ら吸血鬼となった——ここまではいい。ここまでは仮説ではなく、童話であり、同時に歴史的事実だ。

だけど、その吸血鬼化から五百七十数年後。

呪いの無効化から五百七十数年後。

極東の島国の高校生が、その吸血鬼化を、大した覚悟もないままに解除してしまったんじゃなかったっけ？

「……えっと？　あれ？」

それってどうなる？

吸血鬼化することで効力を失っていた呪いは、キスショット・アセロラオリオン・ハートアンダーブレードが吸血鬼でなくなってしまうことで、再びその凶悪性を取り戻す？

呪いの再燃。

その理由としては——考えられないほどに必要十分である。

「まさか——僕のせい？」

「いやいや、鬼のお兄ちゃんは何も悪くないよ。ぜんぜん気にしなくっていいから。大丈夫大丈夫、平気平気」

「雑なフォローを……、え、実際のところ、どうなんだ？　魔女の呪いって、そんな風に、機械的にかかったり解けたりするもんなのか？　オンオフのスイッチみたいに……、なんとなく、もっとエモーショナルなものだと思っていたけれど……」

エモくないの？

むしろキモいの？

「僕は一応、日本のお化けだからね。式神だから。西洋の魔術への造詣（ぞうけい）は浅い……、ただ、今のところ理屈は通っている。現状、鬼のお兄ちゃんと忍姉さんが、アンチ吸血鬼ウイルスを発症していないことも含めて」

斧乃木ちゃんはあくまで棒読みだ。

通じ合えない。

少なくとも、真相が明らかになった推理小説における解決編のリアクションではない——あくまでまだ検討段階の態度を崩さない。

「つまり、原因が『うつくし姫』の呪いにあるのなら、その呪いが本人——『人』でいいね、この場合は——に跳ね返らないのは当然だ。その眷属である鬼のお兄ちゃんにも、あらかじめ免疫があっても不思議じゃない」

吸血鬼じゃないのに眷属というのはおかしな話だが、一体とも二人三脚とも言っていい僕と忍との繋がりは、忍とスーサイドマスターの繫がりよりも、そういう意味では濃厚である。

だが、とてもそれを喜べる状況じゃない。

「これも個人的な気持ちだから黙っておいたほうがいいかもしれないけれど、マジで鬼のお兄ちゃんのせいじゃないと思うよ。振り返れば、旧ハートアンダーブレードを吸血鬼じゃなくすってアイディアは、鬼のお兄ちゃんじゃなくって忍野のお兄ちゃんのアイディアなんだから。強いて言えばあのアロハのせいだ」

「僕もあのアロハにはいろいろ言いたいことはあるけれど、この場にいない人間に責任は負わせられないな……」

「その場にいて反対しなかった羽川翼のせいでもある。ほら、いじめを傍観していた奴もいじめに参加していたのと同じって言うじゃない。別にいじめっ子を選挙で選んだわけじゃなくとも」

「羽川のせいにするくらいだったら、すべての責任は僕が取るよ」

ただ、変に責任を負い、気負い過ぎるのもまずいことはわかっている——感染しない、感染させないを徹底すると、感染し、感染させたことが、まるで犯罪みたいに感じてしまうパラドックスは、嫌と言うほど学んだ。

だから――対応することである。

「忍野のせいだともつゆほども思わないけれど、しかし五百万円も払って提案してもらったアイディアでこんな目に遭うというのは、さすがに理不尽であることも確かか……、貝木じゃないが、詐欺に遭った気分だ」

「払ったわけじゃないでしょ。まあこうなることがわかっていたから、忍野のお兄ちゃんも実際には鬼のお兄ちゃんから五百万円を受け取らなかったのかもしれないね」

「だとしたら確信犯じゃねえか」

確信犯という言葉を確信犯的に誤用して、僕は考える――そもそも鉄血にして熱血にして冷血の吸血鬼を、退治せずに生かす方法を考え、僕に実行させたという時点で、忍野のやりかたは専門家として異端なのだ。

治験がおこなわれていたとは考えにくい。

僕が最初に薫陶を受けた専門家だから、みんなあんなものだと思っていたけれど、意外と臥煙さんより影縫さんより、もしかしたら貝木よりも、あいつは異端な奴だったのかもしれない。

「忍野のお兄ちゃんも、鬼のお兄ちゃんから異端って言われたくはないだろうね。『あ、そこにいたんだ』でお馴染みの鬼のお兄ちゃんから」

「誰が『あ、そこにいたんだ』でお馴染みだ」

涙の染みが消えねえぜ。

「ま、今の時点では、やっぱり仮説の域を出ないよ。一応、お姉ちゃんには報告しておくけれど……、やっぱり『うつくし姫』の呪いと、此度のアンチ吸血鬼ウイルスには、それ以外の共通点が見当たらないしね。基本的には対面しなきゃ発動しない『うつくし姫』の美しさに対し、アンチ吸血鬼ウイルスは広がりかたからして空気感染みたいだし――美しさで周囲を自殺させるお姫さまに対し、疫病は吸血鬼を干涸らびさせる」

そう言われると、確かに、違いのほうが目立つ。

共通点ばかりに目が奪われると、全体像を見失う……、どちらもマスクをつけているからと言って、新型コロナウイルスは花粉症だと考えるようなものだ。

「もちろん、旧ハートアンダーブレードが長期間、吸血鬼と化していたことによって、体内に潜伏していた呪いが変異した可能性はあるけれど。六百年にわたって変異を繰り返し、呪いが吸血鬼にしか効かなくなったのかもしれないけれど」

「混ぜっ返してくれるなよ。僕を安心させたいのか、不安にさせたいのか、どっちだよ」

「一度安心させた上で、不安にさせたい」

「性悪……」

自分の知っている範囲で物事や危機を理解しようとしてしまうのは、僕のみならず、人間のさがではある。

そんなのはたとえば、『死体城』に並べられていた大量の棺桶の中には、消滅しなかった、脱水症状によって絞られた雑巾みたいに干涸らびた吸血鬼死体が収納されていると聞かされて、神原の『木乃伊の左手』を連想するようなものだ。

両者には何らかかわりがないと言うのに。

それで神原がこの事件に何かかかわっているのだとか考えるのは、あまりに短絡的である——たとえその左手が、臥煙さんの姉に由来するものだとしても、それとこれとは無関係だ。

何でもは知らない、知ってることだけ。

羽川の口癖の要点はそこにあることを忘れてはならない。やれやれ、第一、むしろ絞った雑巾のように干涸らびた死体と言うならば、もっと別に連想する木乃伊が——

「…………」

あったな。

もっと別に、連想する木乃伊が。

吸血鬼の木乃伊が。

「……斧乃木ちゃん。『死体城』に帰ろう。今すぐ」

「うん？　アセロラ王国（仮）はもういいの？」

「ああ、観光を楽しませてもらった。そして、後生だからもうひとつ頼みがある――あのあふれんばかりの棺桶。その中身を見せてもらえないか？」

016

何より印象が強いので、すぐに神原の左手を連想してしまったけれど、すべき連想はそうじゃなかった――卒業式も入学式も体験できなかったあの後輩が、いかに僕の中で大きなウエイトを占めているのかを、こんな形で思い知ろうとは。

その神原の、更に後輩達だ。

一年前――デストピア・ヴィルトゥオーゾ・スーサイドマスターの来日にまつわる、僕の地元で起きた新たなる吸血鬼事件。

吸血鬼伝説。

僕と臥煙さんが絶縁した悲しき出来事とも言えるが、そこに注目するとまたもや思考がズレるので、そのくだりはいったん忘れて……、涙を呑んでいったん忘れて、僕の母校である直江津高校の、女子バスケットボール部員達が次々と、木乃伊化した状態で発見されたのだった。

身体中からすべての血液が抜き取られ。

血管の中には空気が流れていた。触れたら崩れ落ちそうなほどに、からからに木乃伊化してはいたが、その上で死んではいない――まるで不死身の怪異のように。

吸血鬼化の失敗――そう、臥煙さんは言っていた。

眷属になれなかった者の末路だと。

ネタバレにならない範囲で、もとい、個人のプライバシーを侵害しない範囲で述べると、彼女達は最終的には人間に戻れた——最高級の保湿クリームでも塗ったように、肌艶（はだつや）に潤（うるお）いを取り戻した。

喜ばしい限り、とは言えないのが悩ましい。

しかしながら、そうでなければ、スーサイドマスターの受ける処置は強制送還では済まされなかっただろう……、人死にのでなかった女子バスケットボール部にまつわる騒動は、その後も尾を引くのだが、それはまた別の話として、ここでの焦点は、『木乃伊化』である。

スーサイドマスターの『失敗』または『やらかし』としての木乃伊……、一方で、スーサイドマスターを軸とするアンチ吸血鬼ウイルスに罹患した吸血鬼達の、干上がった亡骸（なきがら）。

スーサイドマスター自身もあのとき、乾眠という形で木乃伊化していた。

乾いた雑巾——絞られた雑巾。

これはどうだ？　やはり、両者間に数ある違いを無視して、目立った共通点だけをピックアップしているだけか？　自分の知っている知識だけを短絡的に繋ぎ合わせて、推理している気分に浸っているだけか？

探偵ごっこの刑事気取りか？

わからない。

だが、目に見えない魔女の呪いや不可視の疫病とは違って、これについてはこの目で視認のしようがある。

百考は一見に如かず。

僕は女子高生の木乃伊をたらふく見たし。

そして消滅していない吸血鬼の木乃伊の実物は、『死体城』に積み上がっている——墓荒らしのようで、当然気分はよくないが、これは僕の気分の問題でやらなくてもよくなるようなことではない。気分が悪いからできません、は許されない。

影縫さんと同じように言うなら。

僕だって、仕事でヨーロッパにいるのだ。

……いや、ちょっと格好つけ過ぎだな。何が仕事だ、アルバイトもしたことがない癖に。一円も稼いだことがないだろう……、今から思えば、忍野への仕事料を自らの才覚で稼いだひたぎのプライドの高さは尊敬に値する。

仕送りでする一人暮らしを一人暮らしと言えるのか？

言うまでもなく、自責の念も働いている……、気にし過ぎても判断を誤りそうだし、ともすれば、何もかもが自分のせいだと思い込む行為は自意識過剰にも繋がってしまうが、それでも、もしかすると一年前の不始末が、絶滅危惧種である吸血鬼のパンデミックへと拡散したのだという可能性には耐えられない。

これは斧乃木ちゃんのフォローではフォローしきれない。

神原や日傘ちゃんとその後もあれだけ苦労して、ようやく解決したと思っていた女子バスケットボール部の騒動、ある種のクーデターが、こんな亡国に飛び火していたなんて、思いたくない。

江戸の仇を長崎で討つ、どころじゃない。ヨーロッパだぞ、ここは。

いくら長崎にオランダ坂があるからと言って。

「オッケー。そういうことであれば。つまり、一年前に見た女子高生の木乃伊と、『死体城』に安置されている吸血鬼の木乃伊を見比べてみたいってことだよね？　そんなことならお姉ちゃんの判断を仰ぐまでもなく、僕の裁量で許可できるよ」

そう言って斧乃木ちゃんは、また万歳の姿勢を取る――なんでここだけ安請け合いっぽいんだ？　どんな権限があるんだ？　ああそうか、斧乃木ちゃん自身が死体だから、墓荒らしや墓暴きをおぞましいとは思わないんだ……。

むしろそれこそ、専門分野。

こっちは木乃伊だけに、ピラミッドの盗掘の気分だというのに――相手が吸血鬼（の死体）でも、別の呪いを浴びそうだ。

善は急げとはとても言えないけれど、ともあれ斧乃木ちゃんの『例外のほうが多い規則（アンリミテッド・ルールブック）』で、僕達は『死体王国』の『死体城』へと帰還した——夜中に見ると、その外観はまた別の味わいがあったが、今はその風流に感じ入っている余裕はない。

飛行機酔いの身体を押して、架け橋を渡り、死体城の死体場へと移動し、乱雑に、うずたかく並べられた棺桶の山を前にする——こちらもこちらで、夜に見ると更に圧巻だ。

吸血鬼の棺桶だけに、僕が暴くまでもなく、すべての蓋が内側から開き、一斉に襲ってきそうな錯覚に陥（おちい）る——いくら現状、僕の肉体が強化されていると言っても、純正の吸血鬼のリンチに耐えられるほどじゃないので、内心、ブルってしまわずにはいられない。

『死体城』には、もちろん電気は通っていないから、夜の、しかも星明かりの届かない屋内ともなれば真っ暗どころか真の闇だが、それを見通せる程度の視力を有するというのが、せいぜい僕の今のコンディションである……、忍が十三歳なら、そんなものだ。しかも奴は就寝中ときている。

起こしたほうがいいかな？

いや、あいつは女子高生の木乃伊を見てはいないんだったか……、見比べるというファクトチェックができないなら、今はまだ、先入観を与えるべき局面ではない。

二重盲検って奴だ。

「ご覧の通り、棺の蓋は銀の釘で打ちつけてあるから、万が一、患者が生き返ったとしても、自力では出てこられないよ」

斧乃木ちゃんはそう言ったが、しかし、銀の釘なら、僕でもこじ開けるのは無理である——吸血鬼化で筋力もアップしているが、そういったレギュレーションの前に、怪異は無力だ。

ここは斧乃木ちゃんのパワーに頼ろう。

「それはいいけど、もしもここで、女子高生の木乃伊と吸血鬼の亡骸が、根を同じくするものだと判定されたら、どういうことになるの？　僕も、そのときはお姉ちゃんを迎えに北極まで行ってたから、女子高生の木乃伊のほうは未見なんだけど——つまり、お姉ちゃんもね——、このアンチ吸血鬼ウイルスに基づくパンデミックの主犯が、デストピア・ヴィルトゥオーゾ・スーサイドマスターだったたってことになるの？」

「いや、簡単にそういうことにはならないと思う……、容疑の濃淡で言えば、忍黒幕説よりも淡いくらいだろう」

なにせ、本人が感染している。

『うつくし姫』の美しさが、本人にとっては何の意味もなかったように、もしも主犯がスーサイドマスターであるなら、どこの誰に感染しようと、自身だけは感染しないはずだ。

「致死率ほぼ百パーセントの中、まだ存命なのはそりゃあ気になるところだけれど、でも、明らかにその命も尽きようとしているだろう。生きているんじゃなく死にかけと言うべきだ。半ば、影縫さん達に強引に延命されているだけで——」

「合点承知。ただ、呪術の世界には呪い返しっていう概念もあるからね。鬼のお兄ちゃんは知らないと思うけれど——」

「千石撫子だろ」

勢いでフルネームを口にしてしまったが、それだけでずしんと心にくるな……、これはこれで、尾を引いている呪いであり、蛇の呪縛(じゅばく)である。一生ほどけそうにない。

とにもかくにも。

「結論を予想しているわけじゃない。仮に吸血鬼達が、僕が一年前に見た木乃伊と同じ様相だったとしても、それで感染症の防止に役立つということもないかもしれないし、もっと悲惨で絶望的な結論へと導かれることになるかもしれない。それでも、気付いてしまった以上は、確認しないわけにはいかないだろう」

「そうだね。そこに異論はない」

他のところに異論がありそうな斧乃木ちゃんは、近くの棺にあっさりと手を掛けた――死体だから必要以上に死体を恐れないし、同様に、必要以上の畏れもないらしい。

僕だったら棺に触れる決意をするだけで夜明けまでかかりそうだ――釘で打ちつけられた蓋を、斧乃木ちゃんは冷蔵庫に貼られたシールでも剝がすように、べりっともぎ取った。

そして中身が晒される――果たして。

「ん……、あれ？」

「『あれ？』？『あれ？』ってなんだよ、鬼のお兄ちゃん」

「あれ、どうかなって……」

戸惑ってしまった。

僕は女子高生の木乃伊を直接間近で見ていて、なんなら手首に触れて脈を確認もしているから、違いがあるなら区別ができる、みたいなことを言ってしまったが……、いざ吸血鬼の木乃伊を目前にすると、困惑してしまった。

と言うのも、ぜんぜん違うように見えたからである。

区別できなかったからじゃなく、逆に、区別するまでもなく。

女子高生の木乃伊も、そりゃあ完全に木乃伊ではあったが、こうして見ると、あれはまだ、あれでも原形を保っていたのだと思わされてしまった――そうか、干涸らびた女子高生の心臓は動いていて、血管の中を空気が流れていたから、つまり体積としては、膨らんでいたんだ。

それに比べて棺の中の木乃伊は、その血管さえ収縮しているようで、全体的に収縮している印象である――こういう言いかたが許されるのかどうかはわからないが、より死体感が強い。

死体感が強過ぎて、逆に死体に見えないほどだった。

　博物館に展示されているかのよう。

　墓暴きがおぞましいという僕の見解は変わらないにせよ、状態がここまで至れば、むしろ冷静な目で見られる——女子高生の木乃伊を見たときとは明らかに違う。

　並べて比べているわけじゃないから、ここがこう違う、ここもここも違うという説明を逐一重ねることは難しいが、その必要を感じないほど、第一印象が違い過ぎる。

　こんなに違うと、むしろ騙されているんじゃないかとさえ思ってしまう——この棺だけで判断するのはまずいのではないか？

「あ、そうだ。斧乃木ちゃん、この吸血鬼の木乃伊……、の、プロフィールってわかる？」

「スカイランブル・トリプルアルプス・フォンダンス。通り名はない。年齢は約百二十歳ってところかな」

「性別は？」

「男性……、ああ、なるほどね」

　と、斧乃木ちゃんはこじ開けたその棺の前から移動する。

「女子高生の木乃伊と比べるならば、ドラキュリーナの木乃伊と比べないと、二重盲検の条件が違ってくるってわけだ。しかも、外見年齢が女子高生世代の……、では、ダンケビッテ三世を紹介しよう」

　ダンケビッテ三世？

　ドイツの吸血鬼かな……、でたらめに積み上げられているように見える棺桶群も、地域別や性別、あるいは症状別に、細分化されてゾーニングされているのだろうか。

　いよいよ博物館だ。

「フルネームは不明、通称『陳謝にして感謝の吸血鬼』。二つ星の吸血鬼だね」

「通り名ってそんな感じでつけられてるの？」

「外見年齢は十五歳から十七歳くらいの、女の子の吸血鬼だよ。女の子って言っても、十五歳じゃあ鬼のお兄ちゃんのストライクゾーンからは高めに外れているだろうけれど」

「その荒れ球は、二十歳の僕にはデッドボールだよ。頭部への危険球だ」

「実年齢は五十四歳くらい。新しい世代の吸血鬼として期待されていたんだけれど、闘病生活には耐えきれなかった。感染後、すぐに劇症化したと見られる」

検死の結果を述べるように淡々とそう言いつつ、斧乃木ちゃんは、当該棺桶の蓋を力任せに剝がす――人間の木乃伊でも、骨格から男女の区別はできるそうだ。

だから、もしも女子高生の木乃伊と比較するのであれば、少なくとも女性の吸血鬼であるべきなのだと思ったのは斧乃木ちゃんの指摘通りなのだけれど、しかし――僕はエジプト史学研究家じゃないからな。

大学も一点突破の数学科だ。

正直、ダンケビッテ三世の木乃伊とスカイランプルの木乃伊との区別もつかなかった……、しかしそれは、ひいてはダンケビッテ三世と女子高生達が、同じようには見えないという意味でもある。

的外れな思い込みだったか。

いつも通りの勘違いか。

危ない危ない、こんな仮説の確認を影縫さんに申請していたら、思わぬ赤っ恥をかくところだった――墓暴きまでしてこの結論はいたたまれないが、当たり前だが、一口に木乃伊と言っても、千差万別ということだ。

「そうだね。僕も死体人形だから、ゾンビと言えばゾンビであるよう木乃伊と言えば木乃伊なんだし、世の中には摩訶不思議（まかふしぎ）な屍蠟（しろう）っていうのもあるよね。ちなみに、神原駿河の『猿の左手』の木乃伊と比べたらどうなの？」

「んー……、あれは言っても猿だったからなあ」

同じ霊長類でも骨格の違いが、男女差どころではなくあるはずだ……、しかも、僕は全身像を見ていない。去年の夏休み、神原が扇くんと、木乃伊のパーツを集める大冒険を繰り広げていたそうだが……、もう一度遠出をして、確認のビデオ通話をするほどではない。

「一応、もう何体か確認しておいたら？　どうせなら鬼のお兄ちゃんの根拠なき仮説の可能性を、完全に消しておいたほうがいいでしょ」

「そんな言いかたをされている時点で、既に可能性は皆無だと思うが……、まあ、手抜かりはなくしておくか。別の閃きがないとも限らないし」

　ありえない可能性をすべて取り除いて最後に残ったものは、どれほどありえなく思えても真実であると喝破するためには、まずありえない可能性をすべて取り除かねばならない……、消去法や背理法は、思いのほか手間のかかる探偵の技術なのだ。効率が悪いと言ってもいい。だけど根性でなんとかなるところは好ましい。

　無作為サンプル検査ではないが、積み重なる棺桶をあちこちからランダムに選択し、蓋を斧乃木ちゃんをバールのようなものと定義して剝がし、その中身を確認した——念のために触れておくと、棺桶が空になっているとか、木乃伊が起き上がってくるとか、そういうスリラーな展開もなかった。

　全員、確実に死んでいた。

　伝染病に基づく、脱水症状による病死——これだけ木乃伊化していても、苦しんだことがはっきりわかる死体もあった。

「さすがに気が滅入る？　鬼のお兄ちゃん」

「そうだな……、弱音を吐くわけじゃないけれど、もう十分だろ。認めよう、僕の着想はてんで的外れだった」

「了解。これで棺桶ガチャは終了」

「発言が不謹慎過ぎる」

　剝がすことはできなくとも、蓋を元に戻す作業であれば、僕でも手伝える。

斧乃木ちゃんと手分けして、棺桶をすべて元通りに直しつつ、さてどうしたものかと、僕は考える——いや、僕は探偵ではなくモルモットなのだから、そもそも考えたりしなくてもいいんだけれど……、モルモットの考え、ハムスターに似たり。僕は専門家じゃないのだから。

感染症の専門家でも怪異の専門家でもない。

強いて言えば児童虐待の専門家である。

「そう言えば……、不死身の怪異の専門家が今このときもどんな議論を交わしているかは知らないけれど、この大量の木乃伊は、最終的にはどうするんだ？　ここにずっと安置しておくわけにもいかないだろうけれど……、吸血鬼って、埋葬してもいいものなのか？」

「ん。そうだね。こうして緊急避難的に、一旦は一ヵ所に集めているけれど、葬儀となると、国ごと、地域ごと、家々ごとにそれぞれの様式もあるから、ひとまとめにはできないよね」

「じゃなくって」

吸血鬼は、供養というよりも退治される妖怪変化であって、だから棺桶はあってもお墓はないのでは……？

ゾンビはお墓から蘇ってくるイメージだけれど、あれはまあ、供養というよりは誕生という場面のはずだ。

影縫さん達はここに積み上がった棺桶を、最終的にどうするつもりなのだ？　どうしたら、吸血鬼を弔（とむら）ったことになる？

火葬？　水葬？　樹木葬？　鳥葬？

宇宙葬っていうのも、最近はあるが……。

いくら星が綺麗だからと言って……。

僕がもしも海外で死んだらどうなるんだろうというのは考えたけれど、実際に死んだ吸血鬼達は……。

「それこそ、それぞれに様式があるでしょ。もっとも、縄張り意識の強い吸血鬼はコミュニティを持たないから、それぞれと言うよりはおのおのなのかな。

眷属ごとにあるんじゃない？　風習みたいなのが」

忍姉さんから聞いたことないの？

と言われたら、僕には思い当たる節があった……、
あれを供養と言っていいのかどうかは迷うところだが、キスショット・アセロラオリオン・ハートアンダーブレードの第一の眷属である死屍累生死郎が、消滅するそのときである。

忍は。

喰った。

「……だから、鳥葬って言うのが、近いと言えば近いのかな。現代に復活した死屍累生死郎が、自我を保てなくなり、この世から完全に消滅する前に、忍は自分の中へと取り込んだ——腹の中に、心の中に。エナジードレインであり、吸血行為であり、だけどあれは何より、供養だったんだと思う」

「そう言えばあったね、そんなこと。えぐいと言えばえぐいけど、でもまあ、それが供養だって言うのは、文化的にはないでもないよ——特に、日の光を浴びたら消滅するような頼りなくも儚げな怪異を、己の中で生かし続けるというのは、情けと言えば情けだよね」

情け——ではあったのだろう。

少なくとも非情ではなかった。

ただ、そのとき死屍累生死郎を食べたことが、後々の展開に繋がっていったことも忘れてはならない——何が因果になるかわかったものじゃないが、忍が第一の眷属を喰ったことは、ペアリングされている（元）第二の眷属である僕にも少なからず影響を与え——

「……じゃあ、忍はスーサイドマスターがこのまま死んだら、あいつの死体を喰うのかな？」

「そうなんじゃない？　厳密な眷属関係にはなくとも、盟友だって言ってるんだから——死屍累生死郎を喰って、スーサイドマスターを喰わない理由はないでしょ。だって、もしもそれが眷属内での作法だと言うならば、元々はスーサイドマスターから継承

した弔いかたなんだろうから」

そういうことになるのか。

じゃあ、逆に忍の身に万が一のことがあれば、スーサイドマスターは忍を食べることで供養するわけだ……、偏食家で拒食症の吸血鬼は、忍だけなら食べられるのだから、尚更である——ちょっと、いや、かなり受け入れがたい。

抵抗しかない——が、止めづらいのも確かだ。

こんなところにまでついてきておいてなんだが、あのふたりの関係には口を出せないと感じている僕がいる。

でも、感染症に冒された今のスーサイドマスターは、忍すらも食べられないのか……、複雑だ、ます ます。

「大丈夫だよ。心配しなくとも、鬼のお兄ちゃんがもうすぐ死んだら、きっと忍姉さんは、同じように食べてくれるから」

「僕がもうすぐ死ぬことが確定事項みたいに言っている」

ぜんぜん大丈夫じゃないだろ、それ。

と言うか、まさしくパラレルワールドでそういうことがあった結果、世界が滅んだことを返す返す失念してはならない。

食事がそのままエネルギーに変換されることを思うと、スーサイドマスターの死骸を食べることを止める口実ができた思いである。

「あんなカラカラなスーサイドマスターにエネルギーが残されているとは思えないけれどね。むしろ、忍姉さんが盟友の死骸を食べることによって、確実にアンチ吸血鬼ウイルスに感染しそうだ」

だったらそれが止める口実のふたつ目だ。

死骸と言うとあれだけれど、肉や魚など、食べ物から疫病が広がるというのは、極めて一般的な感染ルートである。

「鬼のお兄ちゃんは、どう？　忍姉さんが死んだら、忍姉さんを食べちゃうの？」

「いやいや、食べちゃいたいくらい可愛い幼女だとは思っているけれど、それもやはり生きていてこそだろう」

「鬼のお兄ちゃんが死んじゃうよ。その失言で」

「ふっ。言葉を失っているのは果たして僕かな、斧乃木ちゃんかな？」

「お互いさまだね」

お互い、墓も作られない。

斧乃木ちゃんがそう締めくくったところで、棺桶の修理も終わった——まあ、あーだこーだ勝手を言ったけれど、結局はそれぞれの吸血鬼が、それぞれの葬られかたをするのだろう。

そこは個性だし、好みだ。

現実的には世界の専門家連合が、これらの珍しい実存する吸血鬼の亡骸を、研究サンプルとして解剖し続けることになるのかもしれないが……、吸血鬼の『葬儀』に口を挟めないのなら、専門家の『専門』にだって口を挟むべきではなかろう。

やれやれ。

僕も大人になったものだ。

「せめて僕なりの供養として、この山積みの棺桶をもっと整然と並べ直しておこうかな。神原の部屋で鍛えられているぜ」

「やめておいて。お姉ちゃんなりにこれで完成された山積みだから」

片付けられない人の言いそうなことだ。

ボールルームをモルグにされたこの有様を、かつての『死体城』の執事が見れば、卒倒するんじゃないかな、などと僕は思った——えっと、トロピカレスクだっけ？　トロピカレスク・ホームアウェイヴ・ドッグストリングス？

この城で、『うつくし姫』に殺された吸血鬼。

……ということは、彼もまた、その際、スーサイドマスターに喰われて供養されたのだろうか？

「…………」

ということは？

017

生き物は食べ物でできている。

たとえばザリガニに鯖を食べさせ続けると、その甲殻は青色になるそうだ……、河豚の毒は、生来的に体内に含有されているわけではなく、有毒のプランクトンを食べ続けることで、内臓にテトロドトキシンが蓄積されるのだとか。

人間もそうだろう。

もちろん限界はあるにしても……、魚介類を多く食べたから泳ぎが得意になることはないし、鶏肉を食べたから空が飛べることもない——鶏はそもそも空を飛べないし。それでも、食べたものは、動物だろうと植物だろうと、生物だろうと無生物だろうと、エネルギーになる。

どんな食事もエナジードレイン。

金箔を食べたら豪勢な気分にはなる。

たとえ味がしなくとも。

食生活、食文化、栄養バランス、蛋白質、甘味、フルーツ、スイーツ、炭酸飲料、アルコール、発酵食品、偏食、保存食、カロリーオフ、糖質カット、狩猟、漁業、菜食主義、調味料、さしすせそ、宇宙食、断食——飢饉。

食人。

人がそうなら、吸血鬼もそうだ。

食うか食われるか——食べることこそが供養であるという考えかたは、斧乃木ちゃんの言う通り、確かに珍しくはあっても特殊なものではない。

極論、僕だって食事の際には『いただきます』と言う——命をいただきます、と。そしてテーブルの上に料理を残すことは、命への冒瀆であると教えられてきた。

食べ物を粗末にすることは命を粗末にすることで、

食べ物で遊ぶことは命で遊ぶことなのだと、そう躾(しつ)けられてきた——道徳心の育(はぐく)みのようでいて、同時に、自分達が他の生き物の命を食べねば生きていけない生き物であることを骨の髄まで教え込まれているとも言える。

そんなことはとっくに、なんなら高校生の頃にだってわかっていた。

食べなければ死んでしまうぞ？

しかし、とぼけた顔でそんなことを言うキスショット・アセロラオリオン・ハートアンダーブレードを、僕は受け入れることができなかった——喰うことを、敬意であり、感謝でもあると、そう受け止めることができなかった。

あの春休み、身体の隅々(すみずみ)まで吸血鬼と化しながら、阿良々木暦はこう言った。

僕は人間なんだよ。

だが、あのときこう返されていたらどうしただろう。

人間だから？

「ん？　どないしたん、阿良々木くん。今は夜行性なんか知らんけど、いつ発症するかわからんねんから、妹ちゃん達とのリモート会議が終わったんなら、休めるときに休んどいたほうがええで。好きな部屋使ってええから」

「ええ。斧乃木ちゃんには休んでもらってます。またあちこち酷使しちゃいましたから」

「誰の式神やわからへんな」

棺桶の間での検分を終えた僕は、斧乃木ちゃんと別れて、そのまま『死体城』の書庫へと進路を取った——休んだほうがええでと僕に勧めながら、影縫さんは影縫さんで、えらく夜更かしである。

考えなくてはならないことが多いのだろう。考えなしの影縫さんとて。僕達が来たせいで、課題が倍増していることも間違いない……、解決への道筋を示すどころか、これじゃあわざわざ日本からやってきた厄介者である。

そこに来て、またこうして悩みの種を持ち込もうとしているのだから、僕もつくづく進歩がないようだ。

だからと言って、歩みを止めない。

馬鹿も休み休み言わない。

「すみません。夜行性とは言え、時差ボケと長時間フライトで、頭は結構ふらふらなんですけれど、それでも休む前にひとつだけ、影縫さんに相談したいことがありまして……」

日本時間では今何時頃なんだろう、もう『明日』だろうかとかなんとか考えつつ、僕は影縫さんから見て斜向かいの位置に座った。

これは既に癖になっている、新型コロナウイルスの対策である。こういうシーンでも忘れるわけにはいかない。

「何や？　単位の効率的な取りかたについて？」

それ、すごく興味がある。

まさかこんなリモートな事態がこうも長引くとは思わず、滅茶苦茶な時間割を申請してしまったんだ、僕は。

でも（当然だが）僕のお悩み相談はそれじゃあない。

相談と言うより、これは怪談だ。

「遠慮せんでもええねんで？　リモート授業のノウハウはさすがに知らんけども、うちのメソッドを使うたら、一ヵ月くらいの遅れはすぐにでも取り戻せる——」

「ところが、ひょっとすると明日には帰国できるかもしれないんですよ。僕も、影縫さんも。もしも僕の考えが正しければ」

影縫さんが「明日？」と顔を起こす。

正直なところ、『明日』は言い過ぎだった。そもそも、何が『僕の考えが正しければ』だ——僕の考えが正しかったことなど、これまで一度でもあったか？

せめて『僕の悪い予感が当たっていれば』である

——これなら百発百中だ。

「ええやん。はったりの効かせかたとしては、まず上等や」

「ぜんぜん的外れかもしれませんし、とっくに専門家間では検討済みの発想かもしれません。なので、影縫さんに採点してほしくて。聞くだけ聞いてもらえますか」

「もちろん。うちかて、そろそろ日本食が恋しくなっとう。……納豆ちゅう洒落やのうてな」

取り繕うように言う影縫さん。

いや、別にそこを取り繕わなくても……、関西だとあんまり食べないって言うよな、納豆。

食べない、か……、好き嫌い。

「えっと……、どこから話したものか。僕もまだ、思いつきを整理できてなくて」

「どこからでも。整理はこっちでするわ」

頼もしい。

斧乃木ちゃんともども、パワーキャラに見せかけて、実は意外と論理的だ——力ずくのプランを考えてばかりの僕は、見習うべきところがあまりにも多い。

咳払いをひとつしてから、僕は切り出した。

「影縫さんは『うつくし姫』の伝説については、どれくらい把握していますか？　斧乃木ちゃんは、あんまり知らなかったみたいなんですけれど」

「うちもよう知らんな。本人から事情聴取したわけやないし」

僕も、そこまできちんと聞いたわけではない。忍にとって、よく覚えていない以上に、あまり話したいことでもないのだろう——僕が知っているのは、たまたま、『鏡の世界』に迷い込んだり、天国らしき場所で『本人』から話を聞けたりしたからだ。

イレギュラーである。

なので僕は、まずはそこから説明し、アンチ吸血鬼ウイルスと『うつくし姫』の呪いの共通点についてプレゼンした——当初は斧乃木ちゃんに任せるはずの報告だったが、やはり発案者として、自分で説明したほうがいいだろう。

今となってはあくまでこれは前段なのだから。

「ふうん。『滅亡』っちゅうワードが通じとるのはわからんくもないし、まるっきり無関係と見做すのもどうかって感じやな。『うつくし姫』の呪いが、怪異の王・ハートアンダーブレードの旧ハートアンダーブレード化によって再燃したっちゅう仮説も、それなりに説得力があるわ——ただし、それだけやったら、単位はやれたとしても、優や良ではないな。甲や乙でもない」

いつの時代の大学生だよ。

寺子屋か？

「余接も指摘したやろけど、違いのほうが大きいわな。特に、感染経路の違いが——それとも、実際には『うつくし姫』の呪いは、噂話を聞いただけでも自殺したくなるほど、強力で強毒なもんやったんかな？」

「広範に一国以上が滅んでいることを考えればその可能性もありますが、仮に呪いの再燃だとしても、そのまんま、『うつくし姫』の呪いが蘇ったのだとは僕も思いません。斧乃木ちゃんが言うところの変異は、確実に起こっていると思われます」

怪異の変異。

それこそ噂話だけに、伝言ゲームのように変わり果てていくことは避けられない——六百年前の吸血鬼と、現代の吸血鬼が、まったく同じではないように。

どんな伝統芸能も、起源と比べれば同じではない。

話題のアマビエだって、元々はアマビコだったと言う。

伝言ゲーム——伝染ゲーム。

「そもそも、確かに僕には忍をサイズダウンさせた責任がありますけれど、あいつを吸血鬼ではなくしたと言っても、人間にまで、ましてお姫さまにまで戻したわけじゃありませんから。言い出しっぺがちゃんと分析すると、呪いが再発するかどうかは相当怪しいです」

聞く限り、美しさを基準に発動する呪いだ。

金髪幼女になることで、忍が美しさを取り戻したかと言えば、そんなことはまったくないと断言したら相棒への配慮に欠けるかもしれないけれど、むしろ自堕落で怠惰でサボりがちでごろ寝で寝起きで天邪鬼（あまのじゃく）でなまけ者でわがままでこもり気味な甘えんぼになったくらいである。

美しいと言うなら、吸血鬼時代のほうが、よっぽど美しかったくらいだ——目もくらむほど、血もたぎるほど、背筋も凍るほど、美しい鬼だった。

「僕の経験上——リアルには経験していない鏡の中や天国でのことですが——『うつくし姫』の美しさって言うのは、外観はもちろんのこと、しかしその内面のことを示していたと思うんですよね」

「はは。美少年探偵団やな」

影縫さんは笑う。

なぜここで笑う——美少年陣営？

「義理もないのにフォローすると、旧ハートアンダーブレードは、むしろ望んで自堕落になったっちゅうことかな。つまりスーサイドマスターに血を吸われて吸血鬼になったんも、昇格と言うよりは堕落やったわけや。呪いの無効化は、今をもってしても有効——ほんで？　阿良々木くん。自分の仮説を自分で潰してどないするんか、この先が楽しみやわ」

「そこなんですよ。僕のマッチポンプは恒例行事ではありますが、忍……、と言うより、アセロラ姫は、スーサイドマスターに吸血されることによって、魔女の呪いから解放されたわけです。一見、童話のエンディングのようでもあるんですけれど……、これって、吸血された『うつくし姫』はそれでいいとして、吸血したスーサイドマスターのほうは無事で済むんですかかね？」

「ん？」

「僕は忍が、喰った怪異や喰ったエネルギーを、我が物とするのを何度も見てきました。中でも、一人目の眷属である死屍累生死郎を喰って、その後、大変なことになったのはご承知の通りです——食べた怪異をエネルギーとして取り込むことで、影響を受けるし、影響を振りまきます」

その影響は悪影響かもしれない。

死屍累生死郎で言えば、あの眷属もエナジードレインで、神原の左手から影響を受けていた——猿の木乃伊から。

そもそも、自殺したはずの死屍累生死郎は、そうやって現世に復活したのだ——北白蛇神社の境内で、怪異の欠片を貪り食いながら。

それが最終的には忍野扇を生んだ。

「……着地点がまだ見えんな。旧ハートアンダーブレードが怪異の王として、食べたエネルギーを我が物とできるちゅうのは知っとるし、吸血鬼っちゅうんは元よりそういう存在であり、非存在でもあるけれど、それがどないしてん？」

「忍にできることなら、スーサイドマスターにもできるでしょう。と言うより、それを避けることができないでしょう。つまり——今日とか去年とかの話じゃなくって、六百年前の時点で、『うつくし姫』の呪いは、アセロラ姫からデストピア・ヴィルトゥオーゾ・スーサイドマスターに移行したんじゃないでしょうか？」

移行。

つまり——伝染である。

「お訊ねしたいのは、まずはここです。忍は吸血鬼となることで呪いから解放されたけれど、スーサイドマスターはその代償として、解けない呪いを我が身に受けた。この仮説には、どの程度の信憑性がありますか？」

スーサイドマスターは『うつくし姫』を食べることで、『うつくし姫』以外を食べられない偏食家になった——しかしここで言う影響は、そんな好き嫌いでは片付かないアレルギーや、あるいは毒素の悪影響だ。

「大いにありうる。そうならんほうがおかしいくらいや——それだけ凶悪な呪いを、ひとりの吸血鬼が消化できるとは思えへんしな」

　いわゆる消化不良や、と影縫さん。

「ただし、そこで終わりやったら、その仮説も消化不良やな。結局、魔女の呪いは移行したかもしれんけども、スーサイドマスターの内面では、滅亡の呪縛は発動せえへんやろ。あいつの内面は、お世辞にも美しいとは言われへんで」

「でしょうね」

　でしょうねと同意してしまうのもどうかと思われるけれど、去年の春にちょっと話しただけの印象で言わせてもらえれば、スーサイドマスターのハードでクールな性格は、あまりお近づきになりたい感じではない。さすがに玉座の病床ではその尊大さは削がれていたけれど、盟友になれるのは、同じくらい尊大な忍だからだ。

　今であれなら、全盛期にどんな性格だったのか、想像してあまりある。

「……もっとも、『うつくし姫』を吸血する行為は、イコールで自殺行為だったでしょうから、まるっきり美しくないとは言えませんが」

「意外やわ。阿良々木くんって、自己犠牲が美しいって思うタイプなん？」

「いえ、むしろ醜いと思うタイプですかね」

「自己嫌悪やん、それ」

　痛いところを突くな。

　正拳突きより痛い。

「突っ込みどころは他にもぎょうさんあるけど、その辺はあとで詰めるとして、ひとまず話を進めよか。『うつくし姫』の呪いは六百年前にスーサイドマスターに移行した。そんであいつの体内で、発動することなく眠っとった。疫学的に言うなら、潜伏期間やな。六百年の潜伏期間——そういう天文学的な尺度のウイルスもあるやろ。人間で言うたら水疱瘡ウイルスの帯状疱疹(たいじょうほうしん)かな。ほんで？　それが今になって発動した理由と……、あとは、変異した理由やろがい」

「ええ。これも斧乃木ちゃんにも指摘されましたが、死にかたが違いますよね。あまりの美しさに当てられて自殺するのと、脱水症状で干涸らびて死ぬのとじゃあ。マイナーチェンジでどうにかなりそうな感染経路のほうはまだしも、これは単純な変異じゃあ説明がつきませんよね」

「優秀な式神や。優をやらな」

　なんと、斧乃木ちゃんが単位を……、何大学に通っているんだ、あの子は。

　飛び級か？

　飛沫感染のウイルスが変異して、空気感染になることは、素人考えながらありそうだし、新型コロナウイルスに関しても、その事態がもっとも恐れられる可能性のひとつだと思われるが——しかし、症状そのものがまるっきり変わってしまうとなると、ただごとではない。

　仮説が間違っているとしか思えない変異だ。

「最初は、スーサイドマスターの訪日が影響しているんじゃないかと思ったんですよ。あのとき、女子高生が大量に木乃伊化したじゃないですか。他ならぬスーサイドマスター自身さえ。それと、今回、ヨーロッパ中の吸血鬼が干上がったことには、何らかの関係性があるんじゃないかって——吸血鬼が、吸った血液から影響を色濃く受けるというのであれば、女子バスケットボール部の鬱屈した面々に、染め上げられていてもおかしくはない」

「ありそうな話やん」

「そう思いました。ですから、斧乃木ちゃんに協力してもらって、モルグの棺桶を暴きまくったんですけれど——」

「ほんまに誰の式神やねん、あいつは。ちょっと前まで、撫子ちゃんの式神みたいにあくせく働いとったし」

「——女子高生の木乃伊と吸血鬼の木乃伊は、その干涸らびかたがまるで違いました。もちろん、日本の女子高生とヨーロッパの吸血鬼じゃあ、体質も骨格も違うでしょうけれど、それでも、同じルールに従って木乃伊化したとは思いにくいです」

「そこは正直、専門の検死官に確認して欲しいところやけどな。阿良々木くんの素人判断やなく」

「いえ、この一点に限っては、専門家でもわかりにくいかもしれません。専門家のほうがわかりにくいかも」

「？」

影縫さんは首を傾げた。

いけない、これは説明が足りなかった——同時に、説明しにくいところでもあった。僕のような素人のほうが、専門家よりも判断力があるような物言いに聞こえてしまったのだとすれば、不遜にもほどがある。

「じゃなくて……、その違いは、両方の木乃伊を見れば誰にだってわかることなんです。だから、この件には僕の母校の女子高生は関係ありません。少なくとも表面的には……、ただし、スーサイドマスターの内部で、六百年間沈黙を保っていた魔女の呪いが発動したきっかけが、盟友を訪ねての来日であることは、タイミング的にほとんど間違いないと思います」

ついでに言えば、ついでに言うようなことでもないが、スーサイドマスターの衰弱が、キスショット・アセロラオリオン・ハートアンダーブレードの奴隷化から連動しているという仮説も、変わらず有力なままだ。

真祖の真意はわからないけれど、『もうすぐ寿命だ』と考えて、死ぬ前にかつての友に会うために日本に来たのだとすれば、ことの遠因が僕にあることに心を痛めずにはいられない。

僕が忍を助けたこと——僕が忍を助けなかったことが遠因ならば。

「ふむ。ほな、旧キスショットとの六百年ぶりの再会自体が、呪いの再発動のトリガーになったっちゅうことか？　呪いの出典元との邂逅(かいこう)が――」

「その可能性は高いと思います。忍と『対面』することで、呪いが励起(れいき)したという可能性は――だけど、それだけじゃあやっぱり、変異の説明がつきません。もしもヨーロッパ中の吸血鬼が切腹しまくり始めたというのであれば、これで解決したとも言えたんですが」

「解決どころか混沌やろ、そんな状況。日本文化がとんでもない方向に広まっとる」

「だから、おそらく他の要素が絡んでいるんですよ。日本文化の女子高生ではないにしても――そこまで考えてようやく気付いたんですけれど、スーサイドマスターが『うつくし姫』を吸血したときに、ほぼ時を同じくして、決死にして必死にして万死の吸血鬼は、別の存在も口にしているんですよね」

「別の存在？」

「別の非存在。トロピカレスク・ホームアウェイヴ・ドッグストリングス」

　第一の、そして唯一の眷属。

　この『死体城』の執事。

「『うつくし姫』しか食べないと決めていたはずの腹の中に、執事を迎えている。『うつくし姫』を殺そうとして、逆に殺された吸血鬼の亡骸を、スーサイドマスターは食べることで供養しているはずなんです」

「……しとる、やろな。それで？」

「でも、供養したからと言って、成仏できるとは限りませんよね？　いえ、吸血鬼がそもそも成仏できるのかどうかは定かではありませんが……、いくら立派なお葬式を開いてもらっても、現世に思い残すことがあれば、迷っちゃいますよね」

　迷子の神様、八九寺真宵がそうだったように。

　供養でも祈禱(きとう)でも、葬れない想いはある。

　弔えない死体はある。

「まして『うつくし姫』の呪いで殺されたとなれば、悔いが残らないはずもありません。特に、僕なんかとは違って、あるいは死屍累生死郎とも違って、トロピカレスクは主人に忠実な眷属だったことでしょうから——主人よりも早く死に、供養の手間をかけてしまったことを、申し訳なく感じたかもしれませんん」

その辺りは想像するしかない。

人間の倫理観では計れないし、計り知れない——仕える主人に喰われることを、どのくらい本望に思うのか。

どのくらい光栄に思うのか。

「ただ、確実に言えることとして、食べ合わせは悪かったはずなんです」

「食べ合わせ？」

「ヨーロッパ風に言うなら、マリアージュ、でしたっけ……、ほら、西瓜と天麩羅とか、鰻と梅干しとか……、そういうの」

「やとしたら、マリアージュはまるっきり逆やで。つまり、一緒に食べたら体調を崩すような献立ってことやな？」

そう——まあ、西瓜と天麩羅に関して言えば迷信の類だが、実際、それぞれで食べたら無害でも、一緒に調理したり、合わせて食したりすることで、有毒化とまではいかなくとも、とても食べられたものではない味へと変化することはある。

変化。変異。

「食事の席が安全じゃないのは、感染症の現場に限らないってことです——おいしいからって犬にチョコレートを食べさせちゃいけないとか、猫にタマネギは駄目だとか、そういうのもあります。赤ちゃんに蜂蜜が駄目って言うのもありましたね」

「おじいちゃんおばあちゃんにお餅とかな」

それはちょっと違うような……、いや、同じと言えば同じである。

トロピカレスクは、眷属でもあるわけだし、それ自体ではチョコレートでもタマネギでも、蜂蜜でもお餅でもなかっただろうが、しかし——『うつくし姫』との相性は最悪だった。

合うわけがない。

殺そうとし、殺された関係だ。

そしてその両者が、同日のうちにひとりの吸血鬼に飲み食いされた——ぺろりとおいしくいただかれた。

腹の中で一緒くたにされる、眷属と呪い。

これが心穏やかでいられようか——死んでも死にきれないし、供養されても供養され切れないし、成仏しようにも迷わずにはいられない。六百年にわたって、鬱屈するなというほうが無理がある——

「……つまり、スーサイドマスターが旧ハートアンダーブレードと遭遇したことが呪いの再発動のきっかけになったと言うより、スーサイドマスターの体内に潜伏するトロピカレスクが、恨み骨髄の旧ハートアンダーブレードと再会したことにより、発動条件を満たしたたっちゅう裏話なんか？」

「それだと、呪いが大きく変異する条件も揃うと思うんですよ。単一のウイルスだけが、単一の体内で増殖を繰り返す、コピーミスに基づく変異よりも、格段の変異が起こるでしょう——新型インフルエンザのウイルスって、そんな風にできあがるんじゃありませんでしたっけ？」

ざっくり説明すると、ヒト型インフルエンザとトリ型インフルエンザが豚の体内で混ざって、新型インフルエンザが誕生する……、みたいな経緯だったはずだ。

盟友である『うつくし姫』の呪いと、執事であるトロピカレスクの忠誠心が、スーサイドマスターの胃で、どろどろに溶かされ、概念として融合したならば——まったく違う、しかし滅亡を招くおぞましい何かが生まれ得るんじゃないかと、僕はそう訊きたかったのだ。

とんだトロピカルジュースだ。

女子高生の影響力はすさまじい。事実、日本のブームはそうやって形成される——だから僕の思考はそちらに引っ張られた。だが、不遇の死を遂げた眷属の影響力は、あるじである——宿主であるスーサイドマスターにとって、それを上回って余りあるんじゃないのか？

「魔女の呪いは再燃したのではなく、新生したんじゃないかって——それなら、日本で広まらずに、ヨーロッパへの強制送還後に発症したことへの説明もつくと思うんです」

まあ、今の日本に吸血鬼がいるかどうかは置いておくとして……、少なくとも、僕や忍に、この一年、発症の気配はなかった。

「感染から発症までのタイムラグっちゅうことか。どうやろ……、うまいこと説明がつき過ぎて、むしろ懐疑的になってまうっちゅうんが正直なところやけど……」

影縫さんは慎重にそう言った。

こんな素人考えのパッチワークを一蹴せずに、あるいは一笑に付さずに、そうやって一考してくれるだけでもありがたい——もっとも、この先の素人考えも、そうやって検討に値すると思ってもらえるかどうかは不安しかない。

「リニューアルの理由はその食べ合わせによる食中毒——による強毒化説を採るとして、人間やろうと吸血鬼やろうと、動物やろうと植物やろうと、魔女やろうと国土やろうと、一切合切区別なしに自殺に追い込んだ『うつくし姫』の呪いが、吸血鬼を干涸らびさせ、木乃伊化させる呪いに変異した方向性の理由は？」

生物とは定義されないウイルスに意志はなく、まるで嫌がらせみたいな動向を取る新型コロナウイルスにしたって、決して人類に闘争を仕掛けているわけではないし、ましてあくどくも人類を滅亡させようと企んでいるわけではない——疫病はあくまで疫病であって、敵ではないのだ。

同様に、進化に意図は働かない。

ちょっと食べ物まで口が届かないから首を伸ばそうかとか、鼻を伸ばせば便利だなとか、そんな理由で進化は促進されない――残酷に適者生存の法則があるだけだ。

ただし。

逆に言えば、意志があり、意図が働けば、進化はコントロールできるということでもある――遺伝子組み換え植物がそうだし、愛玩動物や家畜の品種改良を例にあげるまでもなく。

食べ物まで口が届かないから指でつかんで持ってくるとか、二足で歩いて取りに行くとか、そういう進化は、一定の方向性を持っている。

そしてこの場合――あるし、働く。

呪い自体は条件が整えば自動的に発動するとしても、同時に食されている眷属の意志は、地縛霊のように明確にあるし、そして意図は、あるじの中で忠実に働く。

執事のように、執拗に。

その遺志はある――遺伝子のごとく。

「トロピカレスクが魔女の呪いをいいように使って、この世の全吸血鬼を滅亡させようとしたって言うんか？　自分が殺された腹いせに？　どんな強固な怨念やねん」

「そういう『幽霊』も『蛇』もいるでしょうけれど、腹いせだったら、そこまで強力な呪いにはならなかったと思うんです。もしも、トロピカレスクに死んでも死にきれない悔いがあったとするなら――それは、殺されたことではなく、殺せなかったことでしょう」

「――旧ハートアンダーブレード、否、『うつくし姫』を、殺せなかったことを」

それとて恨みではあるまい。

怨恨でもなければ怨念でもない。

忠誠心だ。

あるじが呪われた姫と友好を結ぶことを、眷属として、執事としてよしとできなかった――だから殺そうとして、ゆえに返り討ちにあった。

己を殺した呪いそのものと、あるじの体内で融合できたなら――執事はその呪いのエネルギーをどう使う？

どの方向に向ける？

誰と会ったとき、潜伏する呪縛は覚醒(かくせい)した？

「全吸血鬼を滅亡させたかったんやのうて――死んでなお、旧ハートアンダーブレード……、金髪幼女の忍野忍を殺そうとしたんか」

「ええ。忠誠心で」

僕にはまったくなかったものだ。

おそらく、死屍累生死郎にもなかった。

だからその気持ちがわかるとは絶対に言えないのだけれど――だけど、その気持ちを、こう表現することくらいなら許されるだろう。

なんて。

なんて美しい忠誠心だと。

「……一瞬、阿良々木くんの巧みな話術で納得しかかったけど、実際には殺せてへんよな。またしてもっちゅうんか……、他の吸血鬼をばんばん殺すばっかりで」

「すみません、むしろ説明下手でした。進化の方向性って言っても、結局、運任せみたいなところはありますしね。そうそううまくいくわけでもないんです」

意志を持って、進化に失敗することもある。

僕なんて、大学生活から生まれ変わるんだとあれこれ策を弄したけれど、世の中が激変し、リモート授業が当たり前になったことで、友達百人計画は烏有に帰した。

この先、待ち構えるであろう過酷な就職活動もどうなることやら。

進化してしまったことで、逆に生き残れずに滅亡した生物がいったい、どれほどいることか……、生物ならぬ化物だって。

「先述の通り、呪いが発動する頃には、既に忍のいる日本から、あるじはヨーロッパに強制送還されていたわけです。だからこその空気感染……、エアロゾル感染なのかもしれません。吸血鬼が霧になれることを思うと」

　いまや懐かしいエピソードとの戦いを思い出しながら、「ここから先は、完全に僕の想像ですが……」と僕は言う。いや、ここまでだって、全部が全部、想像の産物でしかないのだが、改めて僕はそう前置きした。

「強制送還で、ターゲットとは二メートルどころか地球半周分のディスタンスが取られてしまっても、それでも発動した呪縛は、忍ひとりだけを狙い続けた。執拗なまでに——感染は拡大した。地球の裏側まで到達するために」

　吸血鬼から吸血鬼へと感染する疫病。

　ヨーロッパを中心に広がって——広がって広がって広がって——パンデミックの末に、極東の島国に辿り着く。

　ならば、エアロゾル感染ならぬ。

　ヴァンパイア感染と言うべきだ。

「吸血鬼にしか感染しない伝染病なのは、彼ら彼女らはターゲットではなく、中継地点であり、基地局であり、トランジットであり、触媒だからでしょう——吸血鬼は、地球の裏側まで到達するための交通手段でした」

「交通手段。つまり、吸血鬼を媒介として広がるベクター感染症がアンチ吸血鬼ウイルスの正体か。しかし、せやったら尚更、人類にも感染したほうがええやろ。トランジットの最終的な目的地が旧ハートアンダーブレードなら、吸血鬼が発症する伝染病なんは当然としても——人類の交通手段を利用せん理由はない」

「ええ。日本では、ヨーロッパでパンデミックを起こした印象の強いペストだって、元々は世界的な交易によって、欧州に密航した細菌であるように」

新型コロナウイルスがかように世界中に伝播したのは、航空機の発達による人類の更なる国際化、グローバル化が肝にある——感染地域の拡大の猛スピードから、新型コロナウイルスはすさまじい感染力を持っているように思われがちだが、実際にはそこが飛び抜けているわけでもない。にもかかわらず、ペストやコレラや天然痘と言った歴史上の感染症とは比べられない速度で、さながら欠かせないインフラのように普及した。

千年後の感染症は、恐らくロケットや宇宙エレベーターを利用し、瞬時に火星まで至ることだろう——だから、もしもアンチ吸血鬼ウイルスを世界的に、しかも効率的に拡散したかったのであれば、人類をトランジットさせるのがもっとも理に適っているに決まっている——吸血鬼以上のテリトリーと、行動範囲を持つ人類を採用すべきだ。

「……ただ、その交通手段は満席でした。変異が追いついた頃には」

「ああ——ウイルス干渉け？」

僕は頷いた。

いや、実際に新型コロナウイルスが蔓延しているから、人類が呪いの乗り物として機能しないかどうかは、科学的な検証のしようがないことだ——僕や忍、あるいはヴァンパイア・ハーフのエピソードのような、希少なモルモットが、そうそういるとも思えないし。

ただ、実際にウイルス干渉が起こるかどうかは、この場合、関係ないのだ。

一足先に新型コロナウイルスが世界中を席巻したことによって——人類の国際化が、移動が、不要不急の外出が、一斉に一時停止された。

ロックダウン。

法的な意味でのロックダウンのない日本でも、県境を越える移動の自粛までが要請されたことは記憶に新しい——それでも完全に感染を止められるわけじゃあないが。

　しかし、アンチ吸血鬼ウイルスが地球の裏側まで到達するのに、人類という乗り物は、とても最短ルートとは言えなくなった。

　むしろ、新型コロナウイルスにはまず感染しない――これは理論的に証明できる――吸血鬼のみに感染経路を限ることが、ウイルスのカロリーからして極めて合理的な、意志のあるコース取りとなるわけだ。

　渡り鳥や――蝙蝠よりは。

「どうして脱水症状で、なぜ木乃伊化するのかまでは、とうとう到らない考えが及びませんでしたけれど――」

　そちらも何か理由はあるのだろうが、トロピカレスクの無意識や深層心理、個人的な嗜好が絡んでいるのだとすれば、謎として残すしかない。あるじであるスーサイドマスターは、食中毒に陥った際に乾眠するという性質があったが、あれはまた独自のルールっぽいし……。

「まあ、物体として亡骸を残すことで、感染症が広がりやすくしているとか、そういうことかもしれないと推理できる程度で……」

　言ってみたものの、いまいちしっくりこない。

　そこまでいくと、死者の潜在的無意識などではない、明確な計画性を感じてしまう……、いや、でも、実際に植物はそうやって生息範囲を広げるわけだから……。

　木乃伊化は死体を長期保存するため？

　ドライフルーツよろしく？

「ああ。わかった、ほな、その点はええわ。ひとまず突然変異としとこ――全部を阿良々木くんに考えてもらおうとは思わんし、臥煙先輩にも謎を残しといたらなな」

　影縫さんが謎を解くんじゃないんだ……。

　まあ、謎解きとか好奇心とか、そういうタイプじゃないよな。

「けど、もう一個だけ、百歩どころか一歩も譲りようのないミステリーが残されとるわな。その理論やと、トロピカレスクは、歪んではいても、あるじであるスーサイドマスターへの忠誠心で、呪いの伝染病をばらまいとるわけや——けど、阿良々木くんも面会した通り、肝心のスーサイドマスターが、その呪いのせいで死にかけとるやんけ」

「進化の失敗の最たる点がそこです——スーサイドマスターを守るため、忍を殺すための呪いだったのに、一国を滅ぼすほど世界規模に強力な呪いが、あるじを蝕んだ」

ウイルスは宿主を滅亡させない。宿主を滅亡させたら、ウイルスもまた滅亡するから——しかし、それはあくまで理屈であり、そうやって滅んだウイルスも無限にある。

生き残り戦略も何もない。

意図があろうがなかろうが、失敗するときは失敗するし、死ぬときは死ぬ。

不死身であろうと、死ぬときは死ぬ。

そもそもトロピカレスクは六百年前に死んでいる——その忠誠心以外は。

「人食いバクテリアっちゅうんもあったな、そう言えば——けど、阿良々木くん。そうなってくると、もう忠誠心とは言いがたいな」

「え……、そうでしょうか。確かに、トロピカレスクの遺志はスーサイドマスターの意志をまったく無視してはいますけれど……、でも、たとえ嫌がられても、嫌われても、ひたすらあるじのために尽くすというその心は——」

「それは忠誠心やない。愛やろ」

一番そんなことを言いそうにない人からそんなことを言われ、僕は頭を踏みつけられたみたいな気持ちになった。

当の影縫さんは、しかしそんな変わったことを言ったつもりはないらしく、

「しかし、やとしたらうちの大ポカやったな。ここに旧ハートアンダーブレードと阿良々木くんを呼び

出したんは。呪いのターゲットである旧ハートアンダーブレードを、わざわざパンデミックのど真ん中に召喚してまうやなんて」

と、そう続ける。

「……パンデミックを抑制するという意味では、最善手です。ターゲットが宿主の激近まで来たのだから、トロピカレスクは感染地域をこれ以上広げる必要がありませんから」

楽観的な希望的観測ではあるが、しかし、少なくとも封じ込めはできるはずだ——新型コロナウイルスのロックダウンよりは容易である。

ウイルスの広がりかたに意図があり、方向性があるのなら。

変化や変異が読めるのなら。

専門家には、対処の方法はいくらだってある。

「やけど、それで旧ハートアンダーブレードと、阿良々木くんが感染してもうたら」

「おや。不死身の怪異を心配してくれるんですか？　影縫さん」

「ぶちのめすぞ。跡形もなくなるまで」

こわっ……。

調子に乗ってしまった——そもそも喋り過ぎだな。こんな証拠も益体もない与太話をぺらぺら述べるだなんて。

「そうやな。阿良々木くんだけに、その与太話には、ぎりぎり良はあげてもええけど、優ってわけにはいかん——真偽の検証にはしばらくかかるやろ。専門家連合も行き詰まっとったから、新しい仮説はむろん大歓迎やけど、さすがに明日帰れるって言うんは、はったりにしても大袈裟やったで」

「ええ。ですから、ここからが本題です」

「嘘やろ？　なんやったん、今までの話」

だから与太話だ。

ただ、この与太話を根拠に、瀕死のスーサイドマスターに施術してみたい治療法があるのだ——それは同時に、もう感染してしまっているかもしれない忍を救うことにも繋がる。

あと、どうでもいい僕とかを救うことにも。

「施術してみたい治療法？」

「はい。今の与太話に基づいて、オペレーションを提案します。と言っても、外科手術ではありませんし、投薬治療でも、ワクチンの接種でもありません——食事療法です」

あるいは、こうも言える。

影縫さんよりも、僕の口から出るほうが、よっぽど薄ら寒い言葉ではあったが、この波に乗らないわけにはいかない。

施したいのは、愛だ。

018

偉そうに言ったものの、施すのは僕からの愛ではない——僕の愛はすべて、あますところなく戦場ヶ原ひたぎに向いている。あとはまあ、老倉とか、羽川とか、八九寺とか、神原とか、妹達とか……、金髪幼女とか。

あますところがない。

そういう進化の方向性だ。

なので、当然、メスならぬカトラリーを握るのは、鉄血にして熱血にして冷血の吸血鬼、キスショット・アセロラオリオン・ハートアンダーブレードのなれの果て——忍野忍である。

盟友から盟友への愛である。

影縫さんよりも、むしろこいつを説得するほうが骨だった……、こいつはこいつで、死にかけの盟友を助けないことが格好いいと思ってしまっている節もあったから。

「不本意と言うより、不愉快じゃな。やはりお前様は日本に置いてくれればよかった」

影の中から引っ張り出された忍は、怪異の王にして王女だけに、お冠(かんむり)とでも言うべきか、ご機嫌の斜めっぷりを隠そうともしなかったが、しかしいつぞやの死屍累生死郎のときのように、引きこもろうともしなかった——具体的に手段を提示されて、なお拒(こば)めるようなら、そもそもヨーロッパまで来ていないだろう。

　格好つけている場合じゃない。

「ふん。誤解するなよ、我があるじ様。儂は、デスはこのまま死ぬのが掛け値なく本望じゃろうと思っておる。しかし、もしもその仮説が、その仮々々々々説が正鵠を射ていた場合、お前さまの命も危ないのじゃからな。お前様を感染させないために、予防的措置を取るだけのことじゃ。まったく、あるじと病には勝てぬわ」

　格好つけるか、この期に及んで。

　しかし、それを言うなら、僕よりもよっぽど危ういのは、伝染病の最終目的地である忍であることは間違いない——忍がいくら見栄を張りたがろうと、盟友の意志を重んじたがろうと、相棒として、それを許すわけにはいかない。

　忍がやらないなら、僕がやるだけだ。

「させんよ、お前様に。そんなこと。儂の盟友じゃぞ」

「忍姉さん。僕のことも、頭の片隅(かたすみ)に置いておいてね」

　と、治療の場に同席する斧乃木ちゃんも言う。忍が仮面をつけたペスト医者なら、今の童女のポジション的にはオペ看だろうか。最優秀助演賞をまたもかっさらう、マルチな活躍である。

「標的を定めた伝染病のトランジットが目的なら、吸血鬼じゃない僕も、いつ旅程に組み込まれるかわかったものじゃないんだから」

　人工的な怪異で、かつ、種族として世界中に広まっているわけではない単一の存在である斧乃木ちゃんには、まあその心配はあるまいが、しかし『伝染病のトランジット』という僕のロジカルシンキングの原点が彼女の『例外のほうが多い規則』である以上、その危険性を払拭できないのも事実だ。

「うぬなど知るか」

「ひどーい。僕はもう忍姉さんのこと、盟友だと思ってるのに」

「死ぬまで殺すぞ」

「死んでるけどね」

そんな他愛ない、愛のないやり取りを完全に無視して、影縫さんは玉座にかかっていたカーテンを何の配慮もなく、ノックも声かけもなしで、しゃああっと、片手でオープンした。

爽やかな朝のように。

さもありなん。

僕が忍以上に、本当に説得が難しいと想定していたのは、治療を受ける本人であるデストピア・ヴィルトゥオーゾ・スーサイドマスターだった——助けはいらないと、あれだけ嗄れた声でもあれだけはっきり断言した真祖に、どう手術同意書にサインさせたものか。

そりゃあ一応、『できるものなら、それもありだったぜ』とは言っていたが、あんな軽口で言質を取ったつもりにはとてもなれない。

それ以前に、直属の眷属であるトロピカレスクの供養が原因だなんて、どう伝えたらいいのか——どれだけ悩んでも結論は出せなかった。

その説得は、盟友に任せるしかない。

発案者でありながら、情けなくもそう考えていた僕だったが、しかし、結果的には、忍にそんな役割を押しつけずに済んだ。

幸いにも、とはとても言えない。

カーテンが開けられた向こうで、夜明けと共に眠るスーサイドマスターは、もはや瀕死どころではなかったからだ。

決死にして必死にして万死の吸血鬼は。

今や臨死の状態だった。

ノックにも声かけにも、身体を揺さぶっても、もう反応しないほどに――スーサイドマスターの身体は乾き切っていた。

実際に身体を揺さぶったりしたら、砂のように崩れるだろう。

去年の春に向き合ったときの面影など微塵もない――吸血鬼に成仏はないと言ったけれど、しかしその木乃伊の姿は、さながら即身仏のようだった。

これでまだ生きているほうが不思議だが、しかしその寿命も、残すところ数時間――いや、数分……、数秒後に息絶えてもおかしくない。

自律的な呼吸は、既に絶えているかも……。

「忍」

「わかっとるよ。こんなもんを見せられて、見ていられるか」

カーテンを押さえたままの影縫さんの脇を抜けて、忍は病床代わりの玉座へと、ずかずかと不機嫌そうに歩み寄っていく。

見栄を張ってはいるけれど、しかし不本意なのも、理不尽であるとさえ思っていることも、また真実なのだろう。

忍好みの、あるいはスーサイドマスター好みの、ハードでクールな展開ではまったくない。

「伝染病よりも先に、お前様の甘さがうつったわ。あーあ。これ、もしデスがここで生き延びても、絶対に絶交されるな、儂」

ぶーぶー文句を言いながら、しかし動作には迷いなく、玉座におわすスーサイドマスターの木乃伊に跨がるようにする忍――そしてそのまま躊躇なく、枯れ木どころかもう枝のようだった、盟友の首へとがぶりついた。

かつて僕や。

死屍累生死郎にしたように、容赦なく牙を突き立てた。

吸血鬼にとって、これ以上はない濃厚接触だ。

いたたまれない気持ちになり、慌てて僕は目を逸らす――この反応をやきもちとは思ってほしくない、自分で勧めておきながら。

　かつて神原駿河とのデートを僕に勧めた戦場ヶ原ひたぎの気持ちを知ったとか、そういうことではない。

　ただ、昔、忍がまだ忍じゃなかった頃に、言われたことを思い出しただけである――淑女の食事をじろじろ見るのはマナー違反だと。

「すするような血が残ってるのかな。スーサイドマスターの血管内に」

　と、斧乃木ちゃんが寄ってくる。

　ようやく僕と距離を取るのをやめてくれたか。

　彼女も彼女で、気まずさを感じているのかもしれない。

「こうして見ていると、吸血じゃなくて、まるで瀉血だよ。でも、それだけに、うまくいったらいいね、鬼のお兄ちゃん。略して鬼いちゃんの皮算用が。ぺらぺらの皮算用が」

「僕が薄っぺらいのはいつものことさ。そしてウイルスより小さいのも。だからいつものように、失敗して当然のダメ元だと思ってるよ」

「いいの？　そんなこと言って。失敗したときには二匹の鬼を即座にぶっ殺すために、お姉ちゃんはあの位置にスタンバっているのに」

　そうだったの？

　いや、それは専門家として当然の立ち位置である――今度という今度は見逃してもらえまい。もしもこの治療法、いやさ治験が失敗して、まかり間違って、忍が怪異の王に返り咲いたりしたら。

　盟友も共に、ありし日のパワーを取り戻したりしたら。

　バトルマニアの影縫さんは、むしろそれを望んで、僕のプランを試すことを呑んでくれたのかもしれないが――しかしながら、僕の読みが正しければ、この臨床試験は暴力陰陽師の望みとは真逆の結果になるはずだ。

「鬼のお兄ちゃんの読みが正しかったことなんてあるの？　誤読ばっかりじゃない。『誤読』っていう熟語すら誤読しそう。あやまよみしそう」

「あやまよみするか」

しかしその通り、僕の読みが当たっていることのほうが珍しい――ひたぎからあれだけ『勘違いしないでよね』と言われているのに、今でも日々、勘違いの積み重ねだ。

罪を重ねている。

でも、何も仮説のすべてが当たっている必要はないのだ――むしろ、影縫さんに話したあれこれの、それこそ、ほぼ百パーセントが勘違いだったとしても構わない。

アンチ吸血鬼ウイルスは。

人間にはうつらない。

専門家も認めるこの一点だけが、間違いなく真実であればそれでいい――なぜならば僕の食事療法の肝は、忍にスーサイドマスターの血をぎりぎりまで吸わせ、偉大なる真祖の吸血鬼を、たかが人間へと堕落させることにあるからだ。

ちょうど、僕が怪異の王にしたように。

妖女（ようじょ）を幼女にしたように。

「……これは言い訳が利かないぜ。もう、忍野のせいにはできない。僕の発案だ。どんな結果を招くのか、深く考えてもいない――」

だけど、僕に血を吸われ、絞りかすとなったキスショット・アセロラオリオン・ハートアンダーブレードには、本来、感染リスクはなかったように――十三歳に成長させることで、無駄なリスクを負うことになってしまったが、吸血鬼としてのスキルをすべて吸い上げれば、事実上、スーサイドマスターは吸血鬼ではなくなり、ほとんど人間になることで、体内に六百年間潜伏していたアンチ吸血鬼ウイルスは作用しない。

『人間』である宿主を攻撃することはない。

「でも、これだとトロピカレスクの残存が、忍姉さんの体内に移動しちゃわない？　もしそうだとすると、しのねえは毒を原液で飲んでいるようなものなんじゃ」

「その点は、既に影縫さんに説明した」

「僕にも説明しろって言ってんだ。意味もなく噛みついてやろうか」

「こわっ……、吸い上げるのは、あくまで『うつくし姫』がかけられた呪いの要素だけだ。トロピカレスクの遺伝子は残す」

そもそも全部吸ったら、盟友が死んじゃう。

何かを残すとすれば、そりゃあ忠実なる執事だろう——吸い取るのが、トロピカレスクの方向性が濾過された呪いだけなら、それは元々、忍の中にあったものであり。

六百年前の『うつくし姫』時代にそうだったように、本人には作用しない——もちろん周囲にも作用しない。

するものか。

毛細血管の隅までかき集めても、わずか数滴にも満たないであろう盟友の血を、いやしくすする彼女の姿の、いったいどこが美しい？

「…………」

いや、不安がいや増してきたな。

愛と言ったが、綈袍恋々。

施しでもなければ恵みでもない。

直視はできないけれど、しかしその食事風景を、盗み見ずにはいられない——果たして僕はあんな風に熱烈に、ああも情熱的に、キスショット・アセロラオリオン・ハートアンダーブレードの血を吸っただろうか。

……やっぱり嫉妬だな、これは。

独占欲はあったのだろう、支配欲も満たされていたのだろう、金髪幼女に経口補水できるのが自分だけであることに……、向き合わされるぜ、自分自身の醜さに。

「ぷはっ」

いたたまれなさに居心地が悪いのか、それとも『うつくし姫』の呪いに居ても立ってもいられなくなっているのか、僕が自分自身を判断しかねているうちに、忍の食事は終わった——長時間のようでいて、やっぱり、木乃伊の中にかろうじて残る、数滴の血を舐めた程度だったのだろう。

「馳走になったわ。鬼が出るか蛇が出るか——鬼が出たら困るのかの。人が出ねば。かかっ」

食べ終えてしまえばすっきりしたのか、それとも六百年ぶりに自らの『呪い』を体内に戻したことが血液ドーピングのような効果を生んだのか、妙に嬉しそうな顔をした忍が、ぱっと見、変化のうかがえないスーサイドマスターから降りる。

「あんじょう運んだんけ？　旧ハートアンダーブレード。いや、アセロラ姫？」

「ん？」

強めの方言で影縫さんから問われたからか、途端、怪訝そうな顔をする忍——滅亡した王国のプリンセスだった時代を、出し抜けに思い出させられたかもしれないが。

「さての。そこの判断は、うぬら、専門家に任せるよ。儂は味見をしただけじゃ——毒味かのう」

言いながら、階段を降りてくる。

昇っていくときのずかずかした足取りとは違い、優雅にマントの裾をつまみ上げた、しずしずとしたその所作こそ、本人は気付いていないようだが、まさに王女の歩みだった。

「ただひとつ。ひとつだけ言っておくと、我があるじ様の推理は、ひとつだけ間違っておった」

「なんだって？」

僕のミスがひとつなわけないだろう？

という気分にさせられたが、何喰わぬ顔で忍は続ける——何食わぬ顔も何も、と言ったところではある。

「呪いを基幹としたアンチ吸血鬼ウイルスが儂を殺すことを目標に変異を遂げておった、ということはなかった」

「え？　そこが違ったら、もう全部が違っているようなものなんじゃ――」

「さすがに、どろどろに溶け、混沌のように混ざり合っておったからの。トロピカレスクの要素を完全に取り除くことはできんかった――チンジャオロースからピーマンを取り除いたところで、苦味は残ると言ったところじゃ」

　じゃから奴の意図が、儂には多少なりとも伝わったわ――と、忍は艶っぽく舌なめずりをした。

「奴の動機は、儂の殺害にはなかった」

「ほな、そいつは何のために、こんなグローバルな真似をしたんや？　結局は、全吸血鬼に対する八つ当たりみたいな破壊衝動け？」

「うぬではないのじゃ。破壊衝動からは程遠い――六百年前、儂を殺し損ねた（そこ）ことが心残りじゃったというのはその通りじゃろうが、しかし殺すこと自体が目的だったわけではない。儂が擁護（ようご）するのもおかしな話じゃが――主軸は、儂とデスとを引き離すことじゃった」

　嫉妬――愛。

　不覚にも、今の僕にはよくわかる。

「じゃから、己の失敗が――己の自殺が、結果的に儂とデスに、より強い繋がりを生んでしまうであろうことを悔やんでおったのじゃ。死後に――死んでも死に切れぬほど。そして六百年後、未だ生き長らえておった、かつて殺し損ねた儂と、デスを介して対面し、その後悔は最大級まで跳ね上がった」

　きっとこう思ったことじゃろう。

　この女が。

　我があるじの眷属だなどと認められない――

「……眷属ではないのじゃが、しかしそれは、儂やデスの言い分でしかあるまい。新しい『妹』を認められないようなもんじゃろうな」

　卑近な例と言うより、身近な例だった。

　僕も忍と同じ立場に置かれた。

キスショット・アセロラオリオン・ハートアンダーブレードのひとり目の眷属である死屍累生死郎とは、僕は目も当てられないほど不仲だった——根本的に相容れなかった。

「揚げ足を取るわけじゃないけど、忍、じゃあ、やっぱりトロピカレスクはお前を殺そうとしたんじゃないのか？　殺すためだけに——」

「殺すのではなく、吸血鬼から人間に戻そうとしたようじゃ。二年前、儂がお前様をそうしたかったように——今、儂がデスにそうしたように」

吸血鬼から人間に。吸血鬼を人間に。

言われて、はっとした。

それは間違いやミスではなく、最後まで埋められなかった大きな穴だったが、どうしてトロピカレスクの伝染病は、罹患した吸血鬼を木乃伊化させてしまうのかという、残された謎——灰になることも燃え上がることもない、土に帰ることもない、実存する吸血鬼の死体。

亡骸を残して感染症を広めるためとか、保存食としてとか、適当な仮説を打ち立ててしまったけれど、そうじゃなかった、まったく違った——むしろ最初の直感のほうが正解に近かった。

女子高生の木乃伊。

吸血鬼化に失敗した、挙句の果ての干物姿。

それは確かに、見比べてみればぜんぜん違うと視認できるほどの差異があったけれど、それほどの差異があったのであれば、どうして僕は、逆に考えることができなかったのだ？

逆に、それらが。

吸血鬼から人間になることに失敗した木乃伊なのだと——方向性を持った進化の失敗。

むしろそれは、進化の迷子とさえ言えた。

つまり、このアンチ吸血鬼ウイルスに正式な病名をつけるとするなら——

「人間病」

僕は言った。

「トロピカレスクは、お前を人間に戻したかっただけなのか……、それがトランジットの末の、執事の最終目的地かよ」

「しかり。儂とデスとを、今度こそ引き裂くためにの」

引き裂くため？

それは違う。

これだけ盛大に、肝心のところを間違えた僕が何かを言っても説得力はなかろうが、それなら別に殺すのでもよかったはずだ——元々の『魔女の呪い』の凶悪な性質を思えば、そちらのほうが簡単だったくらいだろう。

だけど、キスショット・アセロラオリオン・ハートアンダーブレード——の、なれの果てである忍野忍を、人間へ戻す方向性に進化したのは、トロピカレスク自身が、人間から吸血鬼になった眷属だったからじゃないだろうか。

眷属——『妹』としては認められなくとも。

『人』としては。

「でも、結局、それも失敗しちゃってるわけだよね。感染した吸血鬼はみんな木乃伊化しちゃって、見る影もない。吸血鬼的に言うなら、影も形も残っちゃった。うまくいかないもんだ」

影も形も、身も蓋もないことを言う斧乃木ちゃん。

実際には棺桶には、中身も蓋もあるわけで、この『死体城』にはそれがたんまり積み上がっているのだが。

「失敗とは限らんやろ。うちらが発見できるんが、失敗例の木乃伊だけっちゅうことや——もしも感染者の何割かが、目論見通りに人間化しとるんであれば、七十七億人にまぎれてしもうて、見つけようがない」

「デスもこれから、その中に紛れ込むのかの——どちらにしても、吸血鬼を滅亡へと導く、おそるべきウイルスであったことには違いないわ」

忍は過去形で言った。

やや気が早いが、しかし、呪いの原因はこうして絶ったし、原因がはっきりした以上、ここから先の封じ込めの算段も立ったと言える――もしかすると、女子高生の木乃伊を女子高生に戻せたように、木乃伊化したモルグの吸血鬼達を、元通りに蘇生させることも可能かもしれない。

死んでいると言っても、不死身の化物だ。

もちろんそれは高望みだし、夢見心地で絵空事だし、そもそも専門家がそれをするかどうかは、僕の力の及ぶところではないけれど……、アンチ吸血鬼ウイルスのパンデミックに一定の、終息の兆しは見えたことは間違いない。

幽霊の正体見たり枯尾花。

墓前の花。

正体不明、原因不明の病も、こうなってしまえば、ただの研究対象でしかない――と。

「う――ううん」

ゆったりとしたペースのままで階段を降りきった忍の、背後でそんな唸り声がした。玉座の病床からだ。

「デス？」

盟友の声に、振り向く忍。

さすがは千年生きた真祖の吸血鬼、忍の食事療法を受けて、早くも気が付いたのかと思ったが、しかし唸り声は「むにゃむにゃ……、ＺＺＺ」と、続く。

そりゃそうか。

既に真祖の吸血鬼ではないのだ。

今や彼女は忍野忍よりも、阿良々木暦よりも、人間に近いのだから――ありし日の、あの傲慢で尊大でハードでクールな態度が嘘のように、まるで生まれたての赤ちゃんみたいな素の口調で、デストピア・ヴィルトゥオーゾ・スーサイドマスターは呟く。

「もう食べられないよう……、トロピカレスク」

玉座を振り返ったままの姿勢で、忍は苦味以上の苦虫をかみつぶしたような表情を浮かべた――僕の位置からは見えないけれど、絶対にそんな顔をしているだろうと、確信を持って断言できる。

美しくない顔を。

「デザートのように甘い寝言をほざきおるわ――はいはい、ごちそうさま」

世界全土を巻き込んだ地獄のような、種族全員を巻き込んだ魔界のような、犬も食わない姉妹喧嘩の、誰にも伝わることのない、これが結末だった。

019

後日談。

後日談ではなく、後年談と言うべきか。

あれから二年後、いや、ほぼ三年後――六百年に比べればウイルスのサイズ感のように微々たる年数ではあるけれど、本日は国立曲直瀬大学の卒業式当日である。

と言っても、リモート卒業式だ。

実際に出席できるのは各学部の選りすぐられた成績優秀生だけで、僕のような、留年しなかっただけでめっけものとも言える劣等生は、華々しくも下宿のアパートから出席する形になる。ちなみに会場での答辞は僕の恋人・戦場ヶ原ひたぎが読み上げる。誇らしい。向こうが僕を誇らしいと思っているかどうかは定かではない。

しかしまあ、リモート技術も長足の進歩を遂げていて、パソコンやスマホのインカメラを通じての出席ではなく、使用されるギアは近年開発されたVRだ。立体感、そして臨場感を持って、僕はひたぎの言葉に聞き入ることができる――手袋のようなコントローラを嵌めて、卒業証書を受け取ることも可能だ。高校生の頃、卒業式をブッチした僕にしてみれば、ヴァーチャルとは言え、中学校以来受け取れる卒業証書に、胸を高鳴らせずにはいられない。

　もちろん卒業生同士のコミュニケーションも滞りない……、結局、僕の友達百人計画は無惨にも破綻したが、食飼命日子という一生付き合える友達ができただけでも、百万人分の友達ができたようなものだろう。無観客卒業式ではあるものの、VRを自前で用意できるのであれば、保護者の出席にも制限がない。僕の両親も、職場から出席すると約束してくれた。理解のある職場である——その職場が殺人現場でなければいいが。

　日進月歩、時代は進化し続ける。

　方向性を持った進化のように。

　それに、この二年間で、世間を取り巻く状況も、一進一退を繰り返しつつ、徐々にではあるが、さすがによくなっている。全国民へのワクチン接種はほぼほぼ完了したし、医療の逼迫もなくなった。経済もどうにか回復の兆しを見せ、失業率や自殺率も、以前よりは低下した——僕もどうにか、就職先が決まったということだけは言っておこう。

　あれだけいろいろ言われていたオリパラも、終わってみればわだかまりなしの大好評で、今月、久し振りに開催される、文字通り鳴り物入りの甲子園も、きっと大盛り上がりなことだろう——直江津高校の女子バスケットボール部も、OGからの惜しみない応援を受け、インターハイで好成績を挙げるはずだ。そう言えば、来月から神原達の大学では、完全な対面授業が再開されるんだっけ？

　飲食店や娯楽施設の営業時間は各店舗の裁量に任されるようになり、コンサートや劇場も、観客動員数をおおっぴらに公表できるようになった。テレビ番組から、出演者同士を隔てるパーティションは透明度が上がったのか、綺麗さっぱりなくなった——『この番組は感染症対策に配慮しながら撮影されております』の一文が、必ず冒頭に入るようになったのはご愛敬として。

　平時とは言わないが、時間を制限しない自由な外出も許されるようになり、ハグし放題の散歩の神様も、これで本領を発揮できる……、なので北白蛇神社もそのうち賑わいを取り戻すことだろう。さすがに海外旅行に関してはまだ条件が厳しいが、当たり前となった予防策を取れば、好きなときに好きな場所へ観光に行けるようにもなった——マスクやトイレットペーパーが品切れだった時代も、今じゃもうすっかり笑い話だ。ああ、フェイスガードだけは一部好事家向けのお洒落アイテムとして、今も人気で品薄である。

　自治体からの感染者数の発表は、週に一度、または月に一度、入念に分析された結果のみが公開されるにとどまり、それがニュース番組で報道される頻度も著しく減った——昨日は、和歌山県でパンダの赤ちゃんが生まれたニュースがトップを飾った。

　検温の習慣は人々の健康意識を高め、結果として人類は新型コロナウイルスを克服することで、同時にインフルエンザや花粉症やノロウイルスも克服したという副反応ならぬ副産物もあり、『延期』や『中止』、『規模縮小』の文字は紙面上ですっかり見なくなり、三密は三重密室を意味するミステリー用語としての意味合いが強くなって、世間では遂に自粛という言葉が自粛されるようになった——僕は老倉とも和解を果たし、リモート卒業式が終わったあとは、一緒に写真館に行く予定だ。僕が見立てた振袖がすごく似合う。東京で夢を叶えた千石とも仲直りした。世界から格差と分断は消えてなくなり、役目を終えて無事に帰国した羽川とは、今はアパートで同棲している。ゆうべは遅かったから、昼過ぎまでは起きないかな?

　それが二年後の世界。

　そういうことに、しておこう。

「お前様よ」

と。

　自室でパジャマから、親から買ってもらった紋付き袴に着替えている最中に、僕の影から金髪幼女が現れた——リモート卒業式用に明るめのライトを設置しているので、影も色濃い。

金髪幼女。

もちろん十三歳ではなく、八歳の幼女だ。

その実体は六百二歳である幼女は、自分から這い出してきておきながら、しかし口ごもるようにするのだった——いつも竹を割ったような物言いの、歯に衣着せぬ幼女なのに、奥歯にものが挟まったような態度だ。

歯磨き（はみが）を求められているのかな？

「ちゃうわ。あー、そのー、なんじゃ。お前様にとって新たなる門出であるこんなハレの日に、これを言ったものかどうか、迷うところではあるのじゃがのう——」

「なんだよ。僕でよかったら、話、聞くぜ？」

「デスが死んだ」

意を決したように、きっぱり忍は言った。

気まずそうな態度を改め、まっすぐに僕を見て——死んだ？ デストピア・ヴィルトゥオーゾ・スーサイドマスターが——いや、旧スーサイドマスターが？

「うむ。新型コロナウイルスに感染して。隔離中に容体が急変して、あっという間じゃった」

隔離されていたのは、影縫さんから聞いて知っていた。

ヨーロッパでは、日本よりもパンデミックが深刻な地域が多いことも知っている——だけど、突然の情報に、僕は戸惑う。

「え……、本当に？」

「うむ。先程、直感があった。インスピレーションじゃ。明け方に夢を見たとも言えるがの——苦しむ暇もなかったのが、せめてもの救いじゃな。儂やお前さまよりも、デスは人間に近い状態にあったとは言え、こういう実例がある以上、儂らも油断すべきではないな。こちらの感染症にも」

「…………」

言葉を失ったが、しかし、黙っていられない。認めざるを得ない、その現実を。

「……僕がお前に、旧スーサイドマスターを吸血させていなければ、新型コロナウイルスでは死なかったな」

人間になっていなければ。

吸血鬼のままであれば、新型コロナウイルスに感染することも、発症することもなかった――スーサイドマスターの年齢では、それがどれだけのハイリスクかなんて、考えればわかったようなものなのに、忍の唯一無二の盟友を、これは、僕が殺したようなものだった。

「ほらほら、そんな風に思うから、言うかどうか迷ったんじゃよ。かと言って、言わんかったら言わんかったで後で揉めそうじゃしのう。揉めそうと言うか、揉まれそうと言うか。阿呆(あほう)が。お前様が儂に、デスを人間化させておらんかったら、そもそもこの二年間はなかったわい」

忍は、僕の態度を心底鬱陶(うっとう)しそうに言う。

嫌悪感すら滲ませながら。

「画面を隔てたリモートではあったが、リモートじゃったからこそ実現したこの二年間の、盟友との交流は楽しかったぞ。あーだこーだ文句ばっかり言っておったが、デスもそれなりに楽しんだはずじゃ、余生をな」

あの春休み、お前様が死にたがる儂を生かそうとした気持ちが、今になってようやくわかるわ――と、忍は言った。

「……ありがとう。そんな風に言ってくれて」

「礼を言うのはこっちじゃ。デスの分も、トロピカレスクの分も」

変則的ではあったが、それに世界の裏側でとは言え、初めて身近なところで新型コロナウイルスの死亡者が出たことで、僕は動揺を隠しきれなかった――熊(くま)がどれほど危険な生き物かわかっていても、知り合いが殺されでもしない限りもふもふで可愛いイメージがあるように、あるいは吸血鬼が人の血を吸うことがわかっていても、知人が吸われでもしない限り、その怖さがわからないように。

パンデミックが始まって数年が経過した今になって、ようやく感染症の真の恐怖を知った――が、気休めかもしれない忍のその言葉で、少しだけ救われた気分になった。

しかし、それでも罪の意識は免れない。

地獄のような春休み、人として死にたいと望んだ癖に、スーサイドマスターやキスショットには、鬼として死ぬことを、僕は許さなかったのだ。

改めてその事実を突きつけられた。

「お葬式は……、今、どうなってるのかな？　ヨーロッパのほうだと」

「渡航も出席も難しいじゃろうな。安心せい、亡骸を喰いに行ったりはせんよ。供養は既に、二年前に済ませたようなものじゃ」

ここから祈るだけじゃ。

やっと死ねた盟友の成仏を。

「デスにとっても、この命日は、門出の日じゃ。帰宅ではなく外出じゃよ。自殺することなく、見事に生き切ったあやつに儂は、さようならではなく、いってらっしゃいと言うよ。さながらアロハのように……、または、執事のようにの。かかっ」

それを言うならメイドだろうに。

悼むように、痛むように、傷むようにそう呟いて、忍は再び、影へと潜伏していった――そのまま六百年以上引きこもってしまうんじゃないかと少しだけ不安になったけれど、きっとそんなことはないのだろう。

それを乗り越えてきた六百二年だ。

人類が様々な感染症を乗り越えてきたように。

乗り越えていくように。

「ありがとう」

僕はもう一度礼を言った。

今度は忍にではなく、彼女の盟友、旧スーサイドマスターに――二年前は気恥ずかしくって、つい濁してしまった感謝の言葉を、最後まで。

ありがとう、忍に会わせてくれて。

忍と友達でいてくれて。

忍をひとりにしないでくれて。

これまでも、これからも。

生きてくれて、生かしてくれて。

遺伝子のように忍の中で、生き続けてくれて。

卒業式の前に、もっと別の何かを卒業したような気分に肩までどっぷりと浸りながら、僕は思う――約束通り臥煙さんに、もちろん万全の感染症対策をした上で、会いに行こうと考えながら。

交流しよう。

これは――死の物語。

血にまみれ、血で汚れ、血で清められた、血で血を争う、血で繋がった、死の物語。

傷をなめ合うように、血をなめ合った物語。

僕達の、大切な死の物語。


ああも世界的なパンデミックのさなか、相棒と異国に遠出をした蛮行を、今はまだなかなかおおっぴらにはできまいけれど、さはさりながらいつの日か、時代にたゆまぬ平穏が取り戻されたとき、僕はそれを――みんなに語ることになる。

あとがき

御多分に漏れず僕も『学校の勉強が将来何の役に立つ？』と思っていたタチなのですが、しかし今にして思うと割と役に立っているのも本当で、たとえば国語の授業がなかったら今ほど本を読んでいるかどうかは怪しいし、算数の授業がなければもうちょっと買い物がいい加減だったかもしれません。ただ、もしもその疑問にそんな風に答えられていたら『そういうことじゃないんだよな』と、もやっとした気持ちになったことも間違いなく、『何の役に立つか』を知りたかったと言うより、普通に勉強したくなかっただけのようにも感じるのでした。『確かにお前は勉強しても無駄だな』と言われていたらどうするつもりだったのか……。実際、役に立つかどうかと言うより、持っている知識をどう役立てるかという観点から物事を見るだけの話で、そういう意味では学校の勉強というのは筋トレみたいなものなのでしょう。体育の授業がその代表格でしょうが、将来アスリートになるかどうかはともかくとして、身体は動かしておかないとすぐになまってしまうし、筋肉もどんどん落ちるという……、宇宙飛行士が宇宙船の中で筋トレをするのは、直接、宇宙飛行の役に立つとは言えないでしょうけれど、だからと言ってやらないわけにはいかないことで、学校の勉強は脳を鍛えるための運動で、毎朝走るようなものだと言われても、別にやる気がでるわけじゃありませんけれど、勉強が何の役に立つのか考えるのも、考える癖をつけるためのトレーニングの一環ですかね。

　というわけで、ようやく阿良々木くんの大学編を書き終えられました。そもそもシリーズを始めた当初は彼が受験する予定もなかったのですが、しかしそれをいうなら、すべての予定がなかったようなもので、阿良々木くんらしいと言えば阿良々木くんらしい人生とも言えます。きっとこれからも、予定のない人生を送ることになるのでしょう。ちなみに予告段階では『第八話・第九話・最終話　ですとぴあデスティニー　ですとぴあデスティネーション　ですとぴあデスエデュケーション』でしたが、まとめて『第八話　しのぶスーサイド』ということで、よろしくお願いします。何の役に立つか考えないままでは何かを役に立てることはできない感じで、本書は百パーセント趣味で書かれた小説ＤＥＡＴＨ、物語シリーズモンスターシーズン第五弾、『死物語（上）』でした。

　表紙には十三歳バージョンの忍野忍を描いていただきました。ＶＯＦＡＮさん、ありがとうございました。内容的にはこの上巻とはまったくリンクしていませんが、千石撫子が活躍（？）する下巻、モンスターシーシーズンの締めくくりとなる『最終話　なでこアラウンド』も、どうぞよろしくお願いします。

西尾維新

初　出　本作品は、書き下ろしです。

著者紹介

西尾維新（にしおいしん）

1981年生まれ。第23回メフィスト賞受賞作『クビキリサイクル』（講談社ノベルス）で2002年デビュー。同作に始まる「戯言（ざれごと）シリーズ」、初のアニメ化作品となった『化物語』（講談社BOX）に始まる〈物語〉シリーズなど、著作多数。

Illustration

VOFAN（ヴォーファン）

1980年生まれ。代表作に詩画集『Colorful Dreams』シリーズ（台湾・全力出版）がある。台湾版『ファミ通』で表紙を担当。2005年冬『ファウスト Vol.6』（講談社）で日本デビュー。2006年より本作〈物語〉シリーズのイラストを担当。

協力／AMANN CO., LTD.・全力出版

講談社BOX

KODANSHA BOX

死物語（シノモノガタリ）（上）

定価はケースに表示してあります

2021年8月17日 第1刷発行

著者 ── 西尾維新（にしおいしん）

発行者 ─ 鈴木章一

発行所 ─ 株式会社講談社
東京都文京区音羽2-12-21　郵便番号 112-8001
編集 03-5395-3506
販売 03-5395-5817
業務 03-5395-3615

印刷所 ─ 凸版印刷株式会社

製本所 ─ 株式会社若林製本工場

製函所 ─ 株式会社ナルシマ

ISBN978-4-06-524454-8　N.D.C.913　238p　19cm

西尾維新
西尾維新

FIRST SEASON
[化物語(上・下)]
[傷物語]
[偽物語(上・下)]
[猫物語(黒)]

SECOND SEASON
[猫物語(白)]
[傾物語]
[花物語]
[囮物語]
[鬼物語]
[恋物語]

FINAL SEASON
[憑物語]
[暦物語]
[終物語(上・中・下)]
[続・終物語]

OFF SEASON
[愚物語]
[業物語]
[撫物語]
[結物語]

MONSTER SEASON
[忍物語]
[宵物語]
[余物語]
[扇物語]
[死物語(上・下)]

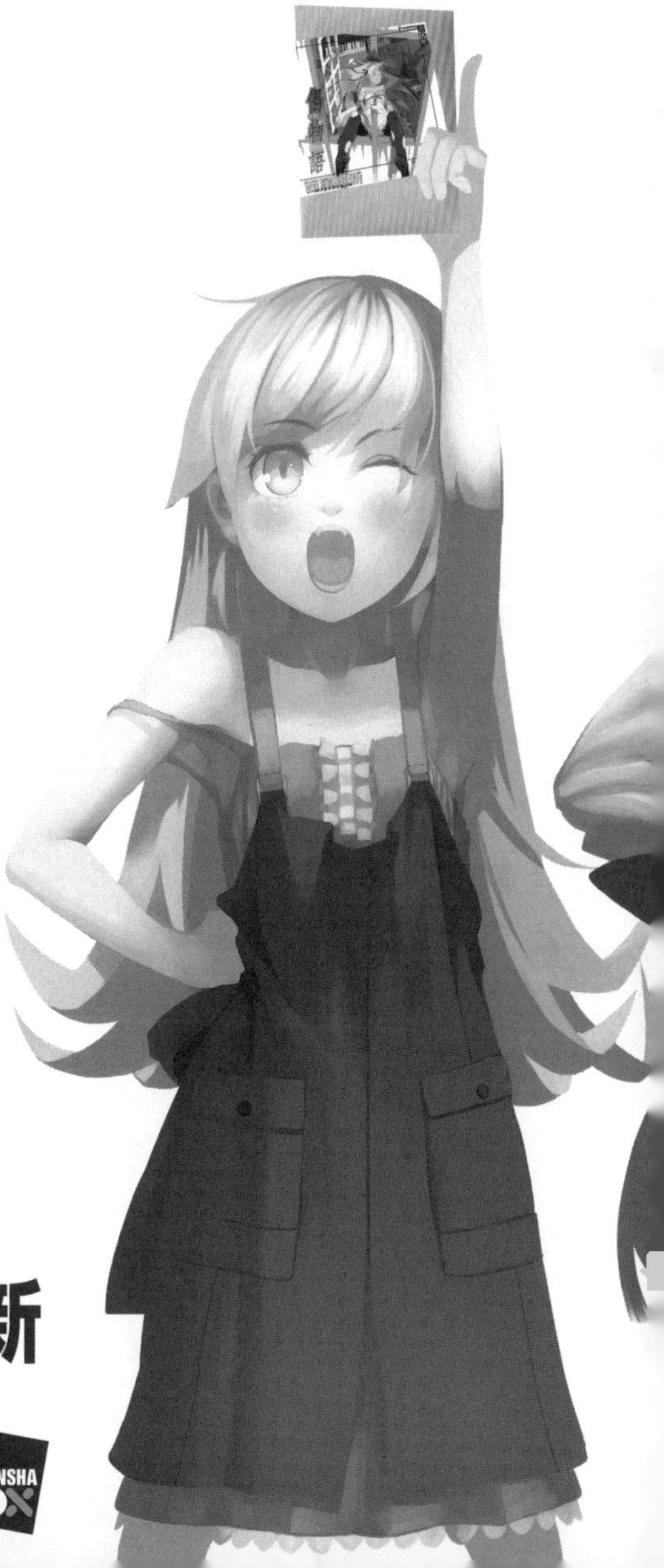

西尾維新
NISIOISIN

Illustration VOFAN

KODANSHA BOX

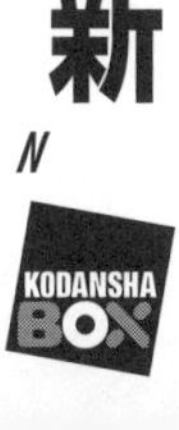

シリーズの垣根を越えて
ヒロイン達が、阿良々木暦と対面!!
西尾維新
初の
クロスオーバー小説集、好評発売中!
病院坂
Illustration 渡辺明夫

混マゼモノ物ガタリ語
これぞ夢の
コラボ!
コラボ!
コラボ!
混マゼモノ物ガタリ語
西尾維新
青春は、混ぜたら危険か知りたくて。
定価:本体1850円(税別)
KODANSHA BOX

『傷物語』編、最終局面。
はは
は
はは
はは
原作／西尾維新
漫画／大暮維人
キャラクター原案／VOFAN
第1話無料公開中！
@BKMNGTR_IxI
#化物語 #漫画化物語
週刊少年マガジン
連載中！

漫画 化物語

各巻特装版には
西尾維新書き下ろし
短々編を限定収録!

❶「ひたぎディッシュ」
❷「ひたぎハーミットクラブ」
❸「まよいネーム」
❹「まよいゴースト」
❺「するがスピード」
❻「するがベロシティ」
❼「なでこロープ」
❽「なでこコートシップ」
❾「ひたぎナースホルン」
❿「まよいエスカルゴ」
⓫「するがアースワーム」
⓬「なでこアイレベル」
⓭「つばさランキング」
⓮「きすしょっとランキング」

既刊⑭巻
コミックス続々刊行中!

地すぎる新境地。

儘宮宮子(ままみやみやこ)のもとに一通の招待状が届いた。
書かれていたのは——

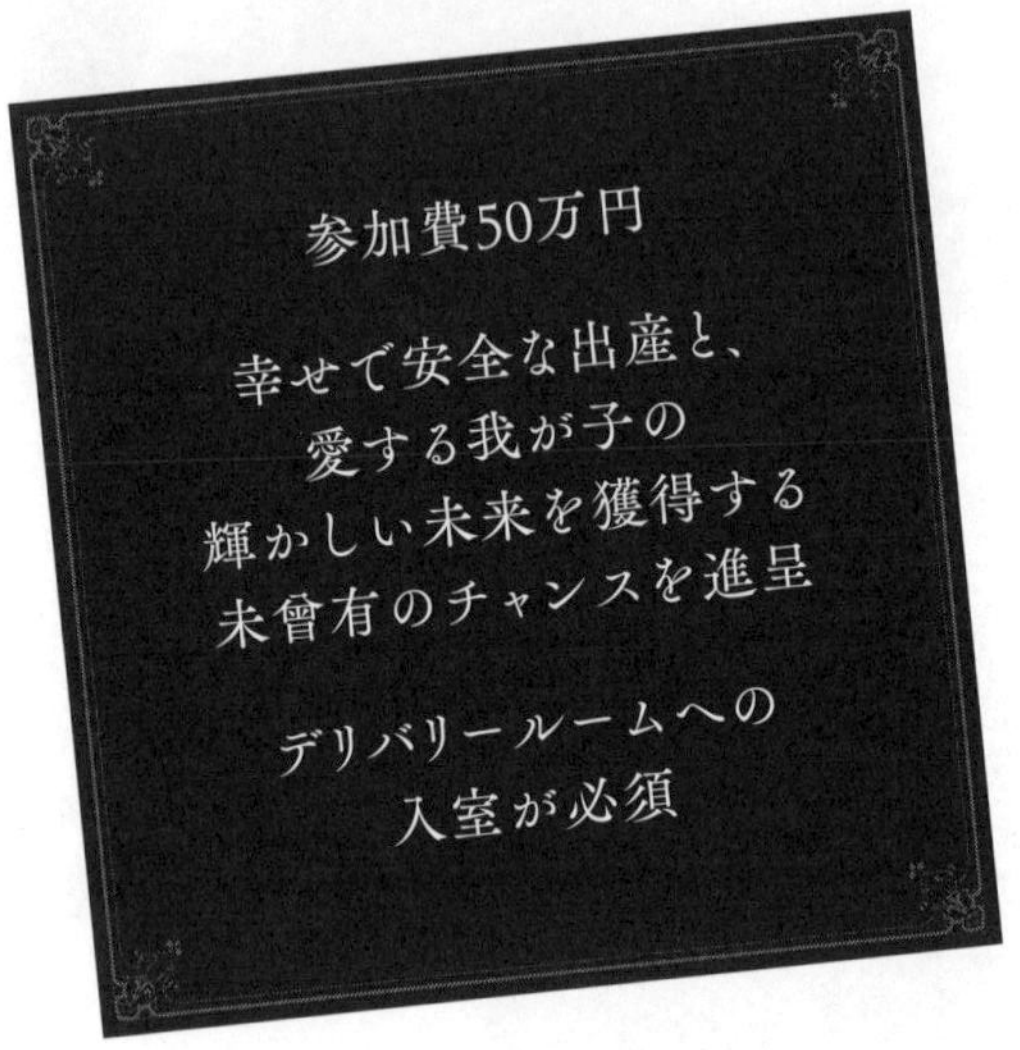
参加費50万円

幸せで安全な出産と、
愛する我が子の
輝かしい未来を獲得する
未曾有のチャンスを進呈

デリバリールームへの
入室が必須

尋常ではない申し出に困惑しつつも、
宮子はこの招待を受けることにする。
それぞれの事情を抱えた妊婦5人がそこに集った。
一体何が始まるのか?
そして誰に安産の女神は微笑むのか!?

講談社　四六版単行本

出産のために!!!

ぼく以外、

シリーズ好評既刊
1 美少年探偵団 きみだけに光かがやく暗黒星
2 ぺてん師と空気男と美少年
3 屋根裏の美少年
4 押絵と旅する美少年
5 パノラマ島美談
6 D坂の美少年
7 美少年椅子
8 緑衣の美少年
9 美少年M
10 美少年蜥蜴【光編】
11 美少年蜥蜴【影編】
12 モルグ街の美少年
美少年探偵団
きみだけに光かがやく暗黒星
西尾維新
NISIOISIN
Illustration
キナコ
講談社
タイガ

美少年探偵団
西尾維新がおくる、美しき名探偵にして強力なチーム。
Illustration
キナコ
講談社
タイガ

ついに完結!
NISIOISIN
西尾維新
Illustration 西村キヌ

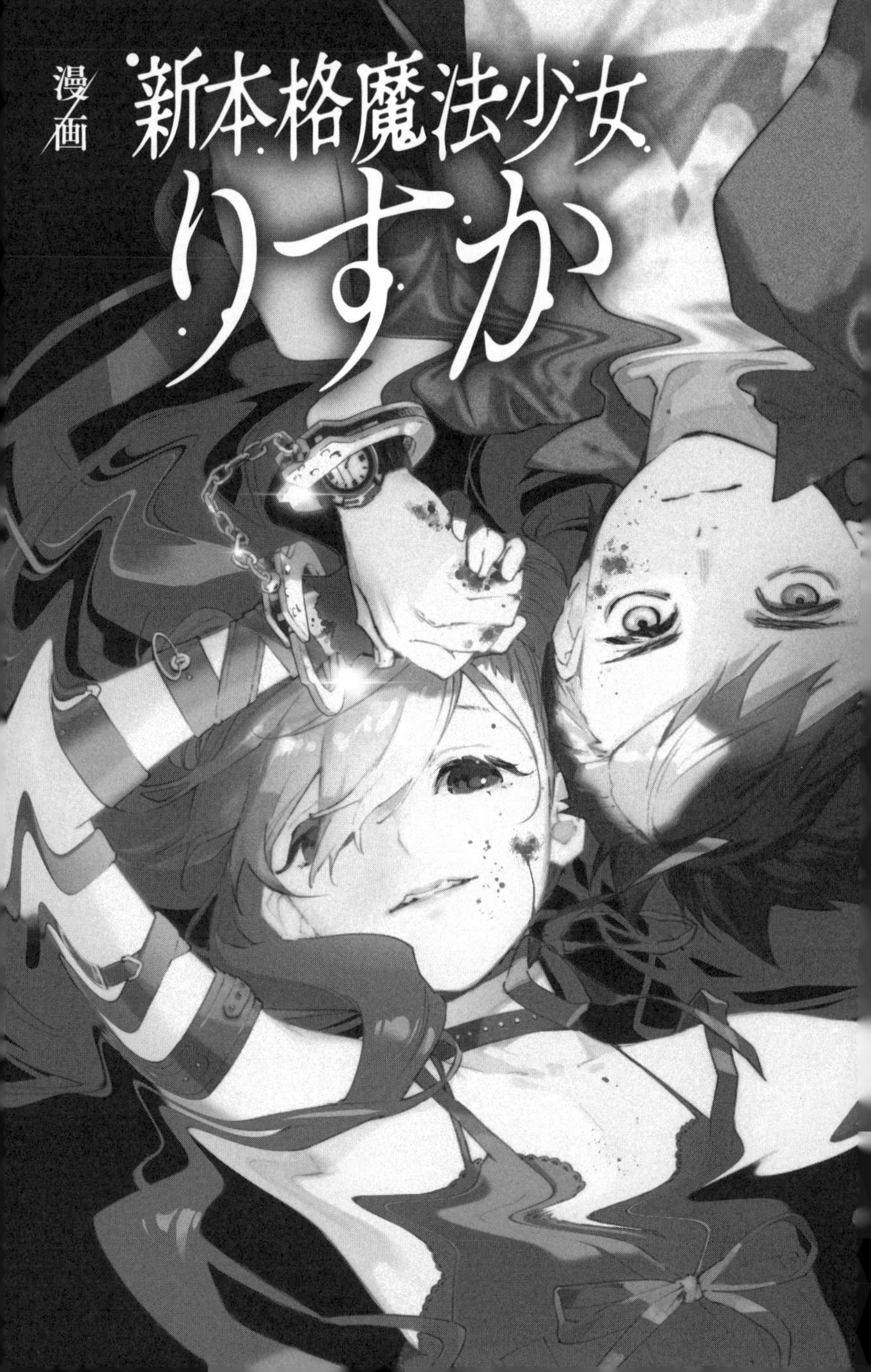
漫画
新本格魔法少女
りすか